U0449315

长篇小说

大明火枪手

连环神机

燕歌 著

重庆出版集团 重庆出版社

图书在版编目（CIP）数据

大明火枪手：连环神机 / 燕歌著. — 重庆：重庆出版社, 2020.11
ISBN 978-7-229-15311-3

Ⅰ.①大… Ⅱ.①燕… Ⅲ.①长篇历史小说—中国—当代 Ⅳ.①I247.5

中国版本图书馆 CIP 数据核字（2020）第 189345 号

大明火枪手：连环神机

燕歌 著

出　　品：	华章同人
出版监制：	徐宪江　秦　琥
特约策划：	上海紫焰文化传媒有限公司
责任编辑：	王昌凤
特约编辑：	张铁成　王菁菁　杨新雨
责任印制：	杨　宁
营销编辑：	史青苗　刘晓艳
封面设计：	郭　子
封面插画：	桃多汁

重庆出版集团 出版
重庆出版社

（重庆市南岸区南滨路 162 号 1 幢）
北京盛通印刷股份有限公司　印刷
重庆出版集团图书发行有限公司　发行
邮购电话：010-85869375
全国新华书店经销

开本：880mm×1230mm　1/32　印张：9.5　字数：208 千
2021 年 1 月第 1 版　2023 年 6 月第 2 次印刷
定价：42.00 元

如有印装质量问题，请致电 023-61520678

版权所有，侵权必究

目录

序　幕　　　　/ 1

第一章　　　神机营 / 4

第二章　　　锦衣卫 / 26

第三章　　　武备库 / 56

第四章　　　神机炮 / 87

第五章　　　天机门 / 109

第六章　　　三眼铳 / 134

第七章　　　阶下囚 / 169

第八章　　　兵　部 / 196

第九章　　　守　城 / 233

尾　声　　　　/ 288

序 幕

明正统十四年（公元 1449 年），九月初八，深沉的夜色笼罩着北京城，天上无星无月，阴云密布，北方的夜空不时传来一闪一闪的亮光和隆隆的声响，好像是电闪与沉雷，又好像是火光和炮声。

城中早已宵禁，街头不见一个行人，只有偶尔响起的脚步声打破四周的死寂。街头悬挂的昏灯在夜风中摇晃，照着一队队巡夜的士兵，当士兵走过时，手中的长枪与腰间的佩刀闪过一抹寒光，又很快消失在夜色中。

整座北京城早已没有了往昔的热闹繁华，歌女收起了牙板，乐师盖起了瑶琴，舞伎也不再展露曼妙的身姿，他们此时大多伫立在歌楼里，眺望北方的天空，期许夜风千万不要吹来杂沓的马蹄声。

已经过了子时，一座高大的楼宇上，突然飞起几只夜鸟，扑啦啦地扇动翅膀飞上夜空，好像被什么声音惊动了一般。

果然，原本一片寂静的街头，蓦地响起杂乱的脚步声，紧接着，从胡同里闯出一彪人来。

头前是四名卫士，手中提着出鞘的钢刀，脚步劲健，眼睛不时向四周扫动。

在他们身后有四名轿夫，抬着一顶小轿，走得虽急但很平稳，显见得是积年的老手。

小轿后面，又是四名卫士，也和前面的人一样机警。

一行十二个人，急匆匆穿过一条条街道、牌坊，不时与巡夜的士兵相遇，但每每在为首之人出示通行牌之后，对方便不再理会，任其通过。

很快，他们走上了西长安街。此时宵禁，整条街全都关门闭户，因此不见往昔的连片灯光，显得冷冷清清。

一行人走到西长安街的中央，突然，不知从哪里传来一声短促而尖锐的声音："打！"

话音未落，破风声四起，几十支黑色狼牙箭骤然朝一行人射来。

卫士们本来极是机警，听到声音之后，已经有所防备，可黑沉沉的夜色之下，又如何闪得开密雨一般的箭支？

为首的卫士脸上与前心中了四箭，不及吭声便倒在了长街之上，鲜血飙出老远。其余的卫士亦没有幸免，连那四名轿夫也同时中箭，轿子砰地落下，砸在青石板铺成的路面上。

后面的两名卫士虽被射伤，但并不致命，可这两名幸存的卫士还没来得及再次做出反应，就见眼前白影一晃，有条白色人影如同惊鸿掠地，飘落在面前，随后寒光一闪，映着昏暗的街灯，两颗卫士的脑袋同时飞了起来，其中一个居然还在尖叫。

叫声未绝，头已落地。

一地的尸体，散布在小轿四周。轿身也嵌上了十几支黑色箭支，其中七八支已穿透轿帘，射进轿内。

杀人者身穿白衣，脸蒙白纱，看不到眉目。他手中握着一把长刀，刀柄上的穗头也是白色的。

夜行人普遍穿黑衣，裹黑巾，此人却反其道而行之。

一刀两命之后，白衣人轻轻扬了扬手，两侧屋顶上又跃下几个黑衣蒙面人，将小轿紧紧围住，用刀尖挑起了轿帘。

"嗵嗵嗵……"一连串的火光猛然在轿子里闪起，挑帘的黑衣蒙面人立刻被一道道火舌贯穿前胸，倒飞出去，重重摔在地上。他的前胸被打得稀烂，瞬间一命呜呼。

轿内的亮光还在疾闪，轿帘被打成了破布。余下的黑衣蒙面人急忙闪到街边。

唯有那为首的白衣人飞身一跃，落在小轿左侧，反手一刀，刺进轿内。

小轿中传出一声闷哼，在吐出几道火舌之后，只听骨碌碌一声响，一样东西从小轿里滚了出来，停在血泊之中。

轰的一声，那东西竟然原地炸开，又听得一阵叮当作响，管状物件散落一地。

白衣人用带血的刀尖，挑起破了几个洞的轿帘，向里面张望了一眼，随后探入轿中，摸了几下，取出一样东西，塞进怀里。

此时，不远处传来杂乱的脚步声，那是一队巡夜的士兵听到声响，匆匆赶来。然而，当他们赶到时，眼前却只余下十几具尸体与一顶带血的小轿。

第一章
神机营

九月初十的黄昏，斜阳照在神机营校场里。

神机营始建于明太宗朱棣在位时期，与五军营、三千营并列为京师三大营，曾经多次随朱棣出征漠北，立过汗马功劳。但不久前土木堡一战，皇帝失陷于瓦剌部，明廷数十万人马几乎全军覆没，神机营也未能幸免，数千精锐尽丧于瓦剌人的马刀之下。此时留在京城的，全是后备部属，当噩耗传来，这些后备军立刻全部转入战时编制，配属火器，加强训练。

而丁醒对于这种变化，显得很不适应。

今日的操练结束后，丁醒迈着沉重的步伐走向校场大门，准备回家。校场看门的是个老兵，士兵们都叫他老铁。老铁以前是神机营的步卒，曾跟随朱棣北征，膝上中了流矢，截了半条腿。因他光棍一人，又为国负伤，神机营中的军将可怜他，便没打发他回籍，而是留在营中看校场，算是赏他碗饭吃。

此时老铁正坐在校场大门边,给自己的半截假腿换绑索,一见丁醒走过来,便扬声叫道:"小瞎火儿,快过来!"

这"小瞎火儿"的称呼,自然是源于丁醒在营中无人不知的外号——"瞎火枪"。

神机营是火枪营,秦汉唐宋历朝历代从未有过,大明算是首创。一个专门用火枪的武官被取了这么个外号,那就不是戏谑调侃,而是带着嘲讽的意味了。

之所以会有这个外号,原因很简单:丁醒进入神机营之后,在历次武官比武当中,没有一枪能够击中靶子。

按理讲,这样的表现是要被踢出神机营的,但丁醒是世袭武官,袭职百户,他老爹在神机营中摸爬滚打了半辈子,没有功劳也有苦劳,所以上峰给足了面子,没将丁醒除职,只是把他降到了后备军中,还做百户,也算平职调动。

老铁年轻时正好和丁醒的老爹在同一营,二人算得上生死之交。丁醒入营时,他老爹特意叮嘱他,见了老铁,就像见了自己一样。所以"小瞎火儿"的名字,只有老铁叫得。其实听起来也蛮顺耳,就像叫他"小家伙儿"似的。

丁醒应了一声,打着哈欠走到老铁身边,礼数倒还没忘,施了一个军礼:"铁叔,您还没走啊?"

"我走?走哪儿去啊,又没有女人给暖被窝。你这臭小子,总想揭你叔的短是不?"老铁翻着眼睛骂道。

丁醒嘿嘿笑了几声:"咱爷俩儿都是光棍,谁也甭揭短。对了,您叫我有什么吩咐?"

老铁一边将假腿装在残肢上,一边眯起眼睛看他:"小子,你操练还是不用心，这可不行。先前没想到，做个后备也能被提到一线吧？依我看，用不了多久，你就得上战场啦，到时候再瞎火，教训你的就不是我了，瓦剌人可不留情面。"

丁醒连连点头："明白，明白……"

老铁叹了口气："你大哥丁默肯把出人头地的机会留给你，自己在老家伺候你爹，也真是难为他了。先前你虽然吊儿郎当，对不起他，但那毕竟是你们的家事，我插不上话。可如果这次你连小命都保不住，我算是没脸见你老爹了。"

老铁顿了顿，看看左右无人，压低声音道："你听说没有，边关传来消息，瓦剌部队在也先的率领之下，正想南下进攻北京呢，大战在即啊。"

丁醒摇头："您老可别听风是雨，动乱军心，可是要杀头的。"说着，他吐出舌头，做个鬼脸，用手在脖子上一划。

老铁呸了一声："去去去，刚吃几天军粮，就敢拿军纪来教训老子！赶紧滚！"

丁醒笑着向老铁道了别，走出校场大门。

他的家在正觉寺胡同里，靠近东城兵马司。说是家，也不过是一个小小的院子，只他一个人住。

今天的训练任务较往常重了不少，丁醒浑身乏累，在路上找了个面摊，草草吃过了饭，回到家便倒头睡下。

约莫二更时分，门外突然传来一声怪异的响动。丁醒虽然困倦，可毕竟是多年的武官，夜间警惕性极高。意识到有人越墙而入，丁醒立即翻身坐起，手中已抄起了藏在枕头下面的腰刀。

可他的刀刚抄在手中，心却安定了下来，因为他分明听见，那人正在窗下轻声呼唤他的小字："二郎，二郎……"

在京城中，呼唤他小字的，只有一个人。

丁醒缓缓将刀插进刀鞘，披衣下床。他打开门，见外面惨淡的月光下站着的，正是他的生死之交，史辽。

史辽是神机营千户，丁醒的上司。他武艺高，枪法好，懂战术，通战理，而且为人豪爽，性子耿直，但凡有事，都是直截了当。

而眼前的史辽，居然穿了一身夜行衣。

神机营的军将当然有自己的甲胄官服，史辽平时穿戴一丝不苟，连牛皮靴子都擦得锃亮，威风凛凛。可今天，他却像一个江湖飞贼，甚至冒着被巡夜士兵追拿的风险来找丁醒，不用问，定然出了大事。

丁醒思量片刻，没有出声，向屋里一努嘴，示意史辽进来，随后向墙头张望了几眼，确定无人尾随，这才轻轻关起房门。

"怎么这个打扮？要不是你先叫我，这一刀劈上去，史辽就得变成'死了'了。"丁醒语气中带着几分调侃。

史辽却没有在意这些，只是将声音压得极低，丁醒不得不侧过头才勉强听清："没办法，我的处境很危险，只能这样来找你。"

丁醒拉着他坐下，问道："出了什么事？"

"你知道前夜工部右侍郎张百川被杀之事吗？"史辽语速很快，急于讲明一切的样子。丁醒还来不及点头，他便接了下去："兵部于大人派锦衣卫彻查此事，同时又指定我配合调查。我和张百川虽说关系匪浅，可是要说查案，神机营中李敏参将、张尽忠副将都曾在刑部供职，比我合适得多，于大人却没有指定他们，所以我……"说到这里，他竟迟疑了起来，语气有些含糊。

丁醒心下疑惑："你查到什么了？"

史辽刚要说话，门外大街上便响起了更声，他立即走到窗边，透过窗户的缝隙向外张望，确定只是更夫在敲梆子，才长出一口气，坐回椅子上。

看史辽这般小心翼翼，与平时大相径庭，一种不详的感觉涌上丁醒心头。

到底是什么样的发现把一个虎胆汉子变成了惊弓之鸟？想到这里，丁醒骤然起了一身鸡皮疙瘩。

"自从接了案子，我总觉得身后有双眼睛盯着我。二郎，最近京城很可能会有变化，这件血案后面怕是藏了不少秘密，你能不能帮帮我？"

"不能。"没等史辽说完，丁醒竟一口拒绝了，回答非常干脆，"引火烧身的事情，我自是不会去做，我劝你也赶紧甩了这个差事。能将张百川一行十三人当街袭杀，杀手至少应有几十人，你若深查下去，只怕下场也和他一样。"

对于丁醒的拒绝，史辽似乎并不意外，他的回答也毫不拖泥带水："张百川是我的好友，我若置之不理，寝食难安。你既不想帮我，这件事情也就无须知道了。我今天来找你的事，也不要和任何人说起。"

"史兄，你……"丁醒还想劝他。

史辽摆了摆手，止住了丁醒的话。他走向门边，欲拉门之时，忽又停住，轻声说："张百川之死可能关系大明国运，如果所有人都置身事外，大明就亡了。"

说完这句话，史辽便打开门，消失在夜色之中。丁醒神色复杂地盯着门外的月色,许久,一句"保重"才脱口而出。

他哪里会想到,这竟是最后一次与史辽谈话。当他再次见到史辽的时候,这位生死之交已经躺在了刑部的验尸房里。

看着眼前冰冷僵硬的尸体,丁醒沉默了很久,没有说一个字。

仵作已经退了出去,他见过无数死人,也见过无数死者的亲朋好友,但从没见过丁醒这样的表情。

这样的人,你不知道他会做出什么疯狂举动,因此仵作知趣地离开,更可以说,是被吓走的。

门外有人在叫丁醒的名字,丁醒听得出来,那是神机营副将张尽忠。

神机营死了一位千户,做副将的当然要出面。

听到张尽忠的叫声,丁醒才像是活过来一样,他围着史辽的尸体转了一圈,然后头也不回,走出门去。

院子里站着四个人,张尽忠一身软甲,佩着腰刀,派头十足,但是与其余三人相比,却显得很不起眼。

那三个人并肩站在一起,左侧一人看上去有四十来岁,相貌阴鸷,眉间有一颗黑痣,正是新上任的锦衣卫指挥使卢忠。

右侧一人身材修长,弯眉细目,上唇留着两抹窄窄的八字胡,修饰得非常整洁,下巴尖尖的,身穿飞鱼服,腰佩绣春刀。丁醒认识他,此人乃是锦衣卫镇抚使,姓陆名炎。锦衣卫镇抚使的品级不高,只是从四品,但因是皇帝亲卫,即便朝中一二品大员,也不敢轻视之。

中间之人背对验尸房,身着蟒袍玉带,双手背在身后,手指轻轻颤动着,好像在计算着什么。他的肩膀较瘦,官衣穿在身上稍显肥大。

丁醒不知道他是谁,但从朝服来看,便知道是二品大员,于是跪倒施礼:"神机营百户丁醒,参见诸位大人。"

张尽忠弯着腰向那二品大员赔笑道:"此人是史辽的好友,末将带他来,让他送史辽最后一程……"

锦衣卫指挥使卢忠不等他说完,便微微一摆手道:"你出去。"

他的声音不高,但饱含威严,让人心生畏惧,不敢违拗。张尽忠干咳一声,弯腰拱手:"是……"然后低着头,小步退至院外。

那位二品大员这才回过头来,在丁醒脸上扫视。他双眼遍布血丝,却目光炯炯,散发出一股困兽般的狠辣。若换作别人,定然不敢与之对视,但丁醒却不在乎,好友之死,让他无比悲愤,这个时候不要说二品大员,就算是皇帝来了又能如何?

"我是兵部尚书于谦,"二品大员说话了,"你是丁醒?"

丁醒回答:"正是末将。"

于谦点头:"你可精通火器?"

丁醒有点儿不解,不知道这位兵部尚书为何有此一问,自己好歹是神机营的,如何会不懂火器?于是答道:"略知一二。"

于谦声音一沉:"神机营百户丁醒听令,今命你与锦衣卫镇抚使陆炎一起,侦破张百川及史辽被杀一案,限期半月,如能破案,擢升三级,若破不得,降你为小旗。"

明朝神机营中的百户是正六品,小旗是从七品,降为小旗,便是降了三级。

语出突然,丁醒一时莫名其妙,但知道不是什么好事,不由得脱口叫道:"大人且慢!"

站在于谦身侧的卢忠眼光一寒："你敢不遵令？"

于谦身为兵部尚书，率管全国军马，神机营当然属其统领。另外兵部掌管军官之选授，于谦发的乃是军令，违令者可以立斩。

丁醒自是知道军令如山，急忙解释："末将不是不遵令，只是心中疑惑，需请大人提点一二。"

于谦道："有何疑惑，讲！"

丁醒看了看一边站着的卢忠与陆炎："末将想与大人单独面谈。"

陆炎眼角颤动了几下，下巴轻轻扬了扬，显然对此话极为不满。

于谦却毫不犹豫，点头应下。

陆炎正要让丁醒解下腰间佩刀，却见丁醒已经率先解了下来，并双手呈上，便哼了一声，一手接过。

等到卢忠与陆炎退出去后，院中只剩下于谦与丁醒二人。

于谦令丁醒站起回话，丁醒从命，站起身来，拱手道："末将有一事不明，需请大人明示。大人从未见过末将，也不知末将的本领，为何执意派末将协助侦破此案？一旦误事，末将降职事小，放走了凶手事大，大人最好另请高明。比如刚才的张尽忠副将便心思机敏，足堪此任。"

于谦一挥手，干脆地拒绝："朝中四品以上官员，我皆不会让其卷入此案，至于原因，陆炎会告诉你。"

丁醒头皮阵阵发紧，史辽就是在接了这个案子后身死的，现在轮到自己了。但军令如山，事情推是推不开的，只能答应下来："既然如此，末将领命。但破案之事，很可能要用到一些江湖上的左道旁门人物，还请大人不要疑心才是。"

他说的乃是衷心之言。大明军中有明令，若有与匪类私通者，立斩。因此丁醒事先将话挑明,借以保身。

于谦道:"事急从权,一切由你便宜行事。只要在半个月内找出真凶就行。"

说完,便两袖一甩,匆匆出门而去。

丁醒独自站在原地,心中也不知是什么滋味。他闭上眼睛仰头对着太阳,九月的阳光仍旧明亮而强烈。

"在想你的好友吗?"

丁醒睁开眼睛,见陆炎将他的佩刀递了过来:"于大人吩咐过了,今后我们便是一条绳上的蚂蚱。"

丁醒正要伸手接刀,陆炎却手指一松,佩刀倏然落地,害得丁醒接了个空。陆炎扬了扬眉毛,虽不说话,嘴角却满含着嘲讽之笑。

丁醒知道,自己方才在于谦面前表示了对锦衣卫的不信任,陆炎自是要给自己一个下马威。毕竟锦衣卫的面子,可不是随便能拂的。

想到这里,丁醒只是摇头轻笑,他拾起佩刀挂在腰间,向陆炎一拱手:"陆大人,末将才疏学浅,对于查案一窍不通,今后可要多提点我这个门外汉了。"

陆炎从口袋里掏出一把瓜子,往嘴里丢了两颗,然后噗地吐出壳来:"丁兄过谦了,如果阁下是门外汉,那为什么前天夜里,史辽要与你单独密会?"

丁醒心头咯噔一下,暗想不愧是锦衣卫中的高手,居然连这件事情都查了出来,可见陆炎早已暗中观察史辽,对他的一举一动都了如指掌。这几句话虽轻描淡写,但杀机已现。

丁醒突然笑了起来。陆炎嘴角露出一抹不易觉察的轻蔑,在他看来，丁醒是在用笑声掩饰心中的惊恐与尴尬。

但他万万没有想到，丁醒笑声未绝，突然拔出腰间佩刀，向他劈头就剁！

陆炎虽无防备，但反应还是极为机敏，他右脚蹬地，向左侧跃出，这一刀擦着他的腰带掠过。丁醒一刀砍空，并不停手，横着又是一刀，扫向陆炎腰间。

陆炎在闪过第一刀之后，便已拔出绣春刀，当的一声，双刀相碰，火星迸飞。

"你疯了？"陆炎沉声断喝。如果不是闪得快，他的脑袋怕已分成两半。丁醒并不答话，依然手舞腰刀，向陆炎疯狂进攻。陆炎一一闪过，随后突然出手，一刀抹向丁醒脖子。丁醒横刀一架，却不料陆炎只是虚晃一招，随后便飞起一脚将丁醒踢翻在地。

当啷啷……

丁醒的刀飞出老远。

陆炎将刀尖抵在丁醒的咽喉："向我动手，你要造反？"

丁醒躺在地上，脸上却露出微笑："你不是杀史辽的人……"

陆炎一皱眉："你说什么？"

丁醒拨开陆炎的刀尖，坐起身来："我看过尸体，史辽前胸中刀，虽然伤口细窄，像是绣春刀留下的痕迹，可你的武功要比他差一些，杀不了他。"

陆炎冷笑："万一我是偷袭呢？"

丁醒摇头："史辽身为武将，反应极快。凭你的本事，定要在背后偷袭才有得手的可能。"

陆炎收起绣春刀："刚才你偷袭我，只是为了确定我是不是凶手？"

丁醒好像忘记了方才的事情，拾刀入鞘，嘴里说着："于大人限期半月破案，催得紧，咱们得加快进度，兄弟知道一个去处，对破案或许有用，陆大人请随我来。"

陆炎又扔了几颗瓜子在嘴里："前面带路，我可不想再被你偷袭了。"

陆炎一路跟着丁醒七拐八拐，还以为要去什么神秘去处，没想到，丁醒却在西长安街停下了脚步。这条街正是张百川遇袭的地方。正当陆炎猜测，丁醒是否要重新查看案发现场时，却又被丁醒拉着走进了对面的得月茶楼。

这是西长安街上最大的茶楼，茶博士一见是两位官爷，其中一位还是锦衣卫，吓得面无人色，哆哆嗦嗦地上前招呼。丁醒包下了二楼，叮嘱茶博士，不要让人上来。

丁醒与陆炎径直上楼，靠窗临街而坐。二楼宽敞明亮，一水儿的红木桌椅，擦得可以当镜子照。此时天气虽然凉了，可日头依然晒得很。丁醒抬手放下窗上卷起的湘妃竹帘，遮住刺眼的阳光，也遮住了二人的身影。

茶博士沏了一壶上好的龙井，摆上两碟黑白瓜子、两盘干果。

"丁兄想要探听消息，也得找个离血案现场远点儿的地方吧。"陆炎透过竹帘，看了看下面的街道。

丁醒给陆炎倒了一杯茶，自己也满上一杯："刚才在下唐突冒犯，惊了陆大人，如今以茶谢罪，还望陆大人不要怪罪。"

陆炎嗑着瓜子："不必客气，丁兄带我来此，定有深意吧？"

丁醒道："没什么深意，楼下就是血案现场，在下想听听整件事的来龙去脉，以及……"

陆炎截道："以及史辽遇害的经过？"

"正是，烦请陆大人讲得详细些。"丁醒说。

陆炎吐出嘴里的瓜子壳，说道："我是深夜接到急报的，赶到的时候，现场已经封锁，死者一行十三人，连同张百川大人在内，无一活口。其中十人死于箭伤，张大人颈、肩、腿身中三箭，不足致命，致命伤在左肋，凶手避开肋骨直透心脏，一刀致命，干净利落。另两名护卫皆被人一刀削去头颅。两颗头颅断口一致，实为一刀两首。"

说到这里，陆炎啜了口香茶："血案现场遗留有不少铜管，还有一些铜制轮盘，都已经碎裂。铜管之中残留着硝烟气味。可以证明不久前曾发射过火药枪弹。等我检查完这些，于大人也刚好赶到，就这样，案子落到了锦衣卫手里，而我是第一个到现场的，因此责无旁贷。"

丁醒给他满上茶："从头到尾，这里也没史辽什么事啊？"

陆炎道："丁百户，你真该醒醒了，现场掉落的铜管，可是火器啊，史辽是你们神机营中的火器高手，又和张百川是好友，不找他破案，找谁？"

"张百川是工部侍郎，又不是武官，随身带着火器干什么？"丁醒问道。

陆炎突然把声音压低了："你能注意到这一点，也不比史辽差多少。到了这个时候，我也不瞒你，张百川身上的这件火器，是要送给于谦于大人的，却被凶手抢走了，这件火器，关乎数十万人的

15

生死，甚至我大明国运。"

丁醒本来晃着脑袋哂笑，突然，他的笑容僵在了脸上，神色紧张起来，把声音压低："难道是……连环……"

陆炎一手捂住他的嘴巴，四下里环视了一眼："不错，就是这东西。"

丁醒拨开陆炎的手，眼珠转动着："怪不得，张百川是机关巧匠，受命钻研这东西几年了，没想到，他真的弄出来了。"

陆炎颇为自得："这下你明白为什么要神机营协助了吧？此事极为机密，只有于大人和我知道。"

丁醒喃喃地说："明白了，要找回那东西，没有懂行的可不成。否则容易被别人以假乱真，搪塞过去。"

陆炎吹了吹茶沫，又道："于大人得到关外急报，瓦剌也先近日很可能挥军南下，进攻北京城。而那东西是关外骑兵的克星，如果不尽快找回来，凭着如今神机营那几杆破火枪，能挡住瓦剌人吗？"

"怪不得于大人如此心急……"丁醒皱起眉头，眼中闪过一丝凶光，"史辽的死呢？也是同一伙凶手所为？"

陆炎扬着头，回忆着当时的情形："史辽熟悉张百川的习惯，他钻研东西，必画草图，钻研成功的东西，必备有两幅图样。他遇害之时，一定随身带着图样和实物模型，将副本留在家里。所以我和史辽便赶去张家寻找副本。结果去晚了，等我们赶到时，张宅已被大火烧毁，我们仔细检查过各个角落，没有发现任何东西。看来凶手又提前了一步。府中本就没什么仆从，唯有一个张百川的贴身家仆张五，前几天回老家去办事，没在京中。"

"史辽是什么时候死的？"丁醒问。

陆炎没回答，却看着丁醒："张宅起火的那天晚上，他去找你，是要你出手相助吧？"

丁醒瞪着陆炎："史辽什么时候死的？"

陆炎怫然不悦："你是在请问，还是审问？这种语气只该我们锦衣卫有。"

丁醒满面赔笑，躬身倒茶："您是镇抚使大人，我当然是请问，虚心请教。所以您最好照实回答，不然我很可能会再给您一刀。"

陆炎喝了半杯茶，将杯中茶底向外一泼："去找你的第二天夜里，也就是昨天夜里。"

"死在哪里？"

陆炎道："张宅。我不清楚他为什么还要去那里。说实话，我信不过他，因此暗中尾随，发现他正在张宅的废墟之中寻找什么，随后又闯出一帮蒙面人来，将他围住。为首的是个白衣人，用白巾蒙着脸。"

丁醒靠在椅背上，拳头缓缓握紧："所以，你眼看着他被杀，也没想着救他？"

陆炎将脸靠近丁醒，目光如针，语气亦如针："这样跟我说话，是不敬上司，甚至还有怀疑诽谤之嫌。"

丁醒毫不示弱："那我应该怎么说？"

"你应该说，卑职不敢！"陆炎靠回椅背，轻轻解开了上衣。丁醒看到，陆炎的胸部上方，靠近锁骨那里，包有一块透着血的纱布。这块纱布将他的前胸、后背一并缠起，从上面浸出的血印来看，伤口至少有半尺长。

"如果那白衣人的刀再长一分，或者我闪得稍慢一点儿，今天验尸房里就要多一具尸体了，你还怀疑吗？"陆炎的话音很平静，好像在说一件与自己毫不相干之事。

丁醒满面歉意，抱拳当胸："卑职不敢，我们现在才真正是一条绳上的蚂蚱了。"

陆炎慢慢穿好衣服："我希望你不要再用刚才的语气和我说话。就算我不计较，其他锦衣卫也容不得你。"

丁醒笑道："我也希望你在派人跟踪我之前，先告诉我一声。"

时局紧迫，丁醒和陆炎并没有多少时间相互调侃，两人很快就在茶楼里研究出了方案。血案未发之前，京城便已戒严，血案发生后，于谦更是下令紧闭城门，城外人等只许进，不许出，而且进城之人需要进行严格盘查。凶手几十人，一定不可能逃出城外，定然还潜伏在城内。

陆炎道："我去找于大人，请他调派三法司的人手给我。"

丁醒转转眼珠："我再去张百川的家里看看，还有没有残余的线索，史辽回到那里，到底要找什么东西。"

陆炎应允，二人拱手而别。

从西长安街去位于鸣玉坊的张宅，需要穿过阜成门大街向北走，可丁醒走到阜成门街之后，就不走了，竟靠在一个系马桩上休息了起来。他倚着系马桩，前后打量了几眼，突然拔腿往一条胡同跑去。

进了胡同，他马上停下脚步，又靠在墙根上，双手抱在胸前，一副悠闲的样子。

这时大路上响起一阵脚步声，虽然急促，但是很轻，显然受过训练。

紧接着,胡同口探出一个脑袋来,向里张望,正好与丁醒面对面,那人吓了一跳,脑袋立刻缩了回去。

丁醒跟出来,上下打量着眼前来不及逃走的汉子,笑嘻嘻地道:"兄弟,去跟陆大人说一声,在下小心得很,不会遭人毒手,用不着保护。"

那人没有回应,连忙转过身去,一道烟似的走了。

丁醒捂着嘴巴打了个哈欠,低语道:"还是信不过我啊,不过你也没占便宜,因为我也信不过你……"

他向四周看了看,确定没有人跟踪自己,这才向西一拐,钻进了另一条胡同。这次,他仍是没有去张百川的家,而是来到了广济寺。

广济寺是京城中最大的寺院,始建于宋代,元时改为报恩洪济寺,后毁于兵火,大殿廊宇等尽被烧毁。明朝建立之后,尤其是朱棣迁都北京之后,广济寺才改回原名,开始计划重修。

重修的消息传出之后,北京城中的有钱富户纷纷慷慨解囊。大殿遗址前摆着功德案,案上共计九个功德箱,装有香客们捐献的钱物。

寺院之内,丁醒的军官服色十分扎眼,引得香客们纷纷侧目。可他毫不理会,大步走到第八个功德箱前。

功德箱用上好的花梨木打造,盖子之上留有孔洞,可以塞进铜钱和银锭。盖子下方用锁头锁着,按照寺院中的规矩,功德箱每月打开一次,打开之时,全寺僧人都要在场,清点银钱,登记在册,香客们也可前来围观。

今天当然不是开箱的日子,但丁醒却专为这功德箱而来。

他走到写有"八"字的功德箱前，驻足看了看，一边的小和尚见状，轻轻问了一句："这位军爷，您是要布施吗？"

丁醒理也不理，突然从腰间拔出腰刀。

眼前寒光一闪，吓得小和尚后退几步，佛门清静地，他不知道这位军爷因何要动刀子。

丁醒拔刀在手，毫不犹豫地对着功德箱砍了下去！

"咔嚓"一声，功德箱立刻分为两半，露出了里面的银钱。

小和尚以为丁醒要抢钱，连忙双手合十："罪过罪过，军爷，这里的银钱乃是香客们敬献佛祖，重修庙宇用的！"香客们见他的军爷打扮，也都吓得不敢说话。

丁醒并不理睬，伸出手去，他的目标当然不是银钱，而是一块白白的丝巾。他将丝巾在桌上摊开，细细看了几眼，眉头微皱，随后一言不发地揣在怀中，转身便走，丝毫不理会其他人的反应。

他出了广济寺，便直奔白塔寺而去。

白塔寺是蒙元时期所建，在大明洪武元年（公元1368年）时被雷火所毁，寺中殿堂尽被焚去，唯余白塔。明宣德年间修整了白塔，但寺庙却一直没有重修，遍地野草春藤，古树参天。一截截断壁残垣静默在野草之间，虽经数代风雨侵蚀，仍依稀可辨当年的宏伟壮观。

丁醒听着头顶上的鸟鸣之声，在乱草碎石间逡巡，不时惊起灌木间的草兔雉鸡。显然，这里很少有人前来，已成了野鼠城狐的天下。

丁醒读过些书，尤喜读乱世之书，他总是觉得，一切繁华，皆是过眼云烟，终有一天会湮没于野草蓬蒿之间。此时他看着四周的残景，蓦地想起那篇《芜城赋》来，不由得心中慨叹，如果有一天瓦剌真的攻陷了北京,这座数朝古都是不是也会呈现出"孤蓬自振,惊砂坐飞"的惨景。

丁醒叹息着摇头,跨过满地的腐朽木料与碎裂砖瓦,向前走出里许,又突然停下脚步,猛地吸了吸鼻子,轻轻皱起了眉头。

空气中居然有一股淡淡的幽香,那不是花香,而是脂粉香。

难道此地除了他,亦有悲秋的佳人刚刚走过?

丁醒嘴边泛起一丝微笑,他拔出刀,挑开眼前的藤萝,向花木深处走去。

遍地野草黄花之中,隐约有一条小径弯弯曲曲地通向前方,野草之间不时露出几颗鹅卵石。正值中午,阳光透过枝叶,洒下斑驳的光点,落在丁醒脚下。他感觉脚下的草地松松软软的,两边的树枝明显带着修饰过的痕迹。

这里肯定有人居住。

丁醒沿着小径,穿过一片疏密的丛林,眼前豁然开朗。

这里应该是白塔寺的正殿,丛生的野草之中还残留着大片琉璃瓦。林子边一座小小的木屋引起了丁醒的注意。

这座小木屋的墙壁是用树身围成,屋顶上铺的不是茅草,而是琉璃瓦,显然是就近取材。木屋周围立着一圈篱笆,门口的小院内,居然还有一口井。

他探头看了看井口,点点水渍反射着阳光,看来这里有人居住。

丁醒好像知道是谁住在这里。他把刀插回腰间,举步来到篱笆门外,见门上无锁,便推门而入。

四周静悄悄的,只有远处枝头的鸟鸣之声。

丁醒提高声量叫了一句:"百晓娘……"

无人应答。声音消失在四周的林子里。丁醒朝屋门走去,想要进屋看看,可是他刚走出几步,就感觉脚下好像踩到了什么东西。

没等他反应过来,地面上便飞起一条绳子。丁醒的身子如同驾云一样腾空而起,被倒吊在半空。紧接着,草丛间腾起一股白烟。丁醒只闻到一股异香,便眼前一黑,阳光与蓝天眨眼之间就被无边的黑暗所取代……

于谦已经十几天没有回家了,他每天除了上朝,就是到兵部处理公事。

堆积如山的案卷公文几乎要把他埋没其中,还有数不清的边报在陆续飞来。

新皇帝刚刚登基,于谦虽只是兵部尚书,但事实上朝廷内外军政大权,已经全部集中到了他的手中。换作平日,如此揽权只会遭到言官们的弹劾,弄不好还要被扣上一顶擅权欺君的罪名,但此时言官们却无一例外地闭上了嘴。

因为所有的北京人都知道,此刻已是大明生死存亡之际。于谦将要面对的,是刚刚在土木堡大胜数十万明军,连皇帝都一并抓走的强悍瓦剌骑兵,以及那个凶狠狡诈的瓦剌首领,也先。

也先和他的瓦剌骑兵,在北京城中俨然已成为神话,溃兵传言,瓦剌骑兵如同夜魔一般,会在黑暗之中突然出现,他们箭法如神,可以在马上射中小鸟的眼睛,他们的战马都以人血为饮,人肉为食,长着满嘴的獠牙。

连城中的小儿,闻听瓦剌也先之名,也不敢啼哭。

于谦既要安定民心,又要抵御外敌,身上的担子重有千斤。他上任兵部尚书之后，第一个举动就是发出勤王令，命令大明境内长江以北所有军队全部向京城开进。

几日以来，城中刚刚安定了些，偏偏又出了张百川被杀一案，闹得满城风雨。百姓纷纷传言，这是混入城内的瓦剌奸细在胡乱杀人，为的是与也先的大队人马里应外合，攻陷京师。

这样的谣言不足一哂，稍有些头脑的人都知道，就算瓦剌人想制造混乱，也定要等大队人马到达城外才会行动。然而百姓们偏听偏信，一时间人心惶惶，给于谦平添了不小的麻烦。

此时，于谦正带着满眼的血丝，处理刚刚送来的边报。

陆炎在阶下搓着手，来回踱步，他与丁醒商议好，此时要请于谦下令，命三法司连同锦衣卫在城中彻查，捉拿凶手。他已经在院子里等了好一会儿，不知道于谦在忙些什么，何时才会传他进去。

终于，传令官跑了出来，向他做出个请的手势："陆大人，于大人请你进去。"

锦衣卫乃是皇帝亲卫，在大明朝的朝堂上可以一手遮天，权势极大，几乎不把任何朝臣放在眼里。若放在平日，陆炎绝不会害怕一个兵部尚书，偏偏他这个镇抚使是刚刚提上来的，而前任镇抚使被革职充军岭南的事情至今还历历在目。

尤其令他心悸的是，前些天，锦衣卫指挥使马顺因是王振的亲信，竟被众臣在朝堂之上当着新皇帝的面活活打死。如今的锦衣卫上下无不战战兢兢，如履薄冰，生怕一步走错，成为第二个马顺。

陆炎整肃衣冠，进堂来到于谦案前，拱手施礼："大人，锦衣卫镇抚使陆炎来见。"

于谦从满桌的文书当中抬起头，扫了一眼，又低头打开了一份边报，嘴里说着："有事吗？"

陆炎躬身回话："卑职奉命侦破张大人遇刺案，此案凶手极其狡猾，在城中定有秘密窝点，锦衣卫人手不足，敢请大人奏请皇上，令三法司会同锦衣卫，在城中严查叛逆。"

本来三法司的事情不归属兵部，但如今城中上下皆以于谦为主事，只有于谦代为奏请，此事方为可行。

不料，于谦头也不抬地回了一句："不妥，不可惊动三法司，只交锦衣卫处置。"

陆炎面现为难之色："可如今城中兵源不足，锦衣卫大部分人手都调配出去巩固城防了……"

他说的是实情，自从于谦临危受命，主掌兵部后，深知瓦剌部很可能乘胜进袭北京，因此一切按战时方案处置。城中所有能够调动的人马全被动员起来，锦衣卫也抽出人手，分为八队，在城中各条街巷巡逻，陆炎身边确实无人可用。

于谦闻听，突然将手中边报向桌上一拍，啪的一声，陆炎身子一哆嗦，下面的话便不敢说了。

于谦挺身站起，双手据案，脸上阴沉似水："如今城中谣言四起，一夕数惊，你还嫌不够乱吗？"

陆炎面露惊恐："不敢，卑职只是怕……"

于谦再一次打断他的话："如若大张旗鼓地搜寻叛逆，势必闹得鸡飞狗跳，造成混乱，万一激起事端，民心生变，后果不堪设想。你有几颗脑袋够砍？"

陆炎额上渗出细汗，他确实没有想到这一点。

于谦轻轻一摆手："下去办差吧。凶手人数不少，你也要小心在意。"

陆炎忙躬身施礼："多谢大人关怀，卑职一定克期破案。"

他不敢再说什么，低着头一步步退了出去。走到阳光下，他这才发觉，自己的内衣已被汗水浸湿了。

第二章
锦衣卫

丁醒也不知道被吊了多久，突然哗啦一声，一桶凉水泼在头上，他这才醒了过来，顿感头疼欲裂，眼睛快要涨成两倍大，仿佛要挤出眼眶来。

已然偏西的太阳将一条修长的人影投射到地上，正好映入他的眼中。丁醒晃晃脑袋，在脸上抹了一把，叹息道："白塔寺的井水甘甜清洌，不是用来逼供的，应该用来泡茶。"

那人一手叉腰，一手执刀，在丁醒脸上轻轻刮弄："看来你对逼供很有心得啊。"来人话音娇美，却带着一股低沉气息，别有一番韵味，让人一听就很难忘记。

"这是我家传的刀，不是用来刮胡子的，只能用来杀人。"丁醒为爱刀抱起屈来。

那人用手指弹了弹刀身："既是用来杀人的，那我便试一试刀锋。"

说着扬刀砍来，丁醒瞪大双眼："别砍……"

突觉脚上一轻，吊着他的绳子被砍断了，丁醒猝不及防，身子下坠，脑袋咚的一声撞在地上，幸好地面的野草够松软，不然的话，必定摔得鼻青脸肿。

丁醒这才觉得脑袋里的血重新流回身体四肢，眼睛也不再发涨，只是浑身僵硬酸麻，一时难以恢复，被倒吊的滋味实在不好受。

那人又一刀挑断丁醒脚上的绳子，将刀插在他身前，提起水桶放回井边。

这是一个女人，约莫二十三四岁，身材婀娜，不施粉黛，额头稍宽，颧骨微突，一对眼睛弯如新月，就是嘴有点儿大，嘴唇亦有些厚，看上去不算漂亮，却有一股野性之美，让人见过之后就很难忘记。

她给人的感觉，好像是一头荒野中的母豹，聪明、机警而又凶狠、残忍。

女子放下水桶，坐在井沿之上盯着丁醒："一个人来，胆子不小啊！"

丁醒揉着僵硬的腰眼，打个哈欠："你又不是占山的响马，我怕什么？"

女子二郎腿一跷："我虽不占山，却喜欢剪径。你来干什么最好说实话，要不然本大王管杀不管埋。"

丁醒活动开了手脚，把刀插进鞘内，从怀中取出功德箱里的丝巾："想请你解释一样东西。"

说着把丝巾摊在井沿之上，女子眼前。

那女子瞄了一眼："这是什么？"

丁醒苦笑："我若知道，还用得着来找你吗？"

女子摇头："无根无据，凭空出现的东西，你以为我是神仙？"

丁醒道："江湖百晓娘，知天知地赛玉皇。就别绕圈子了，要多少钱你才肯告诉我？"

百晓娘突然变了脸，她霍地站起，眼露寒光，吐出一个字："滚！"

天黑下来，城中已然宵禁。大街上不见一个行人，家家关门闭户，熄灭了灯火，只有一队队巡城的士兵不时走过，脚步略显疲惫。丁醒已经睡下，可并没有躺在床上，而是睡在自家柴房里。

在接到这个案子的时候，丁醒就意识到，自己的住处不安全了。史辽之死不是件简单的事，现在很可能不止一双眼睛暗中盯着自己。

丁醒睡在一堆干草里，手臂露在外面，左手食指和中指绑在一起，指缝间插着一根点燃的香，身边墙上靠着祖传的腰刀和一条二尺来长的火铳。

这条火铳已经上好弹药，只要用香点燃药室中的火药，便可以发射弹丸。

柴房的门开着，如果有敌人前来行刺，他很容易就能觉察。另一方面，敞开的柴门可以使敌人放松戒备，恐怕没有人能想到，会有人睡在开着门的柴房里。

手指间的香快要燃尽，周围仍旧一片死寂。丁醒睡得很熟，香灰一段段地落在他手背上，香头的红点慢慢贴近了他的手指。

腾的一声，丁醒从草堆里弹了起来。他急忙把手伸进一边的水盆里，把燃着的香头浸灭，又侧头看看外面的天色。只见半轮明月西斜，被乌云遮去了大半，估计快到三更天了，丁醒拿过一根完整的香，在灶膛的余烬里点燃了，又插在了手指间。

他再一次躺下，还没有入睡，就听到墙头传来一声轻响。

丁醒立刻警觉起来，他听得出来，那是飞爪的铁钩扣住墙砖的声音。

有人来了。

这个人的武艺应该不如史辽，史辽来的时候，没有用飞爪，而是直接攀上墙头跳进来的。

丁醒轻轻爬出草堆，将刀咬在嘴里，把手上的香拔下来，握在左手，右手抄起火铳，贴在门边向外瞧着。

果然，一条人影慢慢爬上墙头，先是左右张望，随后才收了飞爪，轻轻滑下墙来，站到院中。

他落地轻巧，几乎没有什么声响。丁醒心中更加警惕。

来人将飞爪放在墙根，轻轻摸向正屋。他手中没有兵器，也没有向后招呼同伴，看样子是一个人来的。奇怪的是，他背上还鼓起一大块，好像背着包袱。

丁醒心中不安，如果来人有同伴，说明手段一般，而单独前来行刺，说明对自己的身手极为自负。这样的人，一般不好惹。

丁醒向墙头上看看，断定无人接应便轻轻迈出房门。见那人正蹲在窗根之下，背对着自己，侧耳听屋内的动静。

江湖老手！

这家伙是想根据屋内人的呼吸之声，来推断对方是否在睡觉。

丁醒把刀夹在肋下，抬起火铳，对准了来人的脑袋。左手的香头放在火孔上，只要向下一按，香头点燃火孔内的火药，就可以射出铅弹。

来人听到背后的脚步声，身子一颤，刚要站起来，便听丁醒冷冷说道："别动，你再快，也快不过我手里的火铳。"

听到"火铳"二字，来人不敢动了，却轻轻地笑起来："该醒的时候你睡着，该睡的时候你却醒着。"

丁醒愣了，这个声音很熟悉。

来人慢慢站起身，转过头来，百晓娘那张令人难忘的面孔出现在惨淡的月光之下，丁醒看得清楚，她背上背的果然是个包袱。

百晓娘看了一眼丁醒手里的火铳，说道："朋友来访，你就拿火铳招待吗？"

丁醒面无表情："为什么来找我？"

百晓娘用眼角瞟了一下院子四周："进屋再说。"

丁醒晃了晃手中的火铳："说了再进屋。"

他不知这女人葫芦里卖的什么药，因此异常小心，站在院中，一旦有什么变故，他随时可以大声叫喊，引来巡夜的士兵。

百晓娘略一沉吟，明白了他的意思，这才说："我决定帮你调查这个案子。"

丁醒倒有些愣神，几个时辰以前，这女人严词拒绝了他的请求，此刻不请自来，主动相助，却是为何？

借着月光，丁醒打量着眼前的百晓娘，发现百晓娘的样子微显狼狈，衣裙下摆甚至划了一道长长的裂缝。而且脸上也有微微的擦痕，还沾染了一些尘土。

"有人在追杀你？"丁醒心里一动，脱口而出。

百晓娘被他说中了心事，突然一板脸："还不是拜你所赐，连我的窝都被人给端了。"

丁醒一笑："你的窝被端了，与我有何关系？"

百晓娘迈步上前，把火铳推到一旁，然后揪住他衣服前心，一对细目快要瞪出火星来："还笑！当我是傻瓜？你前脚走，后脚就有人来杀我，不是你引来的，又是何人？"

丁醒没有分辩，他心头闪过一丝惊惧，居然有人连百晓娘也要杀，可见此案关系何等重大，看来凶手是要将与此事有关联的人全部铲除。

正在此时，大街上突然响起一阵杂乱的脚步声，径直到了丁醒门前。

"咚咚咚。"

院门被敲响了。

丁醒没有惊慌，他知道正大光明带着人来敲门的，定然不是凶手。反倒是百晓娘脸上透出了忧心之色。

丁醒扬声问："谁啊？"

门外传来陆炎的声音："是我，丁兄还没睡，那好极了。"

百晓娘压低声音："来的是谁？"

丁醒也低声说："锦衣卫。"

百晓娘听到这三个字，脸上露出愤恨之色："这帮鸡鸣狗盗的家伙！"在她嘴里，令人闻之变色的锦衣卫，居然变成了小偷强盗。这样评价锦衣卫的，只怕天下也仅此一人。

丁醒知道，江湖中人最忌衙门，何况锦衣卫比衙门险恶百倍，因此并不奇怪。他用手指指柴房："那里。"

百晓娘抬手把丁醒的刀抢过来，又到墙根下抄起飞爪，一闪身钻进柴房，关上了门。只这几下动作，就可以看出百晓娘心细如发，临危不乱。

看着百晓娘藏好,丁醒这才开了门,门外果然是陆炎,带着几名锦衣卫部下。

丁醒一拱手:"见过陆大人。"

陆炎迈进院子,那几名锦衣卫没有跟进来,而是举着火把灯笼在街上候着。

陆炎见屋子里没有点灯,便问:"丁兄为何深夜不眠,驻足院中啊?"

丁醒长叹一声:"担子太重了,睡不着,散散步,想想事情。"

陆炎看看他手中的火铳,失笑道:"看来丁兄甚是警惕。"

"军中习惯,尤其眼下这个时期,不能不加倍谨慎。"丁醒怕他看出异样,便反问,"陆大人前去请求于兵部,结果如何?"

陆炎叹了口气:"于兵部思虑周详,为大局着想,没有同意。眼下只能靠我们自己了。"

丁醒沉吟着:"不好办,神机营也没有多余的人手。"

陆炎一摆手:"这些事先不考虑,我来是有东西要给你。"说着,从怀里摸出一个腰牌,递了过去,"于兵部虽然没有批准我的请求,却特地命人送来了这个。"

丁醒接过一瞧,居然是兵部通行令牌,这东西一般只在有紧急军情的时候才用得到,拿着它便可以在整个北京城中通行无阻,甚至各个衙门也可以随便出入。

丁醒连拍大腿,连哈欠也忘记打:"太好了,有它在手,办案方便多了。"

陆炎笑着应道:"早点儿休息,明日一早,我来会你。"

送走了陆炎，丁醒关好门，把令牌揣进怀中，转身回来时，百晓娘已经进了正屋，点起了灯。她打开包袱，将里面的东西一样样取出来，在窗边的条案上摆弄着。

丁醒迈进门来，看到百晓娘的举动，急忙上前阻止："你干什么？这可是我的家。"

百晓娘随手递过一面铜镜，吩咐道："把它放到窗台上去。"自己则忙着把一些胭脂水粉盒子摆到案上。那些盒子有铜有玉，铜盒古朴方正，玉盒雕饰精美，一看就不是凡品。

丁醒有些发急："我还没成亲，如果别人看到我家里有这些东西，还不得说闲话？"说着他把镜子往百晓娘手里一塞："锦衣卫走了，你也可以走了。"

百晓娘把手一摊，一副无奈的样子："我无处可去，在街上露面的话，一定会被当成奸细抓走，那样就没办法帮你了。"

丁醒指着案上的胭脂水粉："如此说来，你要住在我家了？"

百晓娘拍拍椅背，摇摇桌子，嘴里啧啧几声，显得不太满意："虽然你家很寒酸，味道也不是太香，可总比露宿街头要好一点。"

丁醒转转眼珠："我可没想好要不要让你住下，这得看你能帮到我多少。"

"帮你活下来，这样足够了吧？"

丁醒心里紧张，脸上却满不在乎："听你的意思，我快要死了？"

百晓娘微微颔首："你就是再小心，也有防不到的人。"

丁醒突然反应过来："你知道那块丝巾上是什么？"

"不错，我一眼就看了出来，只不过当时没想帮你。"百晓娘倒是直截了当。

丁醒忙问:"那是什么,快说。"

百晓娘却不忙着说明,只是打量着屋子四周:"我住哪里啊?"

丁醒道:"除了我的那张床,你想住哪里就住哪里。"

百晓娘扑哧笑了:"这还差不多。"

丁醒连连点头:"你帮我破这个案子,我们便同生共死,绝不含糊。"

"呸,同什么生共什么死?说得好像拜……拜把子一样。"百晓娘不高兴了,"别臭贫,仔细听我说,丝巾上是半个脚印,确切地说,是火场里的半个鞋印。"

丁醒眼光闪动:"什么鞋印?"

百晓娘向他勾勾手指,丁醒便把身子凑近了些,听见百晓娘压低了声音:"是官靴,锦衣卫的官靴!"

丁醒的脸上立时泛起一股了然的神色:"那有什么稀奇,火起之后,史辽和锦衣卫镇抚使陆炎一同去了张百川家,这枚鞋印定然是陆炎的。"丁醒虽没有向百晓娘说过前因后果,却知道,凡事都瞒不过百晓娘的眼睛。

果然,百晓娘没有现出惊讶之色,而是缓缓道:"这半个鞋印,是放火前留下的。"

丁醒陡然一惊,他感到一股寒意从心底升了上来。

他没有办法不吃惊。张百川身死之后,凶手抢走了图样,随后又去张家放火,因此可以肯定,在火起以前留下鞋印的,必定是凶手。凶手不会光明正大地去张家放火,一定身穿夜行衣,但是平常穿的靴子却不一定会换下来。

难道凶手是锦衣卫?

丁醒立刻想到了陆炎。史辽一共去了两次张宅，这条丝巾必然是他第一次时发现的。史辽莫不是因为发现了丝巾，对陆炎起了疑心，才会刻意避开他，夜里孤身一人回张宅查看？

史辽死的时候，现场只有陆炎，难道说，杀害史辽的真凶就是陆炎？如果属实，那么陆炎身上的伤，必定是瞒天过海的苦肉计！

仅仅一刹那间，丁醒的脑袋里便闪过了许多念头。他暗自庆幸百晓娘来得够早，如果再晚几天，自己很可能也要落得和史辽一样的下场。

但他冷静了一下，又意识到一个问题，便问："你怎么知道那鞋印是放火以前留下的？"

百晓娘的声音中明显多了一丝愤怒："你在质疑我的眼光。"

丁醒也不否认："鞋印上又没写着字，你怎么看出来的？"

百晓娘刚要发作，转念一想，突然又笑了："别以为我是傻瓜，你这是抬杠学本事。"

丁醒冷然回答："你那套本事，本人没兴趣，我只想活下去。"

百晓娘心里明白，如果不说出个所以然，丁醒是不会相信的，于是轻声说："鞋印是用白丝巾拓下来的，丝巾上沾染了不少烟灰，可见是鞋印先踩上去，随后烟灰才落下的。如果事实相反的话，烟灰则会被踏实，丝巾上的烟灰也会变少。"

丁醒暗自佩服，百晓娘的眼光果然独到。如此细微之处，她只是看过一眼，就观察得这般深入，这种本事，江湖上没几个人比得上。

他忍不住又问："能看出是什么职位的锦衣卫吗？"

"应该是普通力士穿的，不是有品级的人。"百晓娘回答。

丁醒长长出了口气，他感觉今天收获不小。门外响起三更的梆子之声，丁醒伸个懒腰，打着哈欠，起身回卧房，干草堆到底是不如床舒服。门还没来得及关，百晓娘就追了进来："我睡哪里？你倒是给安排安排啊。"

丁醒往床上一倒，扯过被子盖住脸："我说过，只要不是我这张床，你愿意住哪儿都行，睡房顶我也不管。"

百晓娘瞪了他一眼，转身跑出去看了一圈，没想到丁醒的住处虽有三间屋子，却只有这一张床。

她哪里晓得，丁醒在京中没什么朋友，更没什么亲戚，几乎不会有人来他这里投宿，所以丁醒懒得再准备多余的床。

百晓娘气得直跺脚，却没办法，丁醒已经打起了鼾。百晓娘不可能和他睡在同一间屋子里，只好来到客厅，把几张椅子并在一起，在心里痛骂了一顿丁醒，才和衣而睡。

丁醒并不曾睡着，他脑中倒海翻江，思绪如潮，一波落去，一波又起。

百晓娘告诉他，锦衣卫放火之前曾到过张百川家中，从时间来看，这些锦衣卫很可能是陆炎派去的。目的定是那副本。但陆炎与张百川并不熟悉，怎么会知道他留有副本？况且陆炎为何要这样做？

丁醒心里清楚，张百川手上失踪的图样，正是一样极为厉害的火器——连环神机炮的图样。神机营中所使用的火器，只有火铳、将军炮、碗口炮等，将军炮与碗口炮自身沉重，一般都用来守城，野战不易携带，因此火铳是最普遍的单兵火器。

但火铳有个缺点，发射速度太慢，每次发射之后，都需要再次装填。装填时先灌入火药，再塞上木马子将火药压实，接着装入弹丸，最后点火击发。这样一套动作下来，一般要呼吸十次才能完成。

如果敌人是高速冲锋的骑兵，这个时间之内早就冲到眼前了。不等火铳再次发射，骑兵的马刀已经砍下。

而张百川研究的连环神机炮作为一种新型的火铳，可以一次连环发射数十枚枪弹，形成连续火力。这对骑兵来讲极为致命，尤其对于密集冲锋的骑兵，连续不断的枪弹一次可以扫倒一排骑兵。

如果造上几百支这样的连环神机炮，无疑将成为关外骑兵的噩梦。

丁醒虽然打枪不准，但对于这个道理却是清楚的。现在看来，定是潜入城中的瓦剌奸细得知了此事，故而设下埋伏抢走了图样。

但奇怪之处在于，根据陆炎的说法，凶手射杀张百川一行十三人的过程干净利落，现场共有三十五支箭，就算分两次射出，凶手人数也得十七八人以上。这么多瓦剌人，绝不可能在不被发觉的情况下混入城中。

唯一的解释是，杀死张百川的，不是瓦剌人，而是瓦剌收买的明人奸细。丁醒突然想起于谦的话：朝中四品以上官员，皆不得卷入此案……

丁醒猛地把被子从头上扯下，惨淡的月光透过窗格落在脸上，照得他的脸色如同死人一般。

朝中有瓦剌奸细，而且必是高官。这一点，可以从百晓娘那里得到验证。她看出那枚脚印是属于锦衣卫的，便一口拒绝帮助自己，应该就是不想卷进这件案子里来。如果她没有被人追杀的话，绝不会来找自己，因为她早已意识到此案的可怕之处。

他望着窗外的明月，明月无声。

与此同时，北京城东的一座大宅笼罩在夜色当中，门前点着两盏气死风灯，宅子内部则是一片昏暗，淡淡的月光落下来，依稀看得清回廊树影。

一条人影步履匆匆地走在回廊之内，他来到一座厢房外，谨慎地四下听了听，确定四周无人，这才轻轻推开门，闪身入内，又将门紧紧关起。

紧接着，厢房中有火光亮起，来人点着了一根蜡烛。

烛光照耀之下，只见他脸上蒙了一块红布，只露出两只眼睛，看不出容貌、年纪，甚至由于穿的外袍极肥，连身材胖瘦也看不出。

红布蒙面人点着蜡烛，来到厢房的西侧，这里供着佛像，原来是间佛堂。佛堂中的供桌极其高大，他伏身钻进供桌之下，摸索着拉开一块木板，露出下面的暗道。

他走进暗道口，借着烛光照亮了眼前的地室。

京城中很多人家都修有地室，家境一般的人可以放些蔬菜、酒食、米粮，而一些高官贵胄家中的地室则大多用来贮藏金银珠宝。

地室里燃着油灯，三十来个穿着夜行衣、面目狰狞的汉子横躺竖卧，使本来宽敞的地室显得有些拥挤。

地室最里面摆着一张床，床上坐着一个人。此人身穿白衣，脸蒙白巾，眼睛闭着，膝上横放着一把刀。

那红布蒙面人走到白衣人跟前，干咳了两声："我探听过了，城中一切照常，只是增加了些巡夜士兵，并没有举城搜查。看来于谦也不过如此，自古书生百无一用，到底没那么狠辣。"

白衣人的声音有些沙哑，听起来好像蛇皮在沙子上滑过，令人心悸："于谦不是傻瓜，认为他百无一用的人，早晚会栽在他手上。"

红布蒙面人有些不服气："他既然那么厉害，为何没有挨家搜捕？"

白衣人轻抚膝头长刀："因为他已经意识到，我们绝不会藏身于百姓之家，在城中一定有高官接应，只不过他不知道这位高官是谁罢了。"

红布蒙面人又在干咳："于谦此时大权在手，完全可以任意搜查百官宅邸。"

白衣人站起身来，走到他面前，用手中刀鞘在他肩膀上拍了拍："大人，怪不得你没本事入阁，你猪油吃得太多，蒙了心。在这个当口肆意搜查，刚刚稳定下的朝堂立刻又会大乱，到时候谣言四起，人人自危，还有什么精力抵御也先？所以于谦不是傻瓜，你才是。"

红布蒙面人无言以对。

白衣人又坐回床上，将刀横在膝头："大人辛苦了，早点儿休息吧，记住，只要你表现得自然，便没有人会怀疑你。"

红布蒙面人还想说些什么，支吾了几声，却没说出口，只得转身离去。

一个脸上有伤疤的汉子凑到白衣人跟前，低声说道："当家的，这厮可不可靠？咱们窝在这里，别被他卖了！"

白衣人冷冷一笑："如果是前几日，我还真得提防他，不过张百川死了之后，他已经和咱们绑在了一条船上。他若现在出首，卖了咱们，到头来大家一起上刑场，谁也跑不掉。这个理，他清楚得很。"

说完，白衣人往床上一倒："熄了火，大家好好休息，下面该干大事了。"

地室之中立刻漆黑一片，只有从透风口射下来的月光，清清冷冷地落在地上。

同在月光之下，塞外草原上却是另一番景象。

"北地胡天，八月飞雪"，然而此时已是九月中旬，草原之上仍未见雪的影子。寒风劲吹，尚未干枯的野草如同波浪一般，涌起，伏下，伏下，涌起。

远处的山峰仿佛很近，伸手便可以触摸得到，山头的白雪在月光之下闪着晶光，好像玉雕银砌一般。一条小河流过草场，水声如同神仙用无形的手指拨弄着马头琴的琴弦。

残月虽暗淡，可地上却是灯火通明，一片瓦剌营帐扎在草场的高冈之下，连绵数十里不绝。在灯火最明亮的地方，耸立着一座大帐，比其他营帐足足大上三倍。一杆白色大纛立在帐侧，迎着寒风猎猎作响。借着月光可以清楚地看到，白色大纛上绣着一只灰色飞鹰。

飞鹰乃是成吉思汗家族的保护神，相传，成吉思汗的祖先孛端察尔贫困时借助驯服的飞鹰猎食才活下来。黄金家族早已覆灭，此时的瓦剌却竖起了绣着飞鹰的白色大纛，只有一个意思，瓦剌想要恢复当年成吉思汗以及黄金家族的荣光。

有如此魄力的瓦剌人只有一个，那就是也先——刚刚在土木堡大破五十万明军，并生擒了明朝皇帝的人。

此时的也先坐在长案后，案上摆着整只的烤羊，还有一只金樽。

金樽高有九寸五分，象征九五至尊，上刻祥云瑞霭，盘着一只金龙，式样并非草原部族常用之物，但也先已经喜欢上它了，因为它的前一任主人，便是大明皇帝。

也先的样子并不像明人传说中那般凶恶,他身材适中,面色白净,大漠的风沙在他身上没有占到多少便宜,如果不是细长的双眼和非常有特色的蒙古胡须,很多人都会把他误认成中原人。

也先喝下一樽马奶酒,伸手抄起割肉刀,要从烤羊腿上割肉吃,便在这时,大帐的帘子一掀,进来了一名百夫长。

这名百夫长是也先的守帐官,若想求见也先,无论大小事务,都要先告诉守帐官,再由他进帐通禀。也先喝得已有几分醉意,可他的眼睛却时刻如同潜伏在草丛中的野狼,带着无比的警惕。

百夫长一溜小跑,来到也先身边,将手里的一样东西递了过去。

也先放下割肉刀,接过来看了看,见是一封书信,封口用火漆烫着。

火漆的图案也是一只飞鹰,和帐口那杆大纛上绣的飞鹰一模一样。

巨烛闪耀之下,也先撕开封皮,抽出了里面的信纸。扫过几眼之后,他突然伸出大手在案上重重地一击。

啪……

那百夫长吓了一跳,就见也先将信纸放在案上,吩咐道:"把伯颜和孛罗叫来,快去。"

百夫长不敢怠慢,三步并作两步跑出帐去。

不一会儿,一个人匆匆来到也先大帐,正是他的弟弟,伯颜帖木儿。此人与也先长得相似,衣冠也得体,并不像多数部将那样粗豪。

他站到也先面前,躬腰施礼:"太师。"随后伸手接过也先递出的书信,草草看过,眉头微微皱了皱。

"你现在传我的号令,召集草原的勇士们,让他们在三天之内,全部聚集到我的大纛之下，跟我一起再一次踏过明人的长城。"也先的声音听起来甚是尖锐，好像一支鸣镝。

伯颜吃了一惊："太师，三天后进攻大明？好像太急了一点。"

"你没听清楚我的话吗？"也先一对细眼之中闪着寒光。

伯颜连忙后退："我这就去，这就去……"说完一溜烟似的跑出大帐。

此时，又有一人大步走了进来，便是也先的另一个弟弟孛罗，孛罗是瓦剌部族最为凶悍的战将，土木堡之战中，就是他率先攻入了明军的中军。

孛罗留着一头黑色的发辫，精赤着上身，怪兽般的肌肉泛着油光，他喝得头有些晕，嘴巴也不利索："出了……什么事？"

也先很清楚他这个弟弟的脾性，没仗打的时候，这家伙喝得像头死牛，可一旦听到号角之声，孛罗立刻会变成最凶狠的豺狼。

该让他露出獠牙了。

也先知道孛罗不识字，所以只是简单地回答："我刚收到北京城中的线报，他们已经立了新皇帝，不打算要这个软脚羊皇帝了。"

孛罗一挥手，醉意十足："不要就不要，我们大家拿他来取取乐子嘛。"

也先冷笑："你懂什么！等到新皇帝坐稳了，我们手里的皇帝就是个吃闲饭的，再也不可能靠他讨到珠宝钱财。所以我们要带着他打进长城。我要你做先锋，第一个冲进北京城！"

他静立在灯影下，脑海之中不住地响起祖父的告诫之声：我的孙儿，待到以后你做了大汗，遇上大明军队的时候，一定要记住，绝不能给神机营发射铁弹的机会。

当年只有十岁的也先,将这段话牢牢地记在心里。土木堡之战中,他以偷袭的方式进攻,没有给神机营发射火枪的机会。神机营因此覆灭在他手中,报了当年祖父的一箭之仇。

哪知道今天送来的密信,却向他透露了一个可怕的消息。也先知道,留给瓦剌骑士自由奔驰任意砍杀的机会,已经不多了。

清晨又一次来临,北京城阳光普照,却带不来多少温暖,北方吹来的风愈加寒凉,刮在脖子里,冷如刀锋。

丁醒起得很早,他打着哈欠走到客厅,看到桌上摆好了早餐,四个煮鸡蛋,一碟咸菜萝卜,还有小半锅冒着热气的黄米粥。

百晓娘此时正坐在窗前,对着条案上的镜子梳妆。

丁醒打量着条案上那堆胭脂、水粉盒子,还有头钗、耳环、梳子之类的物件,不禁轻轻摇头:"你可真行,逃亡的时候也背着这些东西。"

百晓娘不屑道:"这可是女人家的宝贝。"

"果然不同凡响!"丁醒坐在桌边拿起一个鸡蛋开始剥壳,嘴里说,"伙食给你算便宜点,每天一钱银子。"

"不贵,不过嘛……"百晓娘把手向后一伸,"昨天说给你的事情,作价十两,给钱。"

丁醒怪叫一声:"你这是漫天要价。"

"那你也可以落地还钱啊!"

丁醒笑道:"你还真没做过生意!卖消息的人都是先给钱再开口,哪有先开口再给钱的,你把自己当成说书的了?"

百晓娘双手在头上盘着辫子:"我帮你破案,就算帮你打短工好了，工钱我不要，你也别向我要食宿钱，怎么样？"

丁醒咽下一口粥："嗯……好吧，算我晦气。"

吃罢了饭，百晓娘问丁醒："现在去哪儿？"

丁醒抹抹嘴巴："等着吧，很快锦衣卫的陆大人就来了。对了，锦衣卫的人认识你吗？"

"不认识，见过我真面目的人寥寥无几。昨夜我跑出来也是蒙着脸的。"

丁醒沉吟着："可锦衣卫不是好应付的，一旦问起来，如何作答？你就说是我的……我的朋友，江湖上的朋友。"

百晓娘截断他的话："不成，朝廷对江湖上的人防范很严，不能说我是江湖人。"

丁醒一拍大腿："就说你是史辽的红颜知己，将要订婚怎么样？"

百晓娘皱着眉头想了想："可以。史辽是山东登州人，听说山东登州参将顾长风的干女儿不少，我就冒充一下好了。"

正在此时，外面响起敲门声，丁醒出去开了大门，陪着陆炎走进来。陆炎一眼见到百晓娘，微一皱眉："你是何人？"

丁醒忙说："这位是顾小姐，史辽的未婚妻，世居山东，虽然双方未曾订下婚书，可顾小姐仍旧义无反顾要为史辽报仇，追查凶手。顾小姐，这位是锦衣卫镇抚使陆大人。"

陆炎追问道："世居山东，史将军前天刚故去，姑娘今早便到了，看来不光消息灵通，脚程也快得惊人啊！"

百晓娘向陆炎拱了拱手，说道："小女上月来到京城，一直没有离开。陆大人不必多疑。"

陆炎眼光闪动："姑娘行的是军礼，莫非是将门虎女？"

"小女是山东登州府参将顾将军的螟蛉之女，我父以治军之道治家，因此熟悉军礼。"百晓娘回答说。

"原来如此。我听说顾将军去年出海剿寇，受了箭伤，不知好了没有？"陆炎摆出一副关切的神色。其实他完全是信口胡诌，绝没这回事。登州府这几年并无匪报。

百晓娘镇定自若："大人记错了吧，登州府近两年并无匪患，我父也没有出海。"

陆炎打个哈哈："确实记错了，应该不是登州府的顾将军，记错了……"

丁醒知道陆炎是在试探百晓娘，纵然百晓娘心机灵巧，可言多必失，谁知道陆炎还会问出些什么，因此连忙打断二人的谈话："陆大人，于兵部限你我半月破案，你那里可有什么线索？"

陆炎道："现场倒是找到几十支箭，属于京城武备库所有。按理说，只要查到箭的去向，便可知凶手是谁，可事实却没那么简单。土木堡大战之前，王振怂恿太上皇亲征，行程过于仓促，武备库调出多少军器，根本无法统计，转运过程中亦不知道失落了多少。"

丁醒想了想："虽然不好查，但这毕竟是指向凶手的直接线索，咱们还是别断了这条线。不如这样，陆大人去查箭支去向，我和顾姑娘去史辽家里，或许会有什么新的发现，咱们双管齐下。"

陆炎道："正合我意。"说完，他快步出门，带着几名部下往武备库赶去。

陆炎一走，百晓娘总算松了口气："这人好重的疑心。"

丁醒耸耸肩膀："锦衣卫的通病，看谁都不对劲。"

估摸陆炎走远了，丁醒便锁了门，与百晓娘一起走上街头。

街上冷冷清清，许多商铺都关门闭户，只有一些小贩还在推车叫卖。丁醒明白，那些大商人此时多已逃出京城，躲去了安全之处。丁醒看着这些关门的商铺，甚是烦恶，心道这些人全无气节，国难临头，他们却只知道护着钱财逃走。不过转眼一想，又不禁苦笑。自己之前也不因明哲保身，而一口拒绝了史辽吗？

　　此时，百晓娘还穿着昨夜的衣服，她将衣服上裂开的地方补好，洗了脸，梳了头，轻施脂粉，更显得英气勃发。丁醒知道她会武艺，因此出门之前，特意在家里找了一根齐眉棍，交给她防身。

　　街上士兵很多，几乎每个街角都有人巡查，这应该是于谦下的令，每日都有进城的人，其中很有可能混入了瓦剌奸细，不得不严防。丁醒穿着军将服饰，倒免去了被士兵反复盘查之苦。

　　丁醒说是要去史辽家，实则来到了鸣玉坊，直奔张百川的住处。此时的张宅只有外墙完好，大门已经碎裂，歪倒在一边，可能是救火的人来往碰撞所致。那日史辽死在这里，为了保护现场，张宅外面留有驻守的士兵，此时仍未撤走。

　　两名刑部差官坐在门口台阶上晒太阳，见到丁醒二人走近，都提高了警惕，手握刀柄。丁醒上前，取出通行令牌，说了句："我是神机营百户丁醒，兵部于大人派我前来公干。"

　　差官仔细看看，丁醒手中果然是兵部令牌，一名上了年纪的差官立刻拱拱手："刑部已经知道这件事了，丁大人有什么活儿需要我们兄弟，只管开口吩咐就是。"

　　丁醒抱拳还礼："不敢劳驾二位，你们只要守好门，别放人进来便好。"

　　说完，丁醒带着百晓娘迈过大门，走进院子。

院子里一片狼藉，虽然大火早已扑灭，可是现场并未清理，只见房屋已经烧塌，遍地碎砖裂瓦，残垣断墙上焦黑一团，满地烟尘，连路径也找不到。

二人走在这片瓦砾场中，犹可以闻到一股未曾散尽的焦煳味。

百晓娘四下张望，随后走到一处残墙前，向地上一指："这便是火头初起处。"

丁醒看看位置，应该是房子的西屋。他曾听陆炎介绍过张宅的布局，知道张百川住在东面，中间是会客厅，西面是书房，不禁叹息一声："看来副本已经被凶手找到，带走了。"

百晓娘摇头："未必。"

丁醒道："凶手在这里找到副本，然后放火，毁灭踪迹，难道不是这样吗？"

百晓娘双手抱在胸前，用一种教训的口气说："如果凶手拿到了副本，也就用不着放火了，悄悄离开不是更好吗？凶手放火，唯一的解释是没有找到副本，所以干脆放一把大火，连房子整个烧光，这样一来，无论副本藏在哪里，都会被烧掉。凶手已经有了正本图样，不会在乎副本是否完好，他唯一要担心的，则是副本落在于谦手里。你说呢？"

丁醒却有不同看法："如果没有其他可疑之处，史辽不会再度回到这里，更令人不解的是，凶手为什么要在这里杀他？"

百晓娘道："你认为，除了丝巾之外，史辽还可能在这里发现了什么？"

丁醒扫视着四周："说不好，史辽与张百川是好友，他们二人之间很可能有外人不知道的秘密，就像我和史辽之间……"

话未说完，前面不远处传来啪的一声，二人一愣，凝神向前看去，只见地上滚过来一块东西，圆乎乎的。丁醒怕是火雷，急忙拉着百晓娘跳到一处残墙后面。

百晓娘却推开了他："是石头。"

丁醒定睛一看，果然是块圆石，这块石头上绑着一条白布带，布带上好像写有字迹。

百晓娘抬眼看去，张宅的后面是条胡同，而对着张宅的是一家客栈，此时二楼一间屋子的窗户开着，却看不到人影。

石头定是从那里丢过来的，百晓娘心想。

丁醒将石头拾起，解下缠紧的布带，看到上面写着两个字：海子。

二人对视一眼，同时脱口而出："什刹海？"

北京城里的什刹海，在民间称"海子"，二人不用猜，就知道其中意思。

百晓娘看着对面的客栈："有人约我们去什刹海呢。"

丁醒道："你猜会是什么人？"

百晓娘指指那扇开着的窗子："看来早就有人盯上我们了。"

丁醒见是一家客栈，眼睛一亮："我们可以去问问掌柜的，是谁住在……"

百晓娘截断他的话："用不着问，这人神头鬼脸的，住店一定不用真名字。"

丁醒瞟了她一眼："是啊，还是用假名字方便。"

"走吧，我们去赴约，说不定会有大收获。"百晓娘不理会他话中的戏谑之意。

丁醒也以一种教训的口吻说道："你太没戒心了，万一是陷阱呢？也许是凶手，埋伏好了人马，要对付我们。"

百晓娘指了指天上的太阳："光天化日，海子上人不少，凶手不会这么傻，大白天的露出形迹。"

二人出了张宅，走上大街，百晓娘好像想起了什么："来时你说，史辽死了以后，你去寺院里拿到了丝巾，这就是你们之间的秘密吧？"

丁醒道："看到史辽的左手握成'八'字状，我就知道，他在寺院中给我留了东西，在第八个箱子里。"

百晓娘嗤之以鼻："这算什么秘密啊，小孩子玩的？"

丁醒慨然长叹："我只有史辽一个知己，可我们也有争吵的时候。有一次我们吵得厉害，谁也不理谁，后来他忍耐不住，便向我道歉。那时我们开玩笑，以后如果再有这样的情况发生，就往一个秘密的地方写信，那样便没有当面道歉的尴尬了。当时我们正好在广济寺里游玩，眼前有九个功德箱，便约定，以第八个功德箱作为投信之处。没想到，第一次用它的时候，竟也是最后一次。"

二人边说边走，顺着宣武门街一直向东北，朝什刹海而来。

秋天的什刹海景色还好，但已显出一些秋气肃杀的意味。

岸边的白杨树和柳林之下有了一些半枯半黄的叶子，那是被前夜的狂风吹落的。而余下的绿叶也打起了卷儿，等待着同样的命运。水面之上泛着清波，映着阳光闪动，岸边也有一些游人观赏风景，但难掩眉目间的恐惧与愁容。

不时有水鸟鸣叫着飞过，不知是照影，还是看到了水中的游鱼。如今或许只有它们，才是无忧无虑的。

今天天色不错，有十几只游船画舫漂在水面之上，船舱里时不时飘出女孩子曼妙的歌声。

大明朝已经像风中枯黄的树叶一般，随时可能湮没在北地的胡尘当中，这个时候居然还有人寻欢作乐？百晓娘有些不理解。

丁醒心中明了："这些人也是想逃的，可如今北京城只许进，不许出，他们只好借酒浇愁，快活一天算一天吧。"

百晓娘四下观望着，看看有没有可疑的人。既然那扔石头的人约他们来这里，势必会现身。可看了半天，始终没人注意到他们。百晓娘暗中松了口气，这至少可以证明岸边没有埋伏。

丁醒盯着碧波荡漾的水面，若有所思。正在这时，一只小舢板摇了过来。这种小船仅仅能坐两个人，还得是促膝而坐。船夫在船头上，手里握着船桨，停到了二人面前。

未等丁醒开口，那船夫一拱手："二位，请上船。"

丁醒上下打量着船夫，见是个中年人，面容黑黑的，一脸忠厚的样子，不像是歹人。

百晓娘问："上船？我们可没说要游海子。"

船夫笑着指了指水面上的一只画舫："二位的朋友在等着呢，吩咐小人来接，船钱都付了。"

丁醒与百晓娘这才明白，约他们的人就在那只画舫上。丁醒没有犹豫，招呼船夫搭好踏板，举步上船，百晓娘也紧随其后，船夫撤回踏板，轻轻一桨，小船便离了岸，向水中划去。

百晓娘与丁醒对膝而坐，眼睛盯着青绿色的水面，突然低声问丁醒："你会游水吗？"

丁醒轻轻摇头："我不会，你呢？"

百晓娘傻了眼："我也不会。"

丁醒吃惊起来："万一凶手把这船弄沉，我们岂不是……"

"你怎么不早说。"百晓娘差点儿叫起来,"是谁先上船的?我看你一脸轻松的样子,以为你会!"

那船夫听个大概,哈哈一笑:"两位客人不要怕,小的会游水。"

二人同时叫道:"怕的就是你会!"

百晓娘双手按住船舷,尽力使小船平稳,可心里却七上八下。如果船夫是凶手改扮,现在自己和丁醒便是俎上之肉,网中之鱼了。

幸好,船夫没有任何多余的动作,驾着小船来到了那条画舫边。他停下船,用桨敲了敲画舫甲板,叫道:"客官,小人把你的朋友接来了。"

丁醒暗中握紧了刀柄,眼睛紧盯着画舫前低垂的舱帘。

随着船夫的呼喊,舱帘一挑,有人一步迈了出来,站到船头。

丁醒打量此人,心里有些疑惑。他本以为是个认识的人,或是朝中的官员,但眼前的人其貌不扬,而且一副家仆打扮。

这家仆面露惊恐之色,向着丁醒二人一招手:"二位快上船。"

丁醒与百晓娘对视一眼,便一前一后跳上画舫。这条船要大得多,也平稳得多,二人这才稍稍放了心。

见船夫唱着小调划船离开,家仆向着船舱内一摆手:"请进。"

百晓娘自然不会轻易进舱,反问道:"丢石头约我们来此的人,是不是你?"

家仆知道二人对自己怀有戒心,于是立刻表明身份:"小人是张百川大人的家人张五,有要紧事约见二位。"

丁醒听了这话,暗吃一惊。

他记得陆炎介绍案子的时候曾经说过,张百川家人不在京城,平时只养着四个轿夫,一个贴身仆人。那些侍卫是向兵部借来的。

就在血案前几日，张百川打发仆人张五回苏州老家办事，不在京城，躲过了一劫，哪知今日却出现在眼前。

此人难道知道些什么？

丁醒心头打起了鼓，这可是天上掉下的线索。于是他下意识地一把拉住张五的手臂，他感觉到张五的身子在微微发颤，好像十分恐惧。

"你不要怕，有什么要告诉我们的吗？"丁醒的声音很柔缓，借此来安抚张五的心绪。

张五四下看了看，见周围只有一些画舫，而且都离得很远，听不到自己说话，这才说道："大人是神机营的丁百户吧？小人听说丁大人接手了这案子，就一直在暗中跟着你们。"

丁醒问他："你什么时候回的京？"

"就在我家大人被杀的第二天。我刚进城便遭到暗算，人群里不知是谁刺了我一刀，差一点要了我的命，幸好人多，这一刀应该是被人群挤歪了，没伤到要害。"说着张五掀起上衣，丁醒见他腰间缠着白布，布丝里渗出血迹。

百晓娘道："所以你不敢再明着露面，听说丁大人接手此案，就躲在张宅后面的客栈里等我们，你知道我们一定会去现场查看。"

丁醒一摆手："陆大人也在办理此案，你为什么不去找他？"

张五咽了一口唾沫："他是锦衣卫，我不敢找他。"

百晓娘道："案发之时你不在京城，是有什么要紧事吗？"

张五舔了舔发干的嘴唇，又看看四周："血案前半个月，我家老爷突然变得有些反常。他每日钻在书房里，反锁着门，不知道在干些什么。那天他吩咐我回乡，明着说是去取一些过冬衣物，可暗中却要我回去告诉老夫人、小姐，让她们立刻搬家，去舅父家躲一阵。我问为什么要躲，老爷却呵斥我不得多问，我只好从命。可刚回到京城附近，就听说老爷被刺杀身死。"

百晓娘认真地听着，察言观色之下，她感觉张五不像在说谎。

张五不愧是三品大员的家仆，说这些话条理清楚，口舌伶俐，显然是见过世面，会说话的。

丁醒道："你见到暗算你的人了吗？"

张五摇头："进城时人多，凶手在我身后，我回头望时，没发现可疑的人，想来凶手定是钻进人群里了。"

"张百川大人在钻研一样东西，有谁知道这件事吗？"丁醒问到了重点。

张五转着眼珠想了想："没人知道，甚至连我都不知道他在干什么。"

百晓娘问："在那一段时间里，有没有人拜会过他？"

张五回答："有，有几位大人来过，兵部的于大人，刑部新任侍郎秦大人，还有就是我家老爷的两位好友，吏部的何大人和钦天监的高大人。"

丁醒心里盘算着，兵部的于大人自然是于谦，张百川钻研神机炮，于谦必定知晓，而且那天张百川遇害之时，显然正是要去兵部。

刑部侍郎秦光是新提升的，与张百川只是普通交情，加之张百川为人谨慎，相信不会让秦光知道神机炮的事。

至于吏部的何三省与钦天监的高双，则是张百川同年的进士，这两人知不知道内情，需得打问过才能明白。

张五如数家珍地将几个人的名字说了出来，突然眉头紧皱，语

53

带支吾。

百晓娘立刻问道:"难道还有别人?"

张五道:"是还有一个人,不过这个人很神秘,总是后半夜才来,天明之前便又离开。每次来去,都是我家老爷亲自开门迎送,不让别人接近。"

"此人长什么样子,你认识吗?"丁醒急问。

张五摇头:"他来的时候总是蒙着面,穿着黑袍,看不到脸,不过有一次,我在屋子里看到他与我家老爷在门前低语,夜风吹过时,他的袍子被掀了起来,露出了手臂。我看到他手上缺了两根手指。"

百晓娘眉毛一扬:"是哪两根?"

张五伸出右手的食中二指,晃了晃。

丁醒道:"你最后一次见他是什么时候?"

张五刚要说话,陡然身子一震,眼睛猛地瞪圆了,他转过身向后看去,丁醒与百晓娘这才发现,张五的背上钉了一根黑翎羽箭。

有人暗放冷箭。

丁醒一把拉住百晓娘,二人卧在甲板之上,丁醒伸出手去抓张五的脚踝,想把他也拉倒,可是眼前一道乌光闪过,又一根箭钉进了张五的前胸。

张五身子后退几步,扑通一声摔进水中,眨眼间便沉没不见。

一股血水涌了上来,瞬间在水面翻开了血花。

丁醒抬头看去,飞箭射来的方向没有船,只有一排沿岸的房屋,冷箭应该是从那排房屋里射出来的。

此时几条画舫上传来叫声:"有人落水啦……"

随着叫声，有画舫划了过来。百晓娘看了看水面，已经无法看到张五的尸体，只得作罢。船主听到落水声，也匆匆跑过来，百晓娘吩咐道："靠岸，快靠岸。"

船主没见到张五的人影，还在犹豫，丁醒拔出佩刀向他一指："我乃大明锦衣卫，捉拿凶徒，速速靠岸！"

船主吃他一吓，不敢怠慢，立刻挥舞着船桨，将二人送回岸边，丁醒跳上岸阶，抬头看着临街的房屋。

百晓娘扯了扯他道："走吧，凶手的目标是张五，一击得手，早就撤走了。"

丁醒一跺脚："好不容易有条线索，又断了。"

百晓娘目光闪动："也不一定，张五死前，毕竟说出了一个人。"

丁醒道："那个缺了两根手指的吗？京城户口百万，难道要一户户地查？"

百晓娘看看天色，嘴里说着："不用查，我知道是谁！"

第三章
武备库

陆炎带着三名部下，顶着初升的日光，纵马直奔武备库。

武备库有两处，分别靠近东城兵马司与西城兵马司，也属二司掌管。平时由工部王恭厂中打造出来的箭支，都运入武备库中存放。按照常规，每次进库及出库之时，箭支、刀枪、盔甲、火药的数量均有记录，由当值文书查对清楚之后，记在值日簿上。王恭厂中也有记载，两处记载相同，方可入库。

但土木堡大战之前，王振催促太上皇急急出兵，武备库中便夜以继日地连续搬运，又加之换班混乱，值日簿上记得乱七八糟，这些事情，陆炎是知道的。他此次前来，并非为了核对箭支数量，而是另有打算。

陆炎来到西城武备库，亮出通行令牌，吩咐当值文书来见，然后直入库房，准备看看城中的武备库存。

武库并非一间，而是几十间房子组成的，有弓弩房、盔甲房、火药房、器械房,各种兵器都分开存放。

陆炎打开库房,一一点看,发现大多数库房的存量都很少。

也难怪,经过土木堡大战,五十万大军几乎片甲不回,光军器就失了上百万件,京城的武备库中只剩下了一些残破兵器。

陆炎轻轻摇头,他听说于谦已经将全城的工匠铁匠聚集到一起,日夜打造军器,以防也先来攻。但短时间内要打造如此多的兵器是不可能的,而瓦剌人说不定很快就到了。

"禀大人,当值文书来到。"

部下的声音打断了陆炎的思绪。陆炎回头一瞧,眼前站着一人,头戴轻纱小帽,低着头,单薄的身子在微微发抖。

陆炎身为锦衣卫,对于别人的这种表现可见得太多了。事实上,面对锦衣卫不发抖的人,才是少见。他甚至没有让这人抬头,便问:"你干这差事多少年了?"

那文书吓得声音打战:"小人……五年前入职……"

陆炎微微嗯了一声:"有年月啦。"

一名锦衣卫取出一包射杀张百川等人的箭支,抽掉布套,往那文书眼前一递。

陆炎问道:"这些箭可是武备库中的?"

文书定定心神,细细地瞧了几眼,轻轻抽出一支,放在掌中掂了掂,又用手指刮刮箭镞,这才说道:"回大人,正是。"

陆炎慢条斯理地问了一句:"你能确定?"

文书道:"确定,从箭头形式、光泽,以及箭杆、翎毛的用料来看,确是武备库中的存箭。"

陆炎突地厉声问道:"既是武备库中存箭,为何会落入歹人手中？"

文书大惊，低头道："小人不知，确实不知。"

陆炎凑近文书的耳朵，轻声说道："武备库当值人员私卖军械，你以为我不知道？说出主使之人，我就不难为你。"

文书吓得扑通跪在地上："大人明察，小人从未偷卖过军械，偷卖军械的是王振党羽，王振死后，这些人全都溜了……"

陆炎扔了几颗瓜子在嘴里，将壳吐在文书的肩膀上，悠然道："我当然知道你并非王振一党，如果是的话，也留不下来。王振党羽私卖军械，你分不到好处，可一旦出事，背黑锅的却是你，所以我不想问罪于你，只要你把知道的全说出来，告诉我这些军械卖到哪里去了。"

文书连忙道："小人全说，只要知道的，不敢有半点隐瞒。"

陆炎蹲下身子，把耳朵凑近，听文书低语了几句。陆炎皱了皱眉头，眼珠转动着，突然向部下一挥手，起身就走。快走到门口时，他甩下一句话："以后武备库每进一批军械，你都要向我递交记录，不得有丝毫差错。"说罢，推门而去。

出了武备库，陆炎吩咐三名部下各换了便衣，自己也进了一家成衣铺，要了一身百寿员外袍穿戴起来，绣春刀放进锦袋之中藏好，交与部下背在身上。

此时陆炎的打扮，好似一位士绅。他带着三名家丁，四人大摇大摆地走进闹市，直奔西直门大街而来。

紧靠西直门大街的是日中坊。

日中坊是北京城最北面的一片民居，靠近积水潭，由西直门可通城外。

陆炎径直进入日中坊，在桃园附近，他看到临街有一家店铺，非常气派，上挂黑底金字牌匾：上品茶坊。

茶坊门前显然冷清，没有客人，此时北京城风声鹤唳，哪个还有闲心品茶？

陆炎带着部下，大步踏进茶坊，用眼睛一扫，茶坊门面不大，迎门便是柜台，柜台后面是一排排木制小柜，好像中药铺一样，里间挂着珠帘，应是会客之地。

一见陆炎进来，掌柜的急忙上前招呼，陆炎大剌剌地一挥手："叫你们东主来，就说有大生意上门。"

掌柜一瞧陆炎的派头与穿戴，不敢小看，急忙让进里间，并派伙计去请人。

陆炎靠坐在太师椅上，对掌柜献上来的热茶只是闻了闻，连端也懒得端："拿下去，再冲……"

掌柜心头佩服，这杯茶只是二泡，三泡才是精华所在，看来人家是个懂茶的。

茶僮上前，倒掉这一杯，又冲一杯，陆炎这才端起，细细品了一口，轻轻点头："六安茶，清神明目，好，好……"

掌柜刚要问话，便从后门外走进一人，此人身材修长，细细的眼睛，长长的鼻子，一张马脸，脸上坑坑洼洼的，穿得倒是很讲究，头戴四方平定巾，身穿青布长袍，外罩披风，脚下一双百寿靴，显得精明干练。

掌柜急忙介绍："这便是我家东主，二位详谈吧。"说完退到门外。

马脸人一抱拳："在下马章，骏马之马，文章之章，不知员外驾到，有失远迎。"

陆炎客气几句，二人各自归座。

陆炎道："后日正值小儿弥月之喜，宾客众多，耗费茶酒，听闻贵店有特制好茶，因此不揣冒昧，特来求赐。"

马章连声道喜，然后说："敝店虽小，却有名茶，乃是江南妙手精心炮制，在下亲自监察，绝无假货，请随我来。"

马章引着他走向后院。陆炎向着三名部下丢个眼色，让他们小心在意，自己则跟随着马章，穿过后门，进到一个小院子里。

这间院子里建有库房，还放着不少车子，车上堆着一个个茶包，不知是要运走，还是刚刚运来。

看看四下无人，陆炎突然一拉马章的手腕。马章一愣，刚要开口，陆炎便低声说道："我知道你的茶里另有乾坤，可否也给在下弄一车这样的茶？"

马章一惊，一对细眼死盯着陆炎："员外什么意思？我的茶就是茶，没有什么乾坤。"

陆炎冷然一笑："你说常去江南，可你那张脸，明明是常去塞外吹风的。朝廷早有谕令，不得与关外互市，你的茶为何要运去塞外，茶里又藏了什么东西？"

马章的脸色大变，抖手甩开陆炎："你是什么人？"

就在这时，陆炎身后轻手轻脚地摸上来一个伙计，手里握着根顶门棍，猛然朝陆炎后脑扫来！

陆炎好像早知道背后有人，突然向后蹬地，身子疾退，直退进那伙计怀里。

伙计一棍子扫空，骤然怀里多了一个人，一时慌乱。陆炎把头向后一扬，砰的一声，正撞在那伙计的脸上。

"啊……"

一声惨叫,伙计的鼻骨被撞碎,血水,鼻涕,眼泪,一同淌出。

陆炎右脚反踢,正踢在伙计的裤裆,那伙计一声惨叫卡在喉咙里,身子骤然缩成一个虾球,软倒在地。

马章大叫:"来人,来人……"

从库房中冲出六七条大汉,一个个脸膛黑红,皮肤粗糙,显然也是经常去塞外的,这些人手中挺着刀枪,向陆炎包围上来。

陆炎冷笑一声,甩去员外袍,喝了一声:"刀来……"

三个锦衣卫部下早已听到声音,他们甚有经验,早将那掌柜拿住,绑成一团,随后扑向后院。一人解下锦袋,将陆炎的绣春刀掷了过去,陆炎一手抄住,亮出刀锋。

马章大惊:"绣春刀……"

他居然很识货。

陆炎冷笑:"锦衣卫办案,拒捕者杀!"

马章抹了一把额上冷汗,叫道:"杀死他们,每人赏银千两!"

那六七条大汉狂吼一声,杀了过来,与陆炎及部下厮打在一起,马章却一溜烟地钻进了正中的库房。

陆炎一脚踢飞迎面扑来的汉子,紧跟着马章冲进库房去,可是刚一进门,就闻到一股硝烟味。

不好,火药……

陆炎身子一仰,把自己平平射了出去。他刚飞出库房,就听一声巨响,库房轰然炸开,烈焰飞腾,把顶子都掀飞到空中。

幸好陆炎反应快,不然肯定要被炸碎。

他就地一滚,站起来时,整座库房已经化成一片火海。

陆炎暗骂马章混蛋，在居民坊内囤积这么多火药，一旦起火，势必殃及无辜。此时，他手下的锦衣卫已经将六名敌人尽数砍翻在地。那六个汉子中有两个受伤未死，居然抽出短刀捅进了自己的心窝，自杀身亡。

眼见火势越来越大，陆炎吩咐部下去街上找人灭火，又派人通知顺天府，让他们前来查封茶坊。

很快，一队当街的士兵匆忙赶来，众人一阵忙乱，总算控制住了火势。大火扑灭之后，陆炎不管不顾，立刻带着人冒着浓烟冲进早已毁塌的库房。

寻找了片刻，一名锦衣卫在地上发现了一块焦黑的铁板，抬起之后，下面是一条暗道。陆炎第一个钻了进去。他打着火把，在暗道中走了十几步。发现这条暗道开挖的时间不太长，土色尚新，拐过一个弯儿，暗道开始向上延伸，上去之后，眼前出现了一扇木门，隐隐约约的光亮从门缝中透出，地上倒着一根大腿粗的顶门杠子。

没等陆炎动手，他的两名部下便跳了过来，挡在他身前，一人轻轻拉开了门板。

陆炎举目看去，不由得皱起眉头。

原来那是一个路边茅厕，臭气扑鼻。而这扇木门在外面看来，只是一块普通木板，进入茅厕的人只会看到木板，而看不到里面的暗道。

陆炎捂着鼻子冲出茅厕，眼前是一条胡同。十几步之外有一眼井，井台上用朱漆和着桐油写有数字：四十七。陆炎知道这是京城中水井的编号，他闭起眼睛想了想，作为锦衣卫，其中一项必要的功课就是记住城中所有的街道，以及每条街道上大致的情况，而水井则是重要的标志。

他想起来了,这里是四喜胡同。但他无论如何也想不到,胡同的露天茅厕里居然会藏着一条暗道。看来自己追不到马章了。

陆炎望着胡同的出口,吩咐身边的锦衣卫:"张玄,把狗带来,看看能不能找到这姓马的。记住,一旦发现,不要动手抓捕,给我盯紧了。"

"是,属下这就去办。"

陆炎带着人回到茶坊时,顺天府的人已经查过了整间店铺,从那些茶包之中,发现了很多箭头。陆炎抓过几个仔细看过,正是武备库的箭。

看来那文书没有说谎,武备库的箭果然被卖到了这里。为了方便隐藏与运输,箭杆弃了不要,只要箭头。

茶坊中的箭头应该是土木堡大战之前就买来的,准备通过商队运到塞外,卖给瓦剌人,获取暴利。

关外草原历来缺铁,故此瓦剌人经常高价收购中原铁器,如果是成品箭头更是价值不菲,一些中原商人便利欲熏心,买通武备库的人,私运军械到关外,牟取暴利。

最近因为对瓦剌用兵,长城封闭,中原客商不得出关,因此箭头无法运出去,只能停在这里。土木堡大战之后,于谦迅速戒严整个北京城,出去的人要严加盘查,马章怕箭头被查出,因此也不敢运出城去。

直到今天,这些箭头还在茶包里,没有送到关外的瓦剌人手中。

陆炎派人将箭头全部运入锦衣卫衙署,顺便把那掌柜也带进衙中，严刑拷问，定要得到口供，顺天府的人不敢不应，立刻查封了茶坊，并派人看守，不在话下。

此时张玄牵来了狼狗，陆炎亲自率人，循着残留的气味，从四喜胡同开始，跟在狼狗身后，一路走上大街。

沿着四喜胡同，一直走到了新街口，这里是西直门大街和西四牌楼大街的交叉口，行人来往穿梭不绝。走到这里，狼狗叫了几声，停住不前。

陆炎知道，过多的行人已经将马章的气味淹没掉了。他看看大街两侧的摊贩，吩咐手下："去问问，有谁见到马章了。"

锦衣卫上前打问，果然，一个卖柿子的小贩认识马章，说见到他匆匆忙忙地穿过大街，进了发祥坊。

陆炎带人追过去，终于在一条胡同里发现了马章的外袍和帽靴，被包成一团扔在废物篮中。张玄一把抓起衣服，骂道："这厮真狡猾……"

马章脱了衣服鞋帽，自然无法再追踪他的气味。

一名锦衣卫蹲下身查看片刻，禀报道："大人，地面上有车辙，印子很新，应该有马车接应，马章一定是坐车跑了。"

陆炎道："脱了鞋子，当然要坐车跑了。"他吩咐张玄："画影图形，交给每一个巡城士官，捉到马章，赏百金。"

一名锦衣卫小声禀报："大人，马章在城中定然有窝点，恐怕他不会再露面了。"

陆炎斥道："还用你说？巡查街面当然不可能捉到他。马章敢做这种事，上面一定有人。你们给我盯紧了，尤其是黄华坊、澄清坊、明时坊，多派人手，马章一定藏在其中。"

那名锦衣卫皱了皱眉头："大人，这几个坊居都在城里的东南角啊，离这里太远了，您如何断定……"

陆炎不耐烦地截道："倒卖军械事关性命，为了避开嫌疑，马章上面的人一定离他的店铺很远，况且这几个坊都是朝中大员居处，盯的就是这些人。"

深秋的天色，日短夜长。那团火球般的太阳依依不舍地挂在城墙角楼的飞檐之上，仿佛还想再看一眼美丽的都城，但是眨眼间，就好像有看不见的绳子在扯动它一般，直接将太阳拉下了地平线。

当最后一抹晚霞褪去了颜色之时，城中亮起了盏盏灯火，缕缕炊烟。飞鸦归巢，鸡犬相闻，看似一幅祥和景象，但谁也不知道，这种表面上的平静能存在多久。

关外有流言传来，说也先已经开始集结人马，准备进攻宣府。城中人心惶惶，幸亏于谦早有准备，调河南、山东等数省人马前来勤王，指日便可抵达，因此人心稍安。

丁醒跟着百晓娘在日落之时来到了朝阳门大街，百晓娘找了一处通宵混堂，直直往里面闯。丁醒看看门上悬的铜壶，问道："干吗带我来洗澡？"

百晓娘道："跑了一天，身上又是泥又是水的，洗洗不好吗？"

丁醒打个哈欠："好是好，只是我洗着洗着就睡着了，到时候你记得来叫我。"

百晓娘呸了一声："想得美，我跟你说，咱们可不是闲遛，到了一更天，我要带你去一个地方。"

丁醒疑惑起来："一更天去什么地方？我们是捉贼还是做贼？"

百晓娘不耐烦地挥挥手："赶紧去洗澡，我可不来叫你，如果错过了时辰，你别后悔。"

丁醒也觉得身上发痒，便举步入内，百晓娘又叮嘱道："洗完澡把衣服换了，别穿官衣，那地方，可不欢迎当官的。"

丁醒皱着眉头，不知道她会带自己去哪里，眼下离一更天还早，消磨时间的话，通宵混堂还真是个好地方。

他进了混堂，立刻有伙计上来伺候。付过了钱，伙计便用抬筐把丁醒的衣服、配刀装好。这里的混堂经常会来一些值夜军官，所以丁醒虽穿官衣，却并不引人瞩目。

丁醒赤着身子走进汤池，里面有十几个人在泡着澡，还有人在擦背。室内热气蒸腾，人的脸都是迷迷蒙蒙的，看不真切。丁醒来到汤池一角，下了水，将头露在外面。微烫的水泡遍全身，他觉得非常舒服，两日以来着实有些疲惫，泡澡确实可以放松身心。

丁醒闭上眼睛，心里盘算着，百晓娘要带自己去什么地方。如果所料不差，应该是去找那个缺了两根手指的人。此人与张百川相熟，却又不是朝堂中的官员。

难道是个江湖人？

丁醒思忖着，朝廷不许百官结交匪类，江湖人也一向不为朝廷所喜，所以那人每次前来，都是夜半时分，由张百川亲自迎送，而且藏头蒙面，不让人见到他的样子。

既然是江湖人，百晓娘一定知道此人的身份。无论如何，必须见到这个人，或许可以知道张百川被何人所害，神机炮的图样是否留有副本，有的话，又藏在哪里。

丁醒一边想着心事，一边泡着澡，过了半个多时辰，他让擦背人给自己全身搓了一回，搓得干净后，又将头发散开洗了。

汤池中的水很热，蒸得丁醒有些发晕，于是他来到外面的躺床之上，盖了被子休息，让伙计一更时分叫醒自己，随后便沉沉睡去。

与此同时，陆炎独自走向自己的家，他的家在仁义坊的双井胡同。陆炎走到胡同口，看到一个馄饨摊，这个馄饨摊已经在这里摆了几个月了，他经常来这里吃馄饨，与摊主老胡算是熟人。

陆炎走过摊边，扬声问道："老胡，给我弄两碗馄饨。"

那老胡穿着破旧，个子不高，满脸风霜，但眼睛还挺亮，招呼道："陆大人，您现在吃还是过一会儿？"

陆炎抖抖身上的官衣："我先回家洗个澡，一会儿就来，对了，馄饨汤做得浓一些，多放胡椒。"

老胡连连点头，看着陆炎回家。

过了半个时辰，陆炎换了便衣，也没带刀，又回到了摊前。老胡见他来了，赶紧把一碗热气腾腾的馄饨放在他面前。

刚吃过半碗，就有个锦衣卫力士急急赶来，一眼瞧见陆炎，上前一礼："大人……"说了两个字，这力士斜眼瞟了瞟摊主老胡，凑近陆炎耳边，低声道："有眉目了。"

陆炎道："说。"

那力士道："那茶坊招了，正在录口供，请大人速回衙署。"

陆炎点点头："你先走，我稍后就去。"

那力士拱了拱手，快步而去。陆炎吃完馄饨，便结算了馄饨钱，向老胡点点头，起身离开了。

伙计倒是很准时，在将近一更天的时候，把丁醒轻轻推醒。

丁醒束好头发，穿起内衣，将官服寄放在店里，向伙计讨了一件外袍穿上。

混堂之内都有现成的衣服，可供人借穿。一般人借穿要押下银钱，丁醒是军官，便用官服抵押。

他把腰刀贴身带好，外面罩起长袍，走出混堂。

一出门，就见百晓娘站在大门口等他。出乎丁醒意料，此时的百晓娘居然是一身男装，也不知道她从哪里得来的。

丁醒伸个懒腰，走到百晓娘面前："可以去了？"

百晓娘微微点头。二人出得混堂，沿大街一路向东，走向朝阳门。

路上静得很，大街两侧悬挂着灯笼，照得地面反着青幽的光，石板街道上结了一层微霜，今年的冬天可能会来得早一点。

二人一前一后走着，百晓娘叮嘱道："到了地头，你不要说话，一切得听我的。"

丁醒点头应下，就听前面一阵靴声橐橐，有队巡夜士兵走了过来。为首的旗官看到二人，厉声喝问："什么人？"

丁醒从怀里亮出通行令牌："兵部令牌，通行无碍。"

那旗官看了令牌，不敢说什么，拱手一礼，继续巡行。

百晓娘带着丁醒一直来到了朝阳门前，这一带全是低矮的民房。百晓娘站定脚，向前一指："就是这里了，鬼市！"

丁醒一皱眉，他来北京城好几年了，当然知道鬼市。

京城中的鬼市并不止一处，皇城根下便有，而朝阳门外的鬼市却是人最多的。鬼市总是天黑开放，天亮前消失，卖的东西也是五花八门，既有珍奇异宝，也有假货赝品，甚至连宫中流出的物件也有得贩卖。

鬼市自有其规矩，逛鬼市不能说"逛"，要说"趟"，主顾"看货不问货"，不能打问货物从何而来，看好就出价，双方满意便成交，甚至许多老主顾都是在袖子里打手语，外人即使在旁边，亦不知其价钱。双方在袖子里一手交钱，一手交货，买完即走，整个过程一言不发。

丁醒没趟过鬼市，只听说过。自从京师戒严之后，城中只许进，不许出，朝阳门外的鬼市已经歇业，城中各条大街上都有官军巡查，鬼市亦不可能在城内开放。因此，这一段时间鬼市已经消失不见了。

可今天百晓娘带自己来趟鬼市，葫芦里卖的什么药？

丁醒忍不住低声问道："城外的鬼市已经没了，你不知道吗？"

"我们不出城。"百晓娘打断了他的话。

丁醒愣了："难道城门外的鬼市搬进来了？我可没看到有人。"

百晓娘这才对他明说："所以现在我带你趟的才是真正的鬼市，随我来吧。"

丁醒跟着百晓娘，举步走向那一排低矮的房屋。

这条胡同里根本没有灯笼，从远处只能看到大概的轮廓，黑乎乎的像是一排房子，到了眼前丁醒才发现，那不过是一排木板和竹竿架起来的棚户屋。

胡同里静得很，丁醒二人的脚步声惊动了一只黑猫，那黑猫"喵"的一声蹿出来，跳上房顶，消失在夜色之中。

随着黑猫的叫声，一扇破旧的门板"吱呀"一声打开了，但只露出条小缝，门缝里有一只眼睛向外瞟着。百晓娘上前，做了一个怪异的手势，那人看到手势，砰的一声，把板门关上了。

紧接着门内"哗啦"一声响，好像去了锁，随后门板被推开半扇，里面的灯光洒了出来。

百晓娘向丁醒点头示意，迈步走进门去。

进得屋来，丁醒用眼睛一扫，发现这是一间仓库式样的房间，里面堆满了大包、木箱，有的箱包打开着，里面不过是一些旧衣服以及草药之类的杂货。

三条汉子围坐在中间的破八仙桌边上，正喝着劣酒，推着牌九。其中一个上点年纪的汉子听着二人走进来，伸出一只手，摊开手掌。丁醒不明所以，却见百晓娘早有准备，递过去两个铜钱，放在那人掌心。

那汉子收了钱，向对面的一个独眼汉子扬了扬下巴。独眼汉子朝他点头示意，起身走到房中，搬开一箱子草药，露出一块木板。他掀起木板，地面上便出现了一个洞口。

百晓娘毫不迟疑，第一个走了下去。洞口下有台阶，两侧壁上有油灯照明，以免进入的人摔倒。

丁醒紧随着百晓娘进入洞口，然后就听"砰"的一声，眼前便黑了许多，原来是上面的人又把木板盖起来了。

百晓娘轻车熟路，带着丁醒走过一段路，眼前突然宽敞了许多。丁醒抬眼看去，可以肯定的是，他们仍身处地下，但眼前呈现出的景象，却让他大吃一惊。

面前居然真的出现了一条街道，地下的街道！

街道上人影晃动，地上星星点点的火光排出老远，足有几百步，每一点火光都是一个小小的摊拉，守摊的人缩着头，坐在火光后面，只在有人看货的时候才抻长脖子。

百晓娘带着丁醒走上街道，丁醒凝神向两侧观看，眼前的情景令他瞠目结舌。

他没见过地面上的假鬼市，更没见过地下的真鬼市，一眼望去，几乎每个摊位上都有令人吃惊的东西：

竹笼里活的两头蛇；

金黄色刻有铭文的龟壳；

整块晶莹美玉雕成的美人；

样式古朴的战国青铜剑；

可以自主旋转的浑天仪……

他甚至还看到了一个骷髅头，额上有第三个眼眶，还有一个一尺多高的侏儒，身上长着四条手臂。

丁醒真的怀疑自己是不是在做梦。

鬼市之中阴暗诡异，一点点油灯之光宛如鬼火，无论是守摊的人还是来此的主顾，都低着头，只顾看货，绝不抬眼观人。

难道这也是鬼市的规矩？

其实就算看人也未必看得清楚，几乎所有人的脸都隐在暗影里。丁醒暗想，这地方真的是天子脚下，另有乾坤。

百晓娘在几个摊位前停了一会儿便直奔鬼市尽头。

这里有一间小小的棚子，看起来是匆忙搭起来的，但如果细看就会发现，它的每一根木头都非常巧妙地支撑着，而且每一根木头都由另一根木头作为辅助，这样一来便是相互支撑，相互辅助。

丁醒不由看得呆了，他虽然火枪打不准，但是对于机关之术却是知道些的，仅仅从这间棚子的布局来看，建造它的人一定是机关圣手。

百晓娘见丁醒对着棚子发呆，微然一笑，抬手掀起门帘，大步走了进去。丁醒连忙也跟进去,可是刚一抬头,就吓得险些坐在地上。

屋里的光线要比外面亮得多,丁醒一步迈进去,差点撞上一个青面獠牙的女鬼,女鬼嘴里吐出红红的尖舌,更恐怖的是,她的一头秀发都是黑黝黝的毒蛇,在头皮上弯曲扭动,不时吐出信子,让人看得一阵阵心悸。

丁醒后退几步,靠在板墙之上,一手拔出刀来,指向那女鬼。

这时伸过来一只纤手,玉臂在灯光之下泛着清辉,轻轻压下了他的刀:"不要怕,那只是个玩偶。"百晓娘的声音,令他稍稍平静了一些。

"玩偶?"丁醒细看之下,这才发现,那女鬼果然不是真人,头是用木头做的,涂上了颜色,眼睛可以活动,嘴巴可以开合,只不过头上的毒蛇是真的,尾巴居然被缝到了一起,固定在木人头顶,无法爬走。

"这么吓人的玩偶,摆在门口干吗?"丁醒忍不住问。

"自然是吓小偷的。"屋子里响起了一个声音,丁醒闻听,觉得头皮阵阵发麻。

平心而论,这个声音非常好听,娇媚如同黄莺鸣语,低沉好似古筝回弦。可是连在一起听来,就极为诡异了。

因为这一句话,好像两个人说的,前半句是女音,后半句是男音。

丁醒循声看去,只见屋子的角落里坐着一个人,背对着门,身上披着一件油腻腻、脏乎乎的袍子,不知在摆弄些什么。

屋子里没有蜡烛,也没有油灯,用来照明的居然是屋梁上吊着的一大团纱布,这团纱布之内不知裹着什么,透出强烈的光辉,微微有些发蓝。也不知是不是萤火虫。

再看脚下，地上遍布各式各样的玩意。有满地乱跑的木头老鼠，有摆来摆去的风火轮，有造了一半的亭台模型，另外还有很多叫不上名字的东西。再加上满地的碎木块，几乎没有下脚的地方。

丁醒明白，此人乃是机关高手，再看满地的物件，果然机构精巧，做工细致，可谓独具匠心。

此时背对着他们的人又说话了："百晓娘，你可有段日子不来了，找到婆家没有啊？"他说话的声音仍旧半男半女，丁醒听着直想捂耳朵。

百晓娘却好像听习惯了，没有丝毫的不舒服，反而笑着说："找不到啊，所以想请你帮帮忙嘛。"

那人仍旧半阴半阳地说："免了，上次帮你的忙，弄得我失了老窝，跑到这人不人鬼不鬼的地方来。"

丁醒实在忍不住了："是你半人半鬼，所以这地方才半人半鬼。"

那人听了，猛地一回身跳过来，速度奇快，丁醒想闪开，可身边没有下脚之处，又怕踩坏了什么，因此没敢动，只是用手一挡。结果还没回过神来，就被扑倒在地。那人双腿一盘，坐在他的肚子上。这一折腾，撞倒了女鬼玩偶，一张恶魔般的脸正对着丁醒。

玩偶倒没什么，可玩偶头上的毒蛇是真的，眼看就要咬到丁醒的鼻子，那人一挥手，把玩偶推到一边。

他低下头，和丁醒脸对着脸，阴森森地问："你刚才说谁半人半鬼？"

丁醒此时才看到他的脸，就见这人半边脸上化着浓妆，半边脸却坑坑洼洼。化着浓妆的半边脸，居然是个美女，眼波如水，面如桃花，一半的嘴唇红如樱桃，如果只看这半边，比百晓娘要美得多。

可是另外半张脸就不敢恭维了，脸皮如同老橘皮，半边鼻子和半个嘴唇都萎缩了，一只眼睛浑浊如污水，看起来根本就是个老死之人。

如果这人两边脸是一样的，无论是美女脸，还是老死之人的脸，都不会让人奇怪，可他的脸就像两个完全不同的玩偶被硬生生缝在了一起，任谁看着都全身发毛。

一时间，丁醒居然很想念那个女鬼玩偶，他宁可对着青面獠牙，甚至满头的毒蛇，也不想多看这阴阳人一眼。

听他用半阴半阳的语调发问，丁醒一阵恶心，有些不耐地回答："半人半鬼的不就是你吗？用不用我给你拿镜子照照？"

阴阳人突然笑起来："嘻嘻嘻……哈哈哈……"前半截是女人笑，后半截是男人笑，一边笑一边说："这小子有意思。"

他回头问百晓娘："你从哪儿捡来的？"

百晓娘双手叉腰："你猜猜看。"

阴阳人仔细打量着丁醒，猛地低下头来，用鼻子闻了几下，脸色陡然一变，一个箭步跳回角落里："公人……你把公门中人带来了？"

百晓娘笑道："你怎么知道的？"

阴阳人道："他身上有官气。"

丁醒坐起身来："官气？又不是口臭，也闻得出来吗？"

阴阳人道："官小的闻不出来，大官才能闻出来。"

丁醒站起来，摸摸自己被硌疼的腰："我可不认为一个百户算什么大官。"

阴阳人冷笑："将来的事，谁能说得清楚呢。"

他又把身子转过去,摆弄自己的东西了。

丁醒松了口气,看不到此人的脸,已经是他最大的希望。

百晓娘这时才开口问道:"你去找过张百川吧?"

阴阳人身子陡然一震,停下了手上的动作,紧接着摇头:"什么张百川?没听说过。"

百晓娘一笑:"鬼仙,伸出你的右手。"

丁醒这才意识到,阴阳人刚才一直将双手缩在袖子里。

鬼仙有些不情愿地抬起右手,袖子滑落,露出了手掌。丁醒凝目看去,发现这位鬼仙的右手上,居然只有无名指与小指,另外的拇指、食指和中指都不见了。

百晓娘看了看丁醒:"张五说的,就是他吧?"

丁醒皱起眉头:"那人应该是缺了两根手指的,可他……"

"张五没看清楚,只注意了食指和中指,没注意拇指。"

丁醒恍然:"不错,当时是夜间。"他转头又问鬼仙:"张百川被杀,家宅被焚,我奉命侦破此案,缉拿凶手,如果你与张百川是朋友,那你须得助我一臂之力。"

鬼仙摇头叹息:"本来觉得你挺有意思,可惜啊,终究是个没意思的。"

丁醒扫了一眼百晓娘,耸耸肩膀,表示不明白鬼仙的话。百晓娘有些不高兴地在他耳边道:"我叫你别说话的。"丁醒无奈,只得向后退了几步。

百晓娘踢着满地的物件,来到鬼仙身后,把声音拉长:"现在盯着你的人可不止一家,如果想活命,最好听我的。"

鬼仙发出一阵阴阳怪气的笑声:"小娘们想吓唬老子,以为老子还会上你的当?"

丁醒心头好笑,原来这位阴阳仁兄是上当上怕了,鬼精鬼精的人,怎么会上了百晓娘的当?

百晓娘一脸严肃:"我这次可没有骗你,正因为是老朋友,这才冒险来救你,要知道,我也是被追杀之人,如果你不信,那……"

刚说到这里,突然听到门外的街道上响起一阵喧哗之声,紧接着呼呼一阵乱响,丁醒发现,从棚屋的缝隙之中透进火光来。

难道鬼市失火了?

丁醒一个箭步跳出屋子,定睛看去,街上果然起了火,不少人在呼叫奔走。

百晓娘不由分说,一把拉起鬼仙便跑:"快走,他们杀来了!"

鬼仙被她扯出门外,抬头一瞧,也吓了一跳。因为鬼市有规矩,无论是卖主还是主顾,都不能大声说话,而且鬼市街上也不许点明火,只许点油灯,还得把油灯的捻调到最小,因此看起来如同点点鬼火一般。

因此,鬼市之中是不可能起火的。

鬼仙心头忙乱之时,百晓娘一扯丁醒的袖子:"还不快走?"

丁醒道:"往哪里走?"他们是从地道口下来的,可是要原路返回,必须得穿过鬼市大街,那里肯定布满了敌人。丁醒心头异常恼怒,张五死在眼前,这群凶手居然尾随着自己来到了鬼市,这份追踪的本事简直比狗还厉害。

百晓娘掐了一把鬼仙的手臂,疼得鬼仙猛地一哆嗦,这才回过神来。

百晓娘道:"有没有出路?快带我们出去。"

鬼仙一转身又缩回了棚屋之中。

百晓娘拉着丁醒也进了屋子,只见鬼仙跳到后墙边,伸手扳动了一根木头,只听得"咔"的一声,后墙上立刻露出一个洞口,他向百晓娘招招手:"快进去。"

待百晓娘与丁醒双双进了洞,走在最后的鬼仙回头看了看满屋子的物件,一脸心疼地轻轻摇了摇头:"可惜,可惜啦!"说着也跟了进去。洞里有几块青砖,鬼仙随手抄起一块,便扔向了棚屋的窗子。

那窗子本来开着,被一根细木棍支起,砖头扔过去,正好打掉了那根细细的木棍。

这木棍一落,窗扇"砰"的一声合起。紧接着整个窗子突然掉了下来。窗子一掉,两侧的支撑板墙便倒了,板墙一倒,顶棚也跟着塌了下来。

眨眼之间,整个棚屋便像碎掉的木偶,在一阵"哗啦"声中,完全倒塌。

棚屋一倒,木板、木棍、木椽、木梁纷纷砸在地上,把洞口完全堵住了。

已是深夜,于谦仍旧在兵部处理军情。连日来,山东、河南、山西的公文都到了,各地勤王兵马已完成集结,不少人马正在向北京开进。

可更紧急的奏报来自宣府,奏报中说,也先已经发布军令,瓦剌军很可能在两三天之内合军南下,而且更要命的是,被请去狩猎的前任皇帝也会在军中出现。

自宋朝的徽钦二帝被金人请去"北狩"之后，这个词历经三百年才第二次出现，称得上是明朝的奇耻大辱。强大的明廷被土木堡一战击碎了自信，以至于朝中有人公开建议要学当年的宋室南迁。如果不是于谦极力主战，此时的新皇帝，怕是只能在南京继位了。

南迁的结局，就是南宋的结局，蒙古人卷土重来，山河破碎，疾风飘絮，文天祥的悲剧将再一次上演。

刚处理完宣府的奏报，便有中军进来禀报："大人，石亨将军到。"

随着一阵腾腾的脚步声，石亨走了进来。他一身甲胄，头戴铁盔，盔缨鲜红如血，站到于谦面前，拱手施礼："大人，要末将前来，有什么差事？"

于谦抬起头来，看着眼前的这位将军。

石亨约莫四十来岁，身高九尺，脸膛黝黑，颔下一部乱蓬蓬的胡子，根根透肉。由于他长着一对黄眼珠，而且体形似豹，所以在军中人称"黄豹"。石亨在土木堡大战中侥幸逃回，论罪本该下狱，于谦却没有治他的罪，而是对他委以重任，让他整顿兵马，重组京军。他受任后日以继夜，严训士兵，发誓必雪土木堡之耻。

于谦看着石亨布满血丝的眼睛，没有半句客套话："宣府有报，也先即日便将南下，通州几百万石存粮必须运进京城。有了这些粮食，城中百姓饥民可得全生，士兵作战便无后顾之忧。"

石亨干哑着声音："眼下军中车马不足，人手也不够，那么多粮食，没有一个月休想运得完。"

"给你十天时间，必须全部运完。"于谦斩钉截铁地说。

石亨苦起脸："十天时间根本不可能，我们一运粮，京城附近瓦剌奸细的鼻子比狗还灵，一定飞报也先，也先必定猛攻宣府和紫荆关，紫荆关一破，瓦剌骑兵不出三天就会赶到通州……"

于谦截断了他的话："我有办法在十天之内运完所有粮食。"

石亨不说话了，瞪大眼睛盯着于谦，他知道这位兵部大人心多机谋，可机谋再多，数百万石粮食放在通州，没有车马人手，如何搬运？粮食难道还能长翅膀飞进京城？

于谦一字一句地令道："你在民间征调马匹车辆，发动百姓和官兵家属，全力搬运。另外贴出布告，晓谕全城军民，如有自备车辆前去运粮者，运费由官府承担。如有搬运一百石粮食以上者，赏银一两。"

石亨忍不住冒出一句："大人，这得要多少银子啊！"

于谦道："就是把国库搬空了，也要稳定军心、民心。另外，我已送出加急令给各地勤王兵马，让他们经通州进京，过通州时，士兵背粮而行，送入京城。"

石亨听了，挑起大拇指："大人，这个办法真是绝妙，让士兵运粮，既可省去车马，也可省去护送队伍。末将这便去办，如果十天之内运不完，你砍我的脑袋。"

石亨兴冲冲地走了。于谦坐在案头，刚要端起早已凉透了的茶，就有一个心腹侍卫走进屋内，送来了一份热茶，然后伏在于谦耳边，轻轻说了几句。

于谦眼睛转动了几下，放下茶碗，起身出了兵部大堂，向后院走去。

后院静悄悄的，小路两侧的灯柱闪着昏黄的光芒。于谦进了院子，从灯柱后立刻闪出一个人来。这人用外袍罩着脸，看不到模样。见于谦上前，那人连忙拱手，低声说："大人，他们上当了，进了鬼市……"

于谦也压低声音:"张五呢?"

那人道:"已经消失,大人尽可放心。"

于谦神色严峻:"盯紧了,如有异动,随时报我。"

那人点点头,一声不响地缩进了黑暗当中。

陆炎回到锦衣卫衙署,刚一坐定,便有锦衣卫力士送上一份文书。陆炎拿起来一瞧,正是那茶坊掌柜王义的口供。陆炎有些疑惑,这么快,那家伙就招供了?

按着陆炎的心思,马章私运军械,很可能与杀张百川的凶手有关系,掌柜是他的心腹,想来也是个狠角色,为何招得如此之快?

他看了一眼口供,那掌柜只是说帮马章记账,至于军械卖到了哪里,卖给了谁,如何出的关,自己一概不知。另外稍有价值的,便是他供出了其余两个囤货地点,锦衣卫已经派人过去清查了。

他问那力士:"用刑了没有?"

力士道:"没有,那小子是个孬蛋,刚见到皮鞭烙铁就吓尿了。"

陆炎扫了一眼口供,冷笑一声,将供纸向案上一扔:"用刑,让他说实话。"

不多时,衙署后面的诏狱刑房里便传来杀猪一般的惨叫。

陆炎心头盘算着,王义说没跟马章出过关,应该是实话,因为马章一走,店铺还需要人留守,掌柜便是看家的。也许那几个身怀武功的汉子能知道一些内情,可惜这几个人全死了。

陆炎可以肯定。凶手抢走了图样,为的是让大明朝无法制造连环神机炮,或许此时已经把图样烧毁了。现在唯一的希望就是图样副本，不知道丁醒查得怎么样了。

陆炎坐立不安，他的心思并不在杀张百川的凶手身上，毕竟大明安危，不在于几个杀人凶手，真正要命的是那副本。相信也先就快要南下了。

此时已到正午，有人端上了饭菜，陆炎心不在焉地吃着，一名锦衣卫跑回来禀报："大人，王义有供。"说着递上供纸。

陆炎接过看了看，突然眉头一扬，呼地站起身来，大步走向后面的诏狱刑房。

诏狱是锦衣卫专设的监牢，需要皇帝亲自下诏拘押，三法司无权过问。按理讲，这位王掌柜没有入狱的资格，不过陆炎专办此案，不能交给三法司，这才把他押进诏狱。

陆炎进了刑房，抬眼一瞧，见王义被绑在刑柱上，全身哆嗦着，连哼的力气都没有了。他的十片指甲被拔得精光，大腿被烙铁烙过，上面的皮少了一半，露着红通通的筋肉，肋下的肉被弹了琵琶，现出森森白骨。

只不过小半个时辰的工夫，王掌柜已经不成人形，好像一个四处开裂的布偶。

陆炎走到王掌柜面前，向几个刑讯官示意，其中一个刑讯官便抄起水桶，朝王掌柜劈头浇了下去。

王掌柜好像被闪电击中一般，身子颤抖着，嘴里发出不像人声的惨叫，原来那桶水里竟然掺了大量的盐。

陆炎伸手抓住他披散的头发，向上一抬，阴沉着脸说道："我问你的话，你要如实回答，如果有半句不老实，我会叫他们扒掉你身上所有的皮，然后泡进盐水里。"

王掌柜嘴唇颤抖着,连连点头。

陆炎将供纸举到他眼前:"你们买进的所有军械,都是通过宣府卖到关外的,而宣府接应你们的人叫作七哥,我问你,这个七哥你当真没见过?"

王掌柜努力挤出几个字来:"真的……没见过……"

陆炎点点头:"这个七哥想必也不会来京城,你这句倒像是实话。我再问你,你们买来的所有箭支,都是只卖箭头?"

王掌柜声音嘶哑,说不出话,一个刑讯官端过杯水给他灌了下去,王掌柜这才说:"箭杆不易携带,箭头容易隐藏……"

陆炎又问:"那么多箭杆,你们如何处理?"

"烧掉……"王掌柜疼得快要晕过去了。

陆炎急切地问:"全都烧了?你们没有卖过成品箭支?"

王掌柜的声音越发低微:"全都烧了,烧完之后,只剩箭头……"说完最后一个字,他脑袋一沉,便不动了。

陆炎不再理会王掌柜,回到了前厅,吩咐那名叫张玄的部下:"新皇钦定王振逆党一案,共抓了多少人,亲信党羽有多少?"

张玄道:"录簿之上写得清楚,属下这便去取。"

不一时,张玄拿来一本厚厚的录簿,交与陆炎。陆炎扫了一眼:"抓到的人不用算,王振亲信党羽有没有漏网的?"

张玄道:"王振三族男丁与亲信党羽没有漏网之人,尽被捉拿处斩,只有一个远房侄女,叫作王瑶仙的,自王振败死之后便流落江湖,未能找到。"

"王瑶仙……"陆炎努力思索着,他好像听过这个名字,"这女子是何来头?"

张玄道："此女曾在王振家中住过一段日子，却深居简出，旁人很少见其面。只是听说她与江湖上一些人不清不楚，似有勾连之意。"

张玄不愧是锦衣卫中的精锐干将，用不着翻看录簿，凭着记忆就能将情况说得非常清楚。

"看来王振不光要控制朝堂，还要控制江湖上的势力。"陆炎喃喃地说。

张玄小心地问道："大人，是不是要布告各处，通缉这个王瑶仙？"

"用不着，我相信她就在京城。"陆炎吩咐张玄，"给我盯紧朝中大员，有任何的异常，立刻禀报。另外，加紧搜捕马章。"

时间在一点点流逝着，直到傍晚还没有马章的消息，陆炎心头思绪翻滚，马章定是藏进了某个官员家中。贩卖军械这种事，肯定要有朝中之人做内应，最可能的应该是王振的党羽。

但是以眼下的情况来看，王振一党应该已经被连根铲除，马章茶坊中没来得及运出的箭头便是明证。

既然王振一党尽已伏诛，那么马章还能躲到哪里去？

陆炎隐隐约约觉得，王振很可能暗中布下了一枚棋子，这个人看起来并非与他一党，如此一来便无人怀疑。

王振真的有这么聪明？这枚棋子真的存在吗？

夜色满园，更漏之声远远地传了过来。

马章在一间小屋中坐立不安，他很清楚自己的处境，被锦衣卫盯上，无异于在阎王爷那里书了名，性命随时随地都可能被小鬼牵走。

白天的时候，他脱去衣服鞋帽，钻进接应的马车。到了明时坊，马车驶进一条胡同，停在一家宅院的后门。

马章一直在车中睡觉，没有人来看他，直到天黑，那赶车的才将他叫下车，送到了这间小屋之内。

马章并不知道这是哪里，因为他一上车，就有人取出一件袍子，将他连头裹住，不让他看外面的街道，直到进了宅院，才给他取下来。

那辆马车是应急的，马章之前从未用过。他只知道，如果有了危难，就上这辆马车，可保自己平安。

马章焦急地等待着。

晚饭过了之后，屋外响起了轻微的脚步声，有人提着一盏灯笼走了过来，灯光很弱。待那人走入屋子，马章借着灯笼的微光，发现对方脸上蒙了一块红布，看不到相貌。

"出什么事了？"红布蒙面人开口问道。

对方的声音马章并不陌生，他听过两次，但始终没有见过此人的真实面貌，毕竟贩卖军械给关外的瓦剌人，整个过程如同一条链子，他只不过是链子最外端的一环。

马章急忙说道："大人，小的露相了，今天一早，锦衣卫的人突然到了茶坊，多亏有暗道才侥幸逃出来。"

红布蒙面人声音一紧："其余的人呢？"

马章道："不知道，照我看，死多活少。"

红布蒙面人疑虑道："怪事，锦衣卫怎么会去茶坊？不过也没关系，他们查不到我头上。"

马章连忙道："这个自然，整个茶坊的人都不知道是大人在调度一切。就连小的也没见过大人的面，更不知大人姓名。"

红布蒙面人哼了一声："这便好，既然茶坊露了白，其余几处定也保不住了。不管它了，眼下大明朝不保夕，那些货存着也烫手，丢了便丢了。"

马章道："只是小人不明白，茶坊是如何露的白，莫非咱们中间有人……"

红布蒙面人截道："不要胡乱猜疑，如果咱们中间有人出首的话，锦衣卫便不去你的茶坊，而是直接奔我来了。照我看，问题应该出在武备库，你不过是个小角色而已。"

"那是那是……"马章连声回答。

红布蒙面人转身开门，提起了灯笼："随我来，先找个地方暂住一段，等风声稍过，再送你出城。"

马章跟着红布蒙面人一路走过后院，整个宅院之中静悄悄的，没有一个人影，但从宅院的规模和形制来看，此人至少是三品以上的官员。

马章正想着，红布蒙面人已将他带到一间厢房之内，抽开地上的木板，露出下面的地室。

这倒是个隐秘的所在，马章心想。

地室之中透出些许灯光，二人走下去，马章抬眼一瞧，里面有三十来人，手边皆有兵器，看相貌都不是善类，心中隐隐有些不安。

红布蒙面人来到一张床边，对床上的人轻轻说了几句什么，然后回身对马章道："你先在这里住着，大家都是一条船上的人，不用害怕。"

说完，红布蒙面人提着灯笼出了地室，从外面将木板盖起。

来到院中,红布蒙面人轻轻拍手,照壁后立刻出现了一条人影:"大人,有何吩咐?"

红布蒙面人从怀中掏出一张折好的纸:"将这封信速速转交给七哥。"

黑影接过纸,转身消失于黑暗当中。

马章看着周围那些人狰狞的目光,心里直打鼓,他看得出来,床上的人是首领,于是便来到那人身后,拱手施礼:"小人马章,要多承大人关照了。"

床上的人背对着他,也不知道听没听见,没有回话。

马章干笑几声,又道:"小人马章……"

突见床上那人抬起一只手,轻轻向下一挥,马章还没明白什么意思,就感到脖子被人从后面勒住,他刚要挣扎,只听"咔嚓"一声响,便被拧断了脖子。

扑通!马章软倒在地,眼睛死鱼般突了出来。

早有人在地室角上开始挖掘,片刻之后便挖了一个坑,将马章的尸体扔了进去,草草地掩埋起来。

第四章
神机炮

夜色正浓,丁醒跟着百晓娘在漆黑的地洞之中前行,不时碰到坑壁,身上头上落了不少尘土。

大概走了一盏茶的工夫,前面出现了细微的光亮。

鬼仙带头钻了出去,百晓娘与丁醒紧随其后。出得地洞,丁醒举目四望:"这不是……智化寺吗?"

智化寺就在城墙边,他来过这里,虽然是夜间,却并不陌生,一眼便认出前面不远处那高大的宝殿。

此时三人所处的地方是智化寺的菜园。紧挨着城墙,洞口被细密的野藤和碎乱砖石掩蔽着,很难被发现。

菜园中有座小屋,本是看守菜园的僧人居住之所,此刻却没有住人,门上挂着锁。眼下已是深秋,园子里的菜都摘完了,刚刚种下的白菜还没有出头。

四周菜畦中有寒虫不住地低鸣。鬼仙从腰间取下一样东西,插在锁孔里，摆弄几下，便将锁开了。

三个人进了屋子，丁醒晃亮火折子，找到了蜡烛点起。百晓娘为人精细，用床上的布单将门窗都挡住，以免光亮外泄，引人注意。

鬼仙坐在光板床上，这才长长松了口气，睁着一对怪眼："就知道碰见你没好事，你不光害了我，也把鬼市露了相啦！"

百晓娘噗地一笑："你还真容易上当啊。"

"上当？"鬼仙一拍脑袋，"我又上你当啦？"

百晓娘微笑不答。

鬼仙突然跳下床来："没人冲进鬼市抓我，对不对？"

百晓娘笑道："你也不笨嘛，就是反应慢了点。"

丁醒也愣住："没人冲进鬼市……那如何起的火，场面又如何会大乱？"

鬼仙恨恨地道："自然是这鬼丫头放的火，也只有她敢这般胡闹。"

丁醒更不明白了："可火起之时，她一直和我们在一起的。"

鬼仙向丁醒翻翻眼睛，却对百晓娘说道："你不会想找这小子嫁了吧，他哪里好了？笨得要死。"

百晓娘双手环在胸前："我的事你别问，虽然刚才骗了你，可也是为你好。太多人知道你藏在鬼市，那里已经不安全了。"

鬼仙阴阳怪气地问："你怎知有人要杀我？"

百晓娘道："张百川死了，他做出来的东西失踪了，图样也下落不明。如今官府在找副本，又只有你知道在哪里。这件事瞒不住，我劝你还是赶紧交出副本，交出来了，也就安全了。"

"什么图样？什么副本？老子不知道！"鬼仙一口回绝。

百晓娘不疾不徐地道："你前些日子总往张百川那里跑，干些什么自己心知肚明。张百川知道有人在盯着他，一定把副本交给了你。"

鬼仙盯着百晓娘，嘴里嘿嘿几声："我记得你一向不喜欢官府，这次怎么为公家卖命了，难道是为了这个笨小子？要我说你眼光太差……"

百晓娘截道："我现在是救你的命，如果你再不说实话，我可不管了。张百川家那个仆人，大白天就死在我们眼前，说明已经有歹人盯上他了，你能藏多久？"

鬼仙怪笑几声："你今年快二十四了吧，老姑娘啦，心急一点也正常，不过我还是要劝你……"

鬼仙句句东拉西扯，一旁的丁醒实在按捺不住，猛然间一步跨过去，左手捏住鬼仙的脖子，将他按在床板上，右手拔出刀来，刀尖顶在鬼仙胸口，低声喝道："没工夫和你闲扯淡，副本在哪儿？不说我宰了你！"

鬼仙吓了一跳，盯着雪亮的刀尖，颤声道："你要干吗，我说了没有副本。"

"真的没有？"丁醒又问。

鬼仙眼睛一瞪："没有，没有，就是没有，杀了我也没有。"

"很好，既然没有副本，那留着你也没什么用了，老子这就送你上西天。"丁醒拧着眉，龇着牙，凶神恶煞一般举起刀，朝着鬼仙的脖子猛剁下去！

鬼仙开始并不害怕，以为他只是虚张声势，然而丁醒这一刀根本不是恐吓，而是实实在在的断头刀，等到鬼仙明白过来，刀头已经离着脖子不远了。

刀光映着灯花，当的一声，剁进床板之中。

而鬼仙已经不在床上。千钧一发之际，他滚下地来，闪过了这一刀。

丁醒伸手拔刀，可刀嵌在木板之中，纹丝不动。他抬腿一脚，将床板踢碎，然后翻身又是一刀。

鬼仙这时终于回过神来，就地一滚，缩到了百晓娘身后，惊叫道："快拦住他，这人疯了！"

百晓娘无动于衷，双手环抱在胸前，慢条斯理地说："他笨得要死，我劝了也白劝。"

丁醒追杀过来，鬼仙围着百晓娘打转，满头冷汗，他看得出来，这个笨小子是真想要自己的命，于是只得求百晓娘："他可不笨，聪明得紧，会听你的。"

百晓娘扬了扬眉毛，往墙上一靠，双手交叉，嘴里说："我眼光差得很，根本没看出他是怎样的人。"

鬼仙忙不迭地道："不差不差，这小子宽额大颡，官高财广，目秀且长，必佐君王，准头丰起，富贵无比，唇红齿齐，福寿绵长。"

百晓娘扑哧笑了出来："给人相面的话，你倒说得流利。"

丁醒见这鬼仙仍旧废话连篇，再次一把抓住鬼仙的衣襟，举刀又要剁。百晓娘抬手握住他的手腕，便听丁醒粗着嗓子："这家伙人不人，鬼不鬼，一定阴险狡诈，还是杀了干净！"

鬼仙连忙叫道："别动手，副本在我这里。"

丁醒哪里肯信："为了活命，你连阎王爷也敢骗，老子不信。"说完作势又要剁。

鬼仙怕丁醒真的结果了自己，情急之下说出实情："副本上画的叫连环神机炮，我师弟呕心沥血多年，就为了这东西！"

听了这话，丁醒默契地看了看百晓娘，两人心里都在暗笑。

丁醒收了刀："早说嘛，幸好我武功差劲，不然你可要变成真的鬼仙了。"

百晓娘将鬼仙按坐在一张条凳上，问道："你师弟？张百川是你师弟？"

鬼仙叹息一声："唉，人都死了，现在说出来也无妨。他和我皆是天机门的弟子，天机门由汉代张衡创立，主攻玄妙机关、奇技淫巧，到今天已有一千多年了。张百川心灵手巧，我师父很看重他，可他后来却从了军，加入了什么狗屁神机营。"

丁醒一惊："神机营？张百川也进过神机营？"他不知道张百川还有这样的履历，对"狗屁神机营"这种说法却没有在意。

"他在神机营时间不长，很快就到了工部任主事。就是这个时候，他开始钻研神机炮的。"鬼仙又叹道，"我师弟为神机炮倾尽了半生的心血，哪知道功成之日，就是身死之时。"说着他大摇其头。

丁醒来不及多想，急问："你把副本放哪儿了？"

"没在我身上，你以为我会那么傻？"鬼仙向他翻翻白眼，"副本被我分成了三份，放在了不同的地方。"

丁醒突然觉得鬼仙那张阴阳脸不那么可憎了："放在哪里了？立刻带我们去拿。"

鬼仙嘿嘿冷笑："我将副本交给了三个人，妥善保管。我师弟曾说，如果图样被成功送到了官家手中，就让我将副本毁去。如果图样没能送到，让我一定要保存好副本。"

丁醒心头火起，瞪着鬼仙："他让你保管，你却交给了三个人，一旦有个闪失，或是这三人中有人黑了心，把图样卖给瓦剌人的话，那你不成了全天下的罪人？"

鬼仙又看看百晓娘："刚才夸他的话，当我没说，果然还是笨啊！"

丁醒这次没有恼怒，他已经大概清楚鬼仙的性格，这人就是嘴太贱太贫，京城有一类人就是如此，这叫鸭子下汤锅，肉烂嘴不烂。

百晓娘却对鬼仙极为信任："你鬼仙的名号不是白叫的，副本分成三份，要卖出去，也得三份合在一起，才能打造出神机炮来，对不对？"

鬼仙嗒嗒怪笑两声："还是小丫头聪明。实话告诉你吧，这三个人彼此是死对头，老死不相往来，要他们合作，那得等到六月雪，腊月雷了。"

丁醒有些发急："少废话，快带我们去拿副本。"

鬼仙往墙角一蹲，打起了哈欠："天亮了再说，这个时候出门，嫌死得不够快吗？"

丁醒这次真的忍不住了，但又怕鬼仙趁机开溜，强忍着困倦之意："那三个人是谁？"

鬼仙道："告诉你也无妨，这三个都是我天机门的人：西城白虎，北城玄武，皇城根下老王母。"

丁醒听得直皱眉："什么乱七八糟的？"

百晓娘一笑："江湖上的事情，本就乱七八糟。睡一会儿吧，明天可能会很忙。"

丁醒听得鬼仙说出那三个人，料想是真话，就算鬼仙跑了，只要找到这三个人，仍旧可以拿回副本。于是他吹灭了蜡烛，打着哈欠坐在门边，靠住两扇门板，迷迷糊糊地睡着了。

月光透过稀薄的云层，落在无边无际的草原上，北风呼啸，吹得也先营帐前的大纛猎猎作响。

集结的命令被广泛而快速地传达下去，瓦剌骑兵跟随他们的将领，开始从各个营地赶来，汇集到这杆大纛之下。

到达的将领将部下按照方阵排列好，随后走进大帐来见也先。也先总是轻轻一挥手，让他们安下营帐等候命令。

草原之上战马嘶鸣，军旗遍野，来到这里的瓦剌骑兵都已经完成了出征前的准备，弯刀已经擦亮，战马已经喂饱，只等首领一声令下，整支数万人的骑兵，就会像一股洪流冲垮长城一般，踏平北京。

大元的荣光，已经依稀可见。

也先却显得十分平静，他已经得到了很多急报，瓦剌人并不蠢，在京城之中也有很多细作，探知到任何情况，都会用飞鸽传书的方式，将信传回草原。

可这几天收到的书信，让也先隐隐有一丝不安。

细作报说，如今大明朝是于谦主政，京城守军不到两万，而且都是老弱残兵。于谦已调集河南、山东、山西等地人马前来勤王，这些人马开到京城至少需要七八天，如果算上粮草运输的话，则要二十天。

也先吩咐孛罗与伯颜："全军在十月初一南下。兵分两路，伯颜率偏师一万人进攻宣府，我亲率主力，孛罗为先锋，经大同进攻紫荆关，两路人马务必会师北京城。"

孛罗问道："太师，你为何急着南下？"

也先看着他的两个兄弟，这才说出实情："你们知道几十年前，祖父马哈木是如何败在明军手里的吧？那惨败的一仗，祖父记了一辈子。明人的火枪营可以像割草一样地射杀我们的骑士，因此在土木堡一战，我率先击败了毫无准备的神机营。可是北京城的细作却报说，明人正在钻研一种可以连续开火的神机炮，而且已经研制成功。幸好我们的人杀了研制者，毁掉了那东西。如果我们不尽快南下，一旦明人将神机炮造出来……"

孛罗满不在乎地摇着头："太师刚才不是说，人都死了吗？"

也先冷冷地说："可万一那东西不是一个人研究出来的呢？我们必须赶在神机炮打造出来之前，攻下北京城。"

孛罗连忙说："若是这样，我们应该命令京城中的细作，将所有知情的人全部杀死。"

伯颜却不同意，他另有想法："攻下北京城之后，最好能得到这神机炮。有了它，我们的勇士就如虎添翼。"

也先哈哈一笑，用手中马鞭轻轻敲了敲伯颜的头盔："你们说得都很好，我已经下了令，尽量得到它，如果得不到，就彻底毁了它！"

已经临近半夜了，陆炎仍旧没有休息，他在衙署之内坐立不安，好像有满腹的心事。也难怪，于谦给他半个月的工夫破案，已经过了三天，却只查到了一处贩卖军械的窝点，贼主还逃走了，可说是一无所获。

最好丁醒那边可以查到些线索，毕竟张百川被杀一案里最重要的不是捉凶,而是找到神机炮的副本,以应对挥师南下的瓦剌大军。

"一群笨蛋,找个人也这么久……"看着更漏,陆炎轻轻骂了一句。

便在此时,门外突然传来一阵急匆匆的脚步声,被派去找丁醒的张玄一脚踏入屋内。陆炎看看他的身后,并没有丁醒的人影,刚要出声斥责,却见张玄脸色有异,便将斥责的话咽了回去:"人呢?"

张玄走近陆炎,小声地回禀:"大人,丁百户可能出事了。"

陆炎眼睛一翻:"说清楚……"

张玄道:"属下刚刚带人去了丁百户的家,却见院门大开,里面尽是三法司的人,好像正在搜查。"

"丁醒奉于大人之命侦破此案,三法司为什么要查他?"陆炎不解。

张玄道:"属下在三法司有个熟人,听他说,有人密报三法司,说丁醒可能是瓦剌细作,三法司不敢怠慢,这才派人来查。"

"查到了什么没有?"

张玄摇头:"我那朋友不敢说,因为他知道大人您与丁醒一同查案,怕招惹上咱们锦衣卫,只说丁醒不在家,没人知道去了哪里。他推测,丁醒很可能意识到自己身份暴露,隐藏起来了。"

陆炎骂道:"一群蠢猪。"

突然,他的脸色严峻起来,眼珠转了几转,吩咐道:"快,带上几名得力兄弟,换作巡城士兵的衣服,跟我走。"

张玄说声领命,然后又问:"去哪里?"

陆炎道:"密报三法司的人很有可能知道丁醒的下落,我必须在三法司抓到他之前,找到他。"说着抬腿便向外走。

张玄跟在后面,见陆炎如此急迫,心中不解:"大人,就算三法司抓到了丁醒,咱们也可以再要过来,为何多此一举?"

陆炎沉声道:"这都不明白?告密之人是不会让丁醒活下去的。"

夜色深沉,丁醒睡得迷迷糊糊,隐隐约约听到有人在耳边叫自己的名字,他睁开眼,面前果然有一张脸,那张脸开始模糊,随后慢慢清晰起来。

一个熟悉的面孔,史辽。

丁醒脱口而出:"大哥,你……你没有死……"

史辽缓缓伸出一只手,要摸丁醒的脸,哪知便在此时,他的胸口突然冒出一截带血的刀尖,丁醒一惊,随后就见史辽的眼睛里、鼻孔里、耳朵里都流出鲜血来。

"兄弟……救我……"史辽一头扎进丁醒的怀里。

丁醒惊叫一声,醒了过来,但见眼前黑漆漆的一片,哪里有史辽的影子?

原来是一场噩梦。

丁醒长出口气,平定一下剧烈跳动的心,见自己仍旧坐在门后,微弱的月光从窗子里透进来,百晓娘侧卧在几步外的木板上,而角落里的鬼仙……

鬼仙不见了。

丁醒突地跳起来,在屋子里扫视一遍,果然没有鬼仙的人影,而那窗子……

窗子开着,百晓娘掩在上面的布单被扯下来扔在地上,鬼仙应该是从那里逃走的。可是这扇后窗极小极窄,仅能透风透光,一般人根本不可能钻出去。

丁醒伸手去推百晓娘，想要叫醒她，可手还没碰到人，百晓娘就说话了："不要作声。"

丁醒道："鬼仙跑了……"

百晓娘突地伸手捂住丁醒的嘴巴，在他耳边上说："我知道，他马上就回来。"

果然，话音未落，一个人便像蛇一样从后窗之中滑了进来，他身子软软的，好似没有骨头。

此人站在二人面前，正是刚才不知去向的鬼仙。

丁醒推开百晓娘的手，上前一把抓住鬼仙的手臂："你去了哪里？"

谁知道，鬼仙也捂住了他的嘴，随后抬手向外面指指，压低声音："你听……"

丁醒侧耳细听，周围一片死寂，声响皆无，奇怪道："听什么，什么声音也没有啊？"

百晓娘凑过来："正是什么声音也没有，这才奇怪。"

丁醒突然明白了，此时正值深秋，他们进来之时，园林之中本有寒虫低鸣，如今却全无动静。

有人来了。

难道是杀张五的那伙人？他们是如何跟到这里的？丁醒正自纳闷，鬼仙指指西侧的墙壁，低声说道："掏洞。"

这座房子是用泥坯夯成的，四周的坯墙足有一尺厚，为的是冬暖夏凉。

丁醒心中暗想，就算掏出了洞，爬出去也会被发现，那伙人一

97

定已经将房子包围了。

百晓娘却毫不犹豫,拔出丁醒的佩刀,跳到墙边,用刀尖猛戳土墙。

鬼仙看看丁醒,低声喝骂:"愣着干什么?把掏下来的土都推到床下去。"

丁醒更不明白了,掏下来的土为什么要推到床下?可他深知江湖人鬼灵精怪的手段不少,说不定可以逃走,便乖乖照做。

三个人在黑暗之中无声地忙碌着,便在此时,门外四周突然灯光大亮。

丁醒一愣,在这个时节,外面常有巡夜士兵往来。贼人居然敢明火执仗?这却少见得很。

可接下来的事情更让他感到吃惊。

有人在门外说话了:"神机营丁醒,我是大理寺少卿吴怀忠,有件案子需要你配合调查,请出来吧。"

丁醒心头疑惑,他以前见过吴怀忠,此时听得出来,确实是吴怀忠的声音,但是自己正在查办张百川案,怎么会有别的案子牵扯自己?

他刚要拉下门上的布单,开门出去,鬼仙便一把扯住了他的手臂,轻轻摇摇头,丁醒压低声音:"门外是大理寺的人,不是凶手一伙……"

鬼仙并不回答,只是做了一个抹喉的手势,意思很明白,只要一出去,必定横尸当场。

丁醒虽然不信,但他平生谨慎,还是决定先不出声,看看再说。

吴怀忠在门外连叫了两声,见屋子里毫无动静,便一扬手,四周的菜地之中站起数十条人影，其中有不少弓箭手正张弓搭箭，向屋子靠拢过来。

丁醒看不到屋外的情景，却能听到细碎的脚步声越来越近，他心头明白，吴怀忠将自己认作了嫌犯，不然不会带这么多人。

百晓娘用力挖掘着土墙，眨眼之间已经在墙上挖出两个人形的大坑，此时正在挖第三个。墙壁有一尺来厚，她挖进去半尺深，并未把墙壁挖穿。

只听门外的吴怀忠道："既然你不出来，那本官就不客气了。"

他一挥手，六名弓箭手并排站在门前，拉满了弓，对准屋门。有两个差官举着撞门槌，跑到门前同时扬手，便见撞门槌直直飞出，嗵的一声撞在门板上。

两扇门板被撞开之后，那六名弓箭手瞪大眼睛，紧盯着黑漆漆的门口。

没有人冲出来，屋子里静悄悄的，全无半点声响。

有差官手举火把，到门前照亮，众人围上前来，探头朝屋子里看去，里面空无一人。

差官们用火把在屋内前前后后照了一遍，仍是不见一个人影。一名差官见后窗开着，上前一照，果然发现了逃走的痕迹，急忙向吴怀忠禀报。

吴怀忠冷哼了一声："看你能跑到哪里去，给我追！"

一行数十人绕过屋子，爬过菜园后墙，跳到了外面的大街上，兵分两路前去追捕丁醒。

菜园里又一次静了下来，这时怪异的事情出现了——屋内的一块墙皮呼的一下卷了起来，露出墙壁上的三个坑洞，每个坑洞里都

99

站着一个人，正是鬼仙、百晓娘与丁醒。

原来，百晓娘在墙上挖了三个坑，鬼仙个子矮，站在中间的坑里，丁醒与百晓娘站两边。他二人扯起鬼仙身上的那件袍子，在面前一遮，用脚踩住下摆，那袍子居然与墙壁一模一样，拉平之后，就是一块墙皮，如果不贴近了仔细分辨，根本觉察不出来。

丁醒始终提心吊胆，众人冲进来时，屋子里火把乱闪，有几个差官就在他们眼前走过，只要向靠近一步，就会碰到他的身子。丁醒觉得这是小孩子的把戏，三个大活人扯块破布，几十个差官居然会找不到？

可是当那些差官眼睁睁地从他面前走过，竟没有人向墙上看一眼时，丁醒终于露出了惊奇，直到所有人都离开了屋子，才透过一口气。

鬼仙将袍子披回身上："快走吧，从前门出去。"

三个人立时出了屋子，向寺院前面走去。

丁醒看着鬼仙："你刚才施了障眼法吗？那么多人，为何都成了睁眼瞎子，瞧不见我们？"

鬼仙哼了一声，并不说话，可是脸上却非常得意。

百晓娘解释道："鬼仙这件袍子叫百变天衣，可是天下独一无二的……"

丁醒仔细瞧瞧："确实脏得独一无二！"

百晓娘噗地笑了出来，鬼仙瞪了丁醒一眼："刚才要不是它，咱们三个谁也活不了，以后记得报恩。"

丁醒道："怎么报？把它洗干净？"

鬼仙连忙摆手："这袍子可不能洗。"

丁醒看看天色："天快亮了，不管我牵扯进哪个案子，三法司肯定已经开始搜拿我了，得找个地方躲起来。"

鬼仙阴阳怪气地一笑："从公人变为逃犯，滋味不错吧？"

丁醒板着脸："那你可要小心点，如今的我什么都干得出来。"

鬼仙皱皱眉，把后面的话咽进肚子里。

"我倒有个地方可以藏身。"百晓娘领着路，走出菜园。

这时，菜园的一棵大树后转出两个人来，正是陆炎与张玄，二人一副巡夜士兵打扮，毫不起眼。

陆炎是跟着大理寺的人来到这里的，他始终躲在暗处，将一切看在眼中。他有种野兽一般的直觉，坚信丁醒与百晓娘还在屋子里。

果然，吴怀忠一众离开后不久，丁醒与百晓娘便出现了。另外还有一个人，因为天黑，陆炎看不清他的样子，而且这三个人说话的声音很低，也听不到在说些什么。

张玄低声问陆炎："大人，要不要招呼兄弟拿了他们？"

陆炎摇头："这三个人行踪诡秘，定有不可告人之事。你先回去向三法司打听清楚，丁醒到底犯了什么事，可曾查有实据，我跟着他们，看看丁醒到底在搞什么鬼。"

张玄领命，赶往三法司，陆炎则悄无声息地跟在丁醒等人身后，也隐入黑暗当中。

丁醒与鬼仙跟着百晓娘出了寺门，眼前便是大街。此时街上空无一人，百晓娘带着他们穿过大街，钻过几条胡同，闪过巡夜的士兵，进入了一处民坊。丁醒仔细分辨，认出这是思诚坊。

思诚坊多是一二品大员的居处。丁醒暗自思忖，难道这位江湖百晓娘与达官显贵也有勾连？

百晓娘走进一条黑漆漆的巷子,在巷尾停下了脚步。借着惨淡的月光,丁醒依稀辨认出了眼前的高墙。百晓娘向丁醒点点头,丁醒心领神会,自己蹲下做了人梯,把百晓娘送上墙头。

鬼仙第二个上去,此时百晓娘已经跳下墙去,不知从哪里摸来一条绳子,绑在一棵树上,随后扔了过来。

丁醒攀着绳子爬上墙头,向里一瞧,整座宅子漆黑一团,没有半点灯火。待他跳到地上,百晓娘将绳子收起,团成一团放在树下。

看她的样子,对这座宅子好像很熟悉。丁醒小声地问道:"这是谁家?"

百晓娘道:"王山的家。"

丁醒一皱眉:"王山?王振的侄子?你和他……"

百晓娘瞪了他一眼:"别胡说,王山满门抄斩,宅子空了,这段时间我来住过几次,狡兔三窟嘛!"

丁醒赞道:"你好大的胆子,敢在这里住。"

他之所以这么说,因为京城的人都知道,王山的家已经变成了一座凶宅。王振死后,王山被绑赴刑场凌迟处死,他的家人在王山被拿之后,知道难逃一死,便纷纷自缢而亡。官府抄家之后,大门上了封条,收归官家所有,可一晃几个月过去,也没有官员敢来这里居住。又有人传言说,一到夜里,王山宅中便有女鬼出没,这样一来更没有人敢住了。

如今看来,这个传言中的女鬼,应该就是百晓娘吧……

就见百晓娘轻车熟路地带着两人走入后院。这里有座小楼,是王山与妻妾居住的地方,他的妻妾就是在这里吊死的。

丁醒身为武官,胆子本来很大,可到了这里,也觉得脖子阵阵发寒,生怕一抬头就看到一个吐着长舌头的女鬼。

鬼仙倒是满不在乎,进了小楼之后,他吹亮火折子四处乱照,却被百晓娘一口吹灭:"别点火,小心被人发现。"

楼里已经空无一物,抄家的时候连桌椅地毯都被抄走了。

百晓娘在地上铺了许多干草,三个人坐在干草上四下打量。丁醒看看小楼的形制,不觉得心生感叹,他听人说过,王山生活十分奢侈,家中时常肉山酒海,通宵狂欢,就在不久前,这座小楼还是金碧辉煌。可如今却画檐蛛网,破户残牖。

原来富贵荣华与家破人亡仅有一线之隔。

丁醒心中叹息良久,不由得又想到了自己,好端端一个神机营武官,居然稀里糊涂地接了一个案子,稀里糊涂地结交了两个江湖人,此时又稀里糊涂地被三法司追拿。真是人生际遇,万般无常。

百晓娘凑过来,用胳膊肘捅了捅他:"喂,人家三法司为什么要捉你啊?"

丁醒正没好气,于是绷起了脸皮:"你长着嘴,自己去问好了。"

百晓娘嘻嘻一笑:"如今知道官场险恶了吧?不如听我的,找机会离开京城,别再当官了。"

丁醒苦笑:"这回想当也当不成喽,只怕家都被抄了。"

百晓娘突然哎哟了一声:"不好,你的家被抄,我的东西……可都在你家呢。"

丁醒道:"就是那些首饰?你还在乎那东西,随便找个杂货铺都有卖。"

百晓娘呼地站了起来:"不行,我的东西必须拿回来,不能落在别人手里。"

看她这般急切，丁醒意识到，那些首饰很可能并不寻常。

百晓娘看看天色，见离天亮还有将近一个多时辰，便叮嘱道："你们两个在这里休息，我去一趟，拿了东西就回来，顺便打听一下你的事。"

说完，不等丁醒回答，便几个箭步蹿出门去，比兔子还快。

"莫名其妙，几件首饰能有什么特别的。"丁醒嘴里嘀咕着。

鬼仙在一边嘿嘿冷笑："小子，你从没闯荡过江湖吧，不知道的事情还多着呢。"

丁醒转头看了鬼仙一眼："现在我不能上街了，天亮之后，你去把副本要回来，只要拿到副本，再大的冤屈也有机会洗清。"

鬼仙两只怪眼眨动着："这么急着要副本？万一你是瓦剌的奸细呢？我们天机门有规矩，绝不可以勾连胡人，若有人违犯门规，天诛地灭，全家死光！如果你是奸细，我把副本给了你，岂不犯了门规？"

丁醒大怒："你说我是瓦剌人的奸细？"

鬼仙挪开几步："很有可能哟，不然三法司为什么抓你？"

丁醒的怒火突然消了，他的心开始怦怦乱跳，鬼仙的话好像通了他的七窍一般。从史辽的死就可以看出，有人一直在暗中盯着这桩案子。先是史辽被杀，陆炎受伤，如今自己接手后又被三法司搜捕，其中一定有缘故。很可能是那些凶手在扰乱案子的进度，不让别人顺利地拿到副本。

鬼仙看他不说话，两眼一个劲儿地乱转，眉头越拧越紧，便阴阳怪气地一笑："怎么不言语了？被我说中了心事吗？"

丁醒小声嘀咕着："你的话很有见地，看来这案子不简单。"

"如果简单了，我师弟还能请我出马？"鬼仙说道，"听他说，这件东西关系着大明国运，可是满朝文武里面，他竟然没有一个相信的，只好托付给了我这个江湖人。"

丁醒道："你既然怀疑我是奸细，为什么还要说这些？"

鬼仙笑道："我虽然怀疑你，可并不怀疑她。"紧接着又一板脸，"你小子如果敢打她的主意，老子有一千种办法让你死，听明白了吗？"

丁醒没好气地甩出一句："你吃什么飞醋？"

鬼仙往干草堆上一躺："不是吃醋，这是为她好，也是为你好。"

丁醒不再说话，自顾想着心事，无法入睡，鬼仙倒是悠然自得，打起了轻鼾。

天色快明的时候，丁醒听到了轻微的脚步声，他警惕地爬起身，抽刀在手。却听鬼仙道："不用担心，是小娘们儿回来了。"

果然百晓娘迎着微曦走进阁楼，她放下背上的一个包袱，轻轻舒了口气，随后捅开一块天花板，将包袱放了进去。

丁醒道："东西找回来了？"

"是啊，你家被翻得乱成一团，不过我的这些东西倒没人动，差官都离开了，只留两个看门的。"百晓娘很开心，"另外，我还偷听到了你的事，恭喜你，已经被官府定成了瓦剌奸细。"

丁醒眯着双眼："瓦剌奸细？果然不出所料，他们搜到了什么没有？"

百晓娘道："听说搜到了几封密信，都是用药水写的，还没有送出去，好像里面有京城的兵力、布防等消息。"

丁醒嘿嘿冷笑："如果三法司不是白痴，他们一定会怀疑是不是有人嫁祸于我。"

"可能要让你失望了，如今三法司已经开始全城通缉你了，看来他们认定你是奸细。"百晓娘说得严重，可脸上却带着笑意。

"于大人知道这件事吗？"丁醒突然问。

百晓娘道："应该还不知道，天亮之后，三法司就会向他禀报。"

丁醒皱紧眉头："看来，我是不能出头露面了。拿副本的事，只能交给你们两个人。"

"还找什么副本啊，我觉得你现在需要考虑的，是如何逃出京城。"百晓娘道。

丁醒不为所动："我若离开，史辽可就白死了。"

此时，晨光从破窗之中漏进来，天色已经大亮。

鬼仙伸个懒腰，打着哈欠坐了起来："该走啦。"

百晓娘对丁醒道："你在这里，尽量躲起来，不要被人发现，我陪鬼仙去拿副本。"

丁醒道："很多人看到你我在一起，只怕三法司也会捉拿你。"

鬼仙打断他们道："你二人在这里等，我一个人去。"

百晓娘还要再说什么，鬼仙一摆手："那三个老怪物只认我一人，除了我，他们不会把副本交给任何人，如果带着你，他们会怀疑的。"

百晓娘沉吟着："说得也是。"

鬼仙站起身，拉开门走出去，然后将门掩好。他来到院子里，太阳正好升起，照在那张人不人鬼不鬼的脸上。鬼仙从袍子里扯出一块丝巾蒙在脸上，举步便走。

嗖嗖嗖！

院子里突然响起了几道破空之声。

丁醒与百晓娘听得清楚，心里都是一惊，隐隐感觉不妙。

果然，就听"砰"的一声响，鬼仙破门而入，两扇破门板被撞得粉碎，木屑纷飞。

二人定睛瞧去，只见鬼仙滚倒在面前，胸前钉着七八根羽箭，鲜血奔流。

百晓娘登时红了眼睛。她立刻蹲下身来，哪知奄奄一息的鬼仙竟挣扎着脱下了身上的袍子，塞到她的手里。

此时，门外的院子里已经冲上几个人来，都是公差打扮，手中张弓搭箭，向他们二人瞄准。

丁醒反应也不慢，他一拉百晓娘，二人仰躺在地上。

嘶嘶几声，几支箭从头顶上飞过。

丁醒叫道："快走！"

百晓娘瞪着正在血泊中挣命的鬼仙："他怎么办？"

丁醒一狠心："他活不成了……"

百晓娘看得清楚，鬼仙前胸连中数箭，性命只在眨眼之间，只好一咬牙，叫声"跟我来"，便扑到墙边，推开一扇残破的窗子，跳了出去。

百晓娘转到阁楼后面，眼前是一片池塘，池塘里漂满了绿色的浮萍，一座九曲回廊架在池塘之上。

二人跑上回廊，便听到脚下传来咔咔的声响。知道是后面的公差追上来了，百晓娘赶忙加重了脚步，踩得脚下的木板不住摇晃。没跑几步，就听咔的一声，回廊居然从中断裂。

扑通，扑通！

几个公差全部掉进了水中。

百晓娘与丁醒足不停步，一直跑到后门处，踢开门冲了出去。

眼前是一条僻静的小巷，百晓娘将那件百变天衣披在丁醒身上，又从地上抹了几把土，涂在他脸上。这样一打扮，丁醒立刻变成了难民模样。

等到几个公差游上对岸，追到小巷中时，百晓娘与丁醒早已不知去向。

第五章
天机门

日光初升，照在北京城高高的城堞上，投射出极为雄伟的阴影。望楼的飞檐之上挂着惊鸟铃，随着晨风摇晃，发出清脆悦耳的声音。

城头上的士兵们全副武装，各级士官的帽缨、盔缨与手中长枪上的红缨在晨风之中飘扬，与大炮身上的血红战衣遥相呼应。炮口与士兵们的眼睛一样，齐齐向着北方。

那里是敌人来的方向，相信用不了几天，他们就会看到万马奔腾、弯刀雪亮的瓦剌骑兵。

除了士兵之外，城头上还有不少工匠，他们有的人在搬运炮弹，有的人在擦拭火铳，有的人在制作滚石、檑木……

众人紧张而有序地忙碌着，他们不时抬头望望，此时的兵部尚书于谦就站在他们当中，那身大红的朝服甚是惹眼。

于谦是来视察城防的，不过与别人不同，他并不在意城堞的完整、城墙的厚度，他在意的是火炮有多少，炮弹是否充足，士兵使用火铳是否熟练。

看来于大人是想用火器守城，不会出城作战了。

众人心里都明白，出城与瓦剌军野战，那是找死。凭借着高墙厚垣，用火器将瓦剌骑兵击毙在城下，才是上策。

北京城此时九门大开，无数的马车、板车、牲畜拥出城外，前往通州运粮。整条路上车水马龙，甚是壮观。

此时，有个中军传令官急匆匆跑上城头，来到于谦身边，凑近他的耳朵说了几句话。

于谦的脸扬了扬，似是皱了皱眉："有这等事？"

传令官道："大理寺少卿吴怀忠正在城下候着。"

于谦应道："让他上来。"

吴怀忠来到城上，施礼过后，于谦见城头人多，便带着吴怀忠进了望楼："到底怎么回事？"

吴怀忠答道："有人密报，神机营百户丁醒通敌叛国，与瓦剌人有勾结，正在智化寺中藏身。下官不敢怠慢，差人去丁醒家中调查，结果发现了几封密书，都是用药水写成的，上记有京城兵力、布防等事宜。下官于是率人前往智化寺捉拿，却晚了一步。下官知道，丁醒正奉大人之命查办张百川之案，因此特来告知大人。"

于谦听完了，面色沉静："密报之人何在？"

吴怀忠道："没人见过，只是送来了书信。下官本来对此存疑，但这种事宁可信其有，不可信其无。下官已经传令，见到丁醒必须活捉，因为那些密信也有可能是假的。甚至，下官怀疑这是张百川案的凶手在故布迷阵，扰乱我们的视线。"

于谦不动声色："你想得很周全，去告诉三法司，不管丁醒是不是叛国，都必须让他活着。"

吴怀忠道："大人，眼下刑部和都察院已经全城通缉丁醒，只是下官觉得此举欠妥，要不要让他们收回通缉令？"

于谦想了想："既然已经通缉了，那便不要收回了，不然三法司的法令就成了儿戏，抓住丁醒也好，至少能保住他的性命，那告密之人绝不会放过他。"

吴怀忠点头称是。

于谦突然问道："锦衣卫知道这件事吗？"

吴怀忠沉吟着："锦衣卫镇抚使陆炎与丁醒一起查办张百川案，所以下官已经派人去知会过陆大人，可是并未见到他。锦衣卫中也没有人知道陆大人去了哪里。"

于谦嗯了一声："这件事你处理得不错，去吧。"

此时百晓娘和丁醒为了躲避杀手的追击，已经混进了难民当中。

从那几个公差的箭法来看，射杀张五的人很可能就是他们。这几人身穿公差服色，可以在光天化日之下行动。现在二人的最佳选择，不是去拿副本，而是先躲过杀手与三法司的通缉。

说到难民，其实都是京城附近的百姓，因听说瓦剌人快要打来了，便纷纷携家带口拥进京城避难，使得北京四九城乱作一团。

进城的人很多，一些有钱人可以住客店，其余大部分人都是贫苦百姓，只得露宿街头。

时已近冬，天气渐冷，一到夜间，难民们便挤在一起，儿啼饥，妇号寒，令人听着心酸。最初几天，甚至出现过难民们抢劫店铺的事情。

于谦忙着应对外敌，没有时间顾及这些，便把此事交给了顺天府。顺天府下令将所有人移入住户，接纳一户难民，可以得银一两。那些实在没有人愿意接纳的病者、伤者，都住进了官家建造的简易木棚。这一场安置难民之举耗费巨大，令本就捉襟见肘的财政更是雪上加霜。

但幸亏有这些难民，百晓娘和丁醒才得以找到安身之所。丁醒身穿的袍子看上去又脏又破，脸上也尽是灰土，百晓娘在来的路上故意把外衣弄脏，头发弄乱，样子也与难民无二。

他们来到木棚边，混入人群中。大家都以为他们是城外新来的难民，同病相怜，连忙张罗着给他们腾地方。

一个三十多岁的妇人非常热情，拉着百晓娘问这问那，把他们当成了夫妻，这让百晓娘面红耳赤，幸好脸上涂了灰，因而并不显眼。

对付了几句之后，二人在木棚的角落里坐下，他们假装困倦，把头埋在臂弯里，实则在小声说话。

"现在怎么办？"百晓娘问。

丁醒道："没办法，就是拼了性命也要拿到副本，这是可以证明清白的唯一办法。"

百晓娘道："可是鬼仙死了，他说过，那三个家伙除了他以外，谁也信不过。我们找上门去，他们不但不会相信，说不定还会把我们抓起来，交给三法司。"

丁醒道："肯定会这样。所以，我们不能正大光明地去找他们拿副本。"

百晓娘道："你是说……偷？"

丁醒道："除了这个办法，你还有别的好主意？"

百晓娘不说话了。

到了下午,有官府的人前来施粥,难民们一拥上前,把个粥棚围得水泄不通。

一名公差大声呵斥着,要人们后退:"大家不要挤,每人都有。另外,兵部于大人有令,难民当中有愿意当兵者,全家施粥加倍;有愿意上城拒敌者,全家施粥加倍;有会修葺城墙或打造军器者,全家施粥加倍。都听清楚了吗?这样的人去对面登记……"

人群登时轰动起来,立刻有几十名壮年汉子冲向对面。那里正摆着一张桌子,有文书在动笔记录姓名。

丁醒听得清楚,对百晓娘道:"于谦这个人的确很聪明。这样一来,不但少了抢粥喝的壮年人,还增加了城防的力量。"

百晓娘笑道:"那么你可以放心了,既然他是聪明人,就一定不会相信你是瓦剌奸细。"

丁醒嘿嘿苦笑:"相信不相信,也得用证据说话,现在我的处境不妙,只有拿到副本,打造出神机炮来,才可以证明我的清白。"

这时,那个热情的妇人托着一个大碗走过来:"你们小两口不饿吗?快去领粥啊!这粥可稠啦,听说官府下了令,如果粥锅里能浮起筷子,当值的人立刻斩首。"

百晓娘抬起头:"知道了,谢谢大姐!"

那妇人将那大碗往百晓娘手中一塞:"你们空着手进来,料想也不会带着家什,拿我的去吧!"

百晓娘看了看手中的大海碗,碗口比丁醒的脸还大,而且也没有洗,还带着上顿粥的残渣,心中不由得一阵恶心,把碗递给丁醒。

丁醒直摇手:"还是你去……"

百晓娘这才想起，丁醒已经被官府通缉，最好不要在公差面前露相，只得起身去领粥。

不多时，百晓娘端着碗回来了，丁醒瞧了瞧，发现里面的米很多，粥果然煮得很稠，心中暗自赞叹。于谦果然清正廉明，一般的官员施粥，百斤米到了下面，最多剩三十斤，煮出来的粥可以当镜子照，难民们几乎就是在喝水。而今天的粥，几乎可以让一个成年人喝饱，怪不得这些难民都安安稳稳地住着，没有人表示不满。

百晓娘把粥碗递给丁醒，丁醒推道："你喝吧。"

百晓娘摇头："我不饿。"

丁醒看着她，突然笑了，低声道："喝不习惯是吧。"

百晓娘低声道："我可从没用过别人的碗。"

丁醒接过碗，呼噜呼噜地喝了一半下去，擦擦嘴巴："等你饿得快死的时候，就不在乎这些了。"

百晓娘一愣："你有过这种经历？"

丁醒咽下粥，喘了口气："我没有，我父亲有。"

百晓娘道："你父亲……我记得他也是神机营的军官吧？"

丁醒道："他在三十多年前，有幸参加了先皇永乐帝亲征的那次大战。"

百晓娘眼睛中闪着怪异的光芒："先皇，永乐帝……"

丁醒没有觉察，继续道："是啊，那次大战，把也先的爷爷马哈木杀得大败，神机营立下大功。后来追击逃敌的时候，人不卸甲，马不离鞍，据说追杀了三天三夜，人累得都差点在马上睡着了，根本顾不上吃饭。我父带着几十个人，一路追击，最后饿得不行，你知道他们吃过什么？"

百晓娘露出恐怖的神色："不会吃死人吧？"

丁醒白了她一眼："亏你想得出来？他们吃的是野狼吃剩的伤马。当时是夏天，马肉上全是苍蝇，个头比黄豆还大，就那样的肉，他们每人割了一块，带着血吃下去了。"

百晓娘双手捂住耳朵："不听不听，太恶心啦……"

丁醒暗自好笑，他喝完了粥，低声道："睡一觉吧，今天晚上我们有得忙了。"

二人混在难民当中，一觉睡到天黑。

夜色降临，一直等到将近亥时，百晓娘与丁醒悄悄走出棚外，装成难以入睡，想随便走走散心的样子，离了一众难民，直奔城北。按照鬼仙告诉丁醒的话，西城白虎，北城玄武，皇城根下老王母，现在离他们最近的，正是北城玄武。

百晓娘的称号不是白叫的，她知道北城"玄武"姓武名贤，家住东直门内的北居贤坊，紧临东直门大街的筷子胡同。

二人一路行来，躲避着巡夜士兵，接近了武贤的家。

进入筷子胡同，丁醒左右看了看，发现这条胡同果然窄得像根筷子，只能通行一辆板车，三个人并排走过都会觉得挤。

丁醒知道北居贤坊是贫民居住之地，破烂不堪，一眼看去，两侧的房屋东倒西歪，残墙矮壁，比张百川家失过火的房子也好不到哪里去。

百晓娘带着丁醒左转右转，来到一处柴门前，门内有所茅屋，也是碎瓦残垣，破败不堪。

这里紧邻着一片矮树丛，是个闹中取静的地方。丁醒看了看眼前破旧的柴门，半人来高的篱笆墙，和那幢摇摇欲坠的房子，低声问道:"这就是北城玄武的家?"

百晓娘道:"对,有什么疑问?"

丁醒道:"听名字挺大气,还以为是大户人家,结果却是……"

百晓娘白了他一眼:"看不起穷人?那你先请。"

丁醒不想与她多话,毕竟拿副本要紧,于是他没有走柴门,而是转到篱笆墙边,纵身一跳,跃进院子。

噗的一下,丁醒就觉得身子一沉,半条腿没入烂泥,想要拔脚,可那摊烂泥似有一股吸力,把他黏住了。

丁醒吓了一跳,以为陷进了沼泽,不敢再动,向篱笆墙外的百晓娘直招手,百晓娘好像早知道会如此,在篱笆墙上拔出一根木棍伸过去,让丁醒抓住,用力将他拉了出来。

丁醒爬过墙,看看双腿上的烂泥,气得双目冒火,低声咒骂:"这家伙属泥鳅的?怎么住在烂泥塘里?"

百晓娘捂着嘴轻笑:"北城玄武、西城白虎与那个老王母,都是天机门的人,居住的地方自然有古怪,你冒冒失失地闯进去,幸好只是一摊烂泥,如果是一片地钉,你的脚早烂了。"

丁醒一边甩着腿上的泥,一边低声骂道:"这个混蛋,防小偷也用不着这么狠吧。"

百晓娘道:"想要平安进去,就好好跟着我。"

说着,她从柴门正中开始,向左侧走了九步,看准地方,轻轻跳了进去,脚踏实地之后,又向丁醒招了招手。

丁醒也学着她的样子跳进院内。

整座宅子一片漆黑,百晓娘拉着丁醒,不走直线,左走九步,右走九步,绕个之字形,来到了窗前。丁醒不小心碰了下草屋的板墙，感觉到整间屋都微微轻晃，心想这样的屋子居然也能住人，只怕风大一点便会吹倒了。

百晓娘直起腰，轻轻敲了敲窗棂。

嗵嗵，嗵嗵。

她敲得很有节奏，连敲三次之后，屋子里有人说话了，声音苍老："本家填瓢子呢，进门时看条子……"

丁醒一愣，这人说的什么鸟语？

百晓娘自然明白，这是江湖上的黑话。江湖人大多做的是见不得光的勾当，一为掩人耳目，二为图个吉利，因此产生了一些常人听不懂的语言。

比如饭与犯同音，所以把吃饭叫填瓢子。路与露同音，就把路说成条子，等等。屋里人的意思是我正吃饭，你们要进来，小心看路。

百晓娘打亮火折子，照着脚下，二人迈过一些破锅破盆，来到了门前。百晓娘没有伸手推门，而是一手握住破门环，突地向左侧一拉，丁醒看得清楚，眼前这扇门居然平平移了出去，原先是墙壁的地方凭空出现了一个门洞。

"这算是什么门？"丁醒大开眼界，可是不明白此门为何如此设计。

百晓娘道："这门其实是个箱子，门就是箱盖，不能推，如果一推，里面会飞出东西的，比如墨汁、残羹剩饭，还有……"说着，又摇了摇头，"不说了，比较恶心。"

丁醒心头暗笑，随着她举步入内。

屋子里没有点蜡烛，非常昏暗，百晓娘居然先收起了火折子，这才进屋。丁醒听到了一阵咀嚼之声，屋子的主人果然在吃饭。

眼前黑灯瞎火的，丁醒轻声问百晓娘："他怎么不点灯？"

百晓娘拍了他一下，示意他闭嘴。丁醒知道这些江湖人的个性都很古怪，便不再说了。

蓦地，丁醒闻到一股淡淡的血腥味，弥漫在这间不大的屋子里。此时里屋虽然黑，可仍能借着窗外的些许光亮，依稀看到一个人的轮廓。只见那人正坐在窗下，往嘴里送着什么东西，送一口，便嚼上一会儿。

血腥气应该就是从那里散出来的，难道这位仁兄喜欢吃生肉？

丁醒不由得大皱眉头。

此时百晓娘摸到了一张凳子，便坐下来，一言不发。

窗前的仁兄吸了吸鼻子："百晓娘？"

百晓娘用手在鼻子前扇了几下："吃完了再说话。"

那位仁兄嘿嘿一笑："你擦的胭脂像是南京千芳阁的极品幽兰，但千芳阁早已关门大吉，你的胭脂怕是自己按秘方配的吧，还加了青城山中的紫葵，真是锦上添花。"

丁醒心中暗自吃惊，此人只闻到了百晓娘脸上的胭脂味，就能分得出产地，甚至成分，当真了得。

百晓娘却不理这话："我们可是两个人来的。"

"早听到了，另一位是军官，靴子底很硬，身上有烂泥味，应该是掉进了院中的沼池。"那人随口说道。

丁醒动了动脚趾，他先前在混堂换掉了官服，但靴子没换。

百晓娘道："知道我为什么来找你吗？"

那人又开始咀嚼："不知道。"

"鬼仙前几天交给你一样东西，我来拿走。"百晓娘说。

那人咽下嘴里的食物:"鬼仙呢?他怎么没来?"

"他死了。"百晓娘平静地说,"被人乱箭射杀,死前告诉我们,他把东西交给了你。"

那人轻轻摇头:"我信不过你。"说着,拿起一块布擦嘴。

百晓娘仍旧非常平静:"本来也没想让你相信我。但那东西,我是一定要拿走的。"

"尽管拿吧。"那人的语气像是在冷笑,"我还可以告诉你,那东西就在地室。"

百晓娘起身欲走,却被丁醒拉住,百晓娘一愣,就听丁醒说:"你年轻的时候,是神机营的吧?"

那人下巴一扬:"胡说八道!"

丁醒冷笑:"你的坐姿奇硬,双腿大分,与普通军士双腿微分不同,正是神机营的独特坐姿。"

百晓娘道:"独特坐姿?"

丁醒解释说:"神机营对阵之时,士兵之间要隔开一定的距离,免得被喷出的火药灼伤。为了形成习惯,平常端坐之时也是双腿大分,尽量与身边的人拉开距离。普通士兵作战列阵,都是越紧凑越好,唯独神机营是个例外。"

那人干笑几声:"你只猜对了一半。"

丁醒一愣:"此话何意?"

那人道:"我的坐姿虽与神机营军士一样,但我却并非神机营的人。"

丁醒摇头:"不是神机营士兵,为何会有这般坐姿?"

百晓娘接口道:"他真不是神机营的,神机营驻扎在京城,而他却久居云南。"

丁醒心中一动,脱口道:"云南?你是黔宁王统带过的沐家军?"

丁醒所说的黔宁王,指的便是明朝初年的征南名将沐英。大明洪武十四年(公元1381年),朱元璋派沐英与傅友德、蓝玉领军三十万,出征云南,平定云南之后,沐英留驻镇守,后死于任上。

朱元璋痛心沐英之死,命归葬京师,追封黔宁王,谥号昭靖,配享太庙,而其子孙则世守云南。

沐英在平定云南之时,便善用火器,曾经在战场上使用过三排火铳兵轮番射击的阵势。因此他手下的火铳营,也算得上神机营的前身。

那人听了"沐家军"三字,微微颔首:"不错,我年轻时确实在沐将军麾下。"

他所说的沐将军,当然不是沐英,而是沐英的后人。

丁醒肃然起敬,起身拱手道:"原来是前辈,在下神机营百户丁醒。"

说出这句话后,丁醒有些后悔,因为自己现在是被通缉的人,万一对方知道此事,可能会有不必要的麻烦。

幸好那人并不在意,只是微微点头:"看在你我二人都端过火铳的分上,给你们一炷香的工夫,能不能拿到,看本事了。"

说完,他不知从哪里抽出一根手掌长的细香,用嘴一吹,香头冒出了红点。他把细香夹在指间,将手掌平放在桌子上。

百晓娘二话不说,拉着丁醒便走。

丁醒看那人的动作,也猜到一二,当细香烧到手指时,时间便到了。

百晓娘出了房门，来到院子里，拉着丁醒横七竖八地走了十几步，然后蹲下身子一摸，摸到了一个铜环，用力拉开之后，下面正是一间地室。

百晓娘打亮火折子，从怀里掏出一根蜡烛点着了，二人顺着台阶一步步走下去。

地室的门并不大，可是下去之后，丁醒发现这间地室几乎有多半个院子大小，而且修筑得非常结实，四面墙壁都贴着木板，顶上的天花板也很考究。

丁醒暗自皱眉，这帮江湖人果然怪诞，肯花费巨大精力建这座地室，却不肯将自己住的破茅屋弄得结实一点。

借着蜡烛的光，丁醒发现地室中摆设很少，正中央放着一张矮脚茶几，桌面有一尺宽，三尺来长，上面放着一个长条形的盒子，除此之外，再无他物。

丁醒指指那盒子："难道副本就放在那里面？"

百晓娘看看四周，心头暗自警惕："我去拿，你在这里别动。"

"为什么？"丁醒问。

百晓娘道："很可能是陷阱，如果我中了机关，你在这里还能助我一臂之力。"

丁醒道："你想得对！不过这是我的事，由我去拿。"

说着他举步向前，走向那矮脚茶几。百晓娘来不及阻止，只得在后面照应。

丁醒走到茶几边，没敢近前，离着有四五尺远便抽出刀来轻轻触碰那盒子。没见什么异常，便将刀尖慢慢插进盒盖之间，向上一挑。在挑起盖子的同时，他伏下身子，以免盒中有暗箭射出。

可一切都是多余的担心，盖子被掀开后，什么事也没发生。

丁醒起身向盒中看去，但见盒内有一卷纸，还有一支二尺多长、放好了火绳的三眼火铳。丁醒心中高兴，大步踏到茶几边，伸手抄起了那卷纸。

可就在此时，丁醒感觉脚下微微一沉，踩到的木板好像低下去了一点。

紧接着，地室之中就传来一阵"咯吱咯吱"的声音，听起来非常诡异。

百晓娘自然也听到了，顿觉不妙，连忙叫了一声："不要愣着，快走！"

丁醒转身要走，但是已经晚了，只听砰砰砰几声响，紧贴着墙壁唰唰落下四面铁栅栏，将二人罩在其中。

百晓娘知道上了当，正欲回身，但是退路已被铁栅栏封死，四面的铁栅栏像是一个大大的鸟笼，由大拇指一般粗细的铁条组成，无论用什么样的刀都难以砍断。

丁醒将纸塞进怀里，跳到百晓娘跟前："咱们一起用力，搬起这栅栏。"

二人抓住铁条，用力向上搬去，可是铁栅栏纹丝不动，好像有千斤重。百晓娘清楚，栅栏顶上定是用机括锁死了，再有十个人也搬不动它。

便在此时，又听机关响动，四面铁栅栏居然开始向内移动起来，逼得二人连连倒退。

丁醒眼看着铁笼子越来越小，急出了一身冷汗。再这样移动下去，自己与百晓娘非被挤成肉饼不可。

但是铁栅栏却又突然停了下来,东西方向的铁栅栏相距八尺,南北方向的铁栅栏也相距八尺,形成了一个八尺见方的笼子,将二人困在中间。

此时,只听四周墙壁上传来怪响,出现了无数坑洞,每个坑洞里都排着密密麻麻的长箭,齐齐对准了铁笼,箭头泛着森森寒光。

丁醒心头一沉,完了,这下子成了关门打狗之势,不要说笼子里空间狭小,就算没有笼子,谁也没有把握能避开这么多的毒箭。

随着毒箭的出现,左方的墙上突出一个径有一尺的转盘,上面有十二个轮柱,柱上分别写着由子到亥等十二地支。只听"咔"的一声响,转盘开始缓缓转动,写有"丑"字的轮柱掉落下来。

百晓娘心头一紧:"不好,按照碑上的字来看,等最后那个'子'字轮柱掉下来时,就该万箭齐发了。"

丁醒道:"那怎么办?"

百晓娘叫道:"用东西卡死轮盘!"

丁醒看那轮盘离铁笼远有十余步,便将刀握在手中,探出铁栅外,瞄准了那轮盘,此时第二个轮柱已经落了下来。

"你有把握没有?"百晓娘问道。这是唯一一次机会,因为二人身上除了这把刀之外,再无任何长物。

丁醒脸上的汗水涔涔而下,努力稳住手臂,挥刀向轮盘掷去。

"当"的一声,刀身撞在轮盘边沿,掉在地上,这时候,第四个轮柱也落了下来。

百晓娘气红了脸:"真笨,这么近都没成功……"

丁醒猛地想起盒子里那支三眼火铳,连忙扑过去端起火铳,竟发现火铳的药室里已经填充了火药,外面插着火绳,只要有火就可以点燃发射。

三眼火铳在大明洪武年间就已经出现，有两种形制，一种是由三根铜管铸在一起构成，三根铜管之间并不连通，各有自己的火门，可以逐个发射枪弹。

另一种则是共用一个铳体，有三个铳堂，火药室相连，点燃火绳之后三弹齐发，威力很大。

丁醒手里的这支三眼火铳，就是三弹齐发的那种。

百晓娘看到火铳，又看了看那个轮盘，突然明白了，骂道："这个老鬼还算讲道理。"

丁醒不明白她什么意思，百晓娘指指那些轮柱："轮柱是按着顺序掉落的，只要打掉后面的轮柱，破坏顺序，轮盘就会卡住。"

她指着丁醒手中的火铳："就用它来打掉轮柱。"

丁醒把火铳对准了轮盘："点着火绳。"

百晓娘用蜡烛将火绳点燃，火舌很快向药室烧来，但她仍旧不放心："这一枪你一定要打准啊，不然真就没机会了。"

丁醒咬着牙："少废话。"

他的手托着火铳，却有些微微颤抖，心中明白，两人的性命全在这一枪了。

此时轮盘上已经掉落了七根轮柱，丁醒瞄准了最后一根，火舌终于燃到了药室。

砰！

枪响了。

眼前腾起一片烟雾，遮住了二人的眼睛。百晓娘用衣袖挥了几下，驱散烟雾，定睛看去。

轮盘还在转，而那几根轮柱，并没有被打掉。三颗铅弹都打到了墙上，偏出好几寸。

百晓娘气得暴跳如雷："你在神机营里做军官，居然连枪也打不准！"

丁醒也目瞪口呆："又瞎火了……"

随着第十根轮柱坠地的巨响，机会已经愈加渺茫。

百晓娘看看头顶及四面的毒箭，脸色遽变。

丁醒却突然笑了起来，百晓娘实在没心情理会这个笨蛋，把眼睛一闭，等着万箭穿身。可是丁醒却道："有我在，你死不了。不过还要求你一件事，如果你能拿到所有的副本，千万要交给朝廷来洗清我的罪名，别让我家乡的老爹抬不起头来。"

噗！

又一根轮柱落了下来，还有最后一根！

百晓娘刚要开口说话，却见丁醒突然飞扑过来。二人离得很近，丁醒的动作又极突然，百晓娘没来得及闪开，就被丁醒扑倒在地，手中蜡烛滚在一边。

百晓娘不知道他要干什么，伸手去推，想把他推开，丁醒却突然把嘴巴伸过来，堵在她嘴上，百晓娘脑袋里嗡的一声，仅存的意识是：这小子临死还在占我便宜！

可丁醒此时已经压在她身上，腿压腿，身压身，脑袋盖脑袋，连手臂也压住了。百晓娘的身子本就娇小，这下子彻彻底底被丁醒盖住了。

此时只听当的一声响，最后一根轮柱掉了下来，声音虽不大，可格外动人心魄，在这一刹那，地室之内突然一片死寂。

随之而起的，是一阵撕裂空气的尖锐风声，无数支毒箭同时击发，射了出来！

百晓娘被丁醒压住，动弹不得，只得闭目待死。

风声响过之后，百晓娘觉得自己身上并未中箭，她猛然意识到，丁醒扑倒自己，压在自己身上，或许不是为了临死前占便宜。

丁醒是用他的身体遮住自己，这样无论是从头顶射下来的箭，还是从四周墙壁上射来的箭，都只能射到丁醒，全然射不到自己。

怪不得他会那样说……

百晓娘突然觉得咽喉一阵哽咽，眼睛有些湿润，她用力推开丁醒，抄起地上尚未熄灭的蜡烛。

此时的丁醒，一定已经变成刺猬了吧！

怀着万分愧疚的心情，百晓娘向丁醒看去。

可是，丁醒好端端地趴在地上，身上一根箭也没有。

百晓娘以为自己看花了眼，她擦擦眼睛，定睛再看，丁醒居然趴在地上转头朝自己笑。

丁醒的笑声在地室中回荡，百晓娘向四周看去，墙壁上插满了箭支，地上也有，可唯独铁笼之内没有。看来那些箭在击发的一刹那，改变了方向。

虚惊一场。

此时，地下的机关又响了，铁栅栏缩回墙壁四周，渐渐上升。地室之中恢复了原貌，只是多了上百支箭。

百晓娘拉起丁醒："快走！"

丁醒一手提刀，一手提着那根三眼火铳，紧随百晓娘冲出地室，来到地面上，二人才长出一口气，都感觉汗透衣衫。刚才虽然是一场虚惊,但也算在鬼门关前走了一遭,不害怕才怪。

百晓娘心下感激,但此时不是说这种话的时候,而且她从不轻易表达自己的情绪,因此只是向丁醒点点头,以示答谢。丁醒摸出怀里那卷纸,借着百晓娘手里的烛光翻了翻。他作为神机营军官,虽然枪打得不准,可对于火铳图样并不陌生,图样虽说不全,但画的确实是火铳兵器一类,而且每张纸的边角都有张百川的手写名字。

没错,这便是神机炮副本的一部分。

丁醒异常兴奋,小心地将图纸收进怀里。

百晓娘吹灭了蜡烛,看看那间屋子,骂道:"这个老鬼,弄机关吓唬人,我饶不了他。"说着便想进屋去,却被丁醒拉住:"算啦,拿到东西,还是尽快离开,不要节外生枝。"

百晓娘压下火气,带着丁醒七扭八拐地走到篱笆墙边,跳到院外。

此时,远远地传来一声梆子响,时间已是一更。百晓娘准备带丁醒去西城,找那位"西城白虎"。可他们刚刚走出胡同口,就听到有人吹了一声口哨。

口哨声很小,但在二人听来,无异于晴天霹雳。

他们猛地转身看去,只见一个人靠在胡同口的墙壁上,因为光线昏暗,只能看到此人身穿巡夜士官的服色,将脸隐在暗影之内。

"谁?"

丁醒低声问道。

那人向前一探身,脑袋上的铁盔先露出来:"好大的胆子啊,全城都在搜捕你,你竟然还敢出头。"

听到这声音,丁醒心头一紧:"陆大人?"

那人一抬头，露出了铁盔下的脸，正是陆炎。

"你是来抓我的吗？"丁醒握紧了拳头，眼睛却瞟着四周，看看有没有埋伏的人马。

百晓娘却放松了："他要是来抓你的，就不用穿成这样了。"

忽听靴声响起，一队巡夜士兵走了过来，陆炎拉住二人闪进胡同，贴着墙以免被灯光照到。

等士兵们走远了，陆炎才从背上解下一个包袱递给他们："穿好它，跟我走。"

丁醒抖开包袱看了看，见是两套士兵的军服，暗自赞叹陆炎想得周到。

二人当下在黑暗中换好衣服，将原来的衣服扔了，随陆炎走上大街，一路朝南而去。

"你带我们去哪儿？"百晓娘非常警惕。她身上的衣服有些肥大，走起路来不太利索。

陆炎的眼光扫向两侧的房顶："我们需要找个地方，好好梳理一下这两天的事情。"

百晓娘并不放松，继续问："去锦衣卫衙署吗？"

陆炎淡然道："如今只有我才能保你们周全，若不信我，尽管离开。"

丁醒掐了一下百晓娘："别多问，陆大人自有主张。"

穿过两个居坊，便进了仁寿坊的高粱胡同，此时胡同里一片漆黑，各家都关门闭户，连胡同口的灯笼也早已熄灭。陆炎不用点火，轻车熟路地来到一家宅子前，取出钥匙摸索着开了大门。

丁醒随着陆炎走进院子，百晓娘很谨慎，没有跟进去，缩在门洞的暗影里。

丁醒看了看房屋的形制与规模，和自己的差不多，便问："这是谁的家？"

"我兄弟的家。"陆炎答道，他推门进屋，点起了灯，"进来坐吧，这里没有人来。"

"你兄弟是谁？怎么没在家？"百晓娘确认四周没有埋伏，这才进屋。她环视着打扫得干干净净的屋子，好似很满意。

陆炎一声叹息："他叫陆林，是军中副将，土木堡之战中为国捐躯了。"

他请二人围着桌子坐下，然后问道："说说吧，你们这两天都干了什么？"

丁醒从怀中取出副本图样，摆在桌上："这是副本当中的一部分，刚刚拿到的。"

陆炎眼睛一亮："是真是假？"

丁醒道："据我看，应该是真的。"

陆炎并没有急着打开图样，而是沉吟着："你是说……一部分？"

丁醒便将二人遇到张五，去鬼市见鬼仙的事情讲了一遍，陆炎赞道："不错！如今看来，只要拿到另外两部分，将其完整地交给于大人，你的冤屈就可以立刻洗清了。"

丁醒在灯下展开图样："有了它，对付瓦剌骑兵就有把握了。"

"另外两份副本图样在哪里？"陆炎问。

丁醒看了看百晓娘："这便要问她了。"

陆炎道："顾姑娘……"

百晓娘一摆手："现在我是不会说出来的。"

陆炎一皱眉："为什么？"

百晓娘双手环抱："因为我信不过你。谁知道你是不是密告丁醒的人呢？谁知道你是不是在套我的话，以期得到图样呢？"

丁醒听得心头大震："你在胡说些什么？"

陆炎却笑了："顾姑娘这话很有我们锦衣卫的味道，如今形势波诡云谲，小心点总是好的。"

丁醒岔开话题："现在城中在通缉我，很麻烦，帮我想想办法。"

陆炎看了看桌上的图样："有个办法，就怕你们信不过我。"

百晓娘盯着他的眼睛："你想拿走图样？"

陆炎点头："对，把图样拿给于大人，解释给他听，我相信，他会撤销通缉令的。"

丁醒抄起图样："拿去。"

百晓娘把他的手按住，轻轻摇头。

丁醒安慰她道："三份图样合在一起才有用，任何单独的一份都和废纸差不多。"

陆炎看着百晓娘："如果姑娘不放心，可以随我一同前去。"

百晓娘眉毛一扬："算了，你们男人商定的事，我可不多嘴。反正被通缉的是他，又不是我。"说完，气鼓鼓地坐到一边。

丁醒将图样塞进陆炎手中："快去快回，另外……"他将通行令牌拿了出来，交给陆炎："你带着，留在我手中很危险，再说通缉令撤销之前，我拿着它也没有用。"

陆炎接在手中："放心，洗清了冤屈，你马上就可以接着用它。"

陆炎锁上大门，直奔锦衣卫衙署，先去换了衣服，随后招呼几名部下，乘马来到了兵部。

刚到兵部门外，陆炎就觉得气氛不对，眼前灯火通明，街上的士兵几乎加了一倍，还有不少官员进进出出，好像发生了什么大事。

陆炎跳下马，上前拦住一个刚刚出来的御史："何大人，出什么事了？"

那位姓何的御史见是陆炎，不敢怠慢，连忙将他拉到一边："出大事啦，兵部于大人遇刺，险些受伤，要不是巡城兵士及时赶到，只怕凶多吉少。唉，这群瓦剌奸细，当真是疯了！"

陆炎一惊："瓦剌奸细……居然有这么大胆子？"

要知道，于谦作为兵部尚书，手握全国兵权，尤其在这个当口，是何等的要紧！因此于谦一出门，随行护卫绝不可能少于百人，要想刺杀他，谈何容易？

此时兵部的一个传令官看到了陆炎，连忙上前施礼："陆大人，于大人吩咐过，如果陆大人前来，请立刻去相见。"

陆炎别了何御史，与那传令官一同去见于谦。

此刻，兵部大堂外正站着一些官员，三五成群地低声私语。到得堂内，只见于谦仍旧坐在案后，埋头批阅送来的急件，陆炎拱手道："大人，卑职陆炎前来向大人问安。"

于谦一摆手，传令官立刻搬来一把椅子，请陆炎坐下。

此时于谦才抬起头来，脸上并无异常情绪："陆大人，张百川之案办得怎么样了？"

陆炎道："小有收获。"说着，他从怀中取出图样，传令官接过，放到于谦案头。

于谦看了一遍，眼睛一亮："此为神机炮图样？"

"是副本。"陆炎说，"这是丁醒找到的。"

于谦微然一笑:"看来你还是很相信丁醒的,三法司到现在还找不到丁醒,是你把他藏起来了吧?"

陆炎也不隐瞒:"正是,丁醒能把图样交给我,足以表明他忠心为国。密告之事,定是有人诬陷,说不定诬陷之人就是瓦剌奸细。"

于谦翻过几页图样:"只有这几幅图?好像不全啊。"

陆炎连忙说:"只是三分之一,还有两份没有拿到。张百川为防泄露,将图样副本分作三份,交给了三个人,丁醒拿到的是其中之一。"

于谦将图样合起:"要尽快拿到另外两份,以便早些打造神机炮。"

陆炎道:"遵令!不过丁醒仍被通缉,是不是可以请大人下令撤去他的通缉令,这样一来,他行事也方便得多。"

于谦沉吟着:"此时撤销通缉……倒是不妥。"

陆炎一愣:"为什么不妥?"

于谦道:"你细想就会明白,通缉令先不急着撤。"

陆炎皱着眉想了想,便恍然大悟:"大人说得极是。"

于谦道:"你和他在一起,一方面保护他,另一方面嘛……"

陆炎身在锦衣卫,办案不少,当然知道于谦的意思:"卑职明白,在这种时刻,对任何人都要加以谨慎。"

于谦将图样还给陆炎:"带回去,拿到另两份图样时,可以作为验证,同时也莫让丁醒起疑。"

陆炎接过图样,迟疑着问道:"大人,卑职想问一句,您是……如何遇袭的?"

于谦轻描淡写地说了几句:"这伙凶徒应该就是杀害张百川大

人的凶手。本官夜间监察城防，返回兵部之时，遇到劫击。凶徒人数不少，而且选择的伏击地点非常大胆。如果不是本官的轿子外增加了防护铁板，怕是也要落得张大人一样的下场。"

陆炎道："凶手一开始也是用箭袭击？"

于谦道："我的护卫被箭射倒二十余人，幸亏他们满身甲胄，凶徒只射杀了四个人，余者都是轻伤。随后便是一场混战，凶徒见巡夜士兵大批赶来，才趁夜遁去。"

陆炎又问："可曾捉到贼人？"

于谦哼了一声："有数名贼人受伤被擒，却极为凶悍，不等审讯便自尽身亡了。"

陆炎忙道："尸体在哪里，卑职想要验看，也许能从中找出蛛丝马迹，以便确定贼人的身份。另外，凶徒狗急跳墙，大人千万小心，最好多加侍卫！"

于谦点点头道："尸体就停在后院，你自去验看好了，半月期限转眼便至，务必加快进度！"

第六章
三眼铳

丁醒靠在椅子上睡了一会儿,百晓娘却睡不着。将近四更时分,她几次来到院子里,侧耳细听周围的动静。

她再一次回到屋中时,丁醒打着哈欠问:"你是走马灯吗,就不能消停会儿?"

百晓娘冷笑:"你倒安稳,就不怕姓陆的把你卖了,派兵来捉拿?"

丁醒用手拍着脸,让自己清醒起来:"他能做到锦衣卫镇抚使,就说明不是蠢货。用脚趾头想也知道,我怎么可能是奸细?肯定是瓦剌奸细为了扰乱查案,诬告于我。"

百晓娘哼了一声:"总之,我信不过锦衣卫,这帮家伙……没一个好人。"

"好人歹人先不论,如今于大人限期半月破案,他也是急得抓耳挠腮。没有我们帮忙,孤掌难鸣。"丁醒非常肯定地说。

百晓娘坐回椅子上,伸了个懒腰:"这话倒也没错。"

丁醒眨了几下眼睛,突然把脸凑过来,压低声音说:"你想没想过,张百川这个案子里有很多疑点。"

"比如?"

丁醒侧耳听了听外面,没有半点动静,这才说:"张百川为什么要在深夜去见于谦?就算研究出神机炮这件事再重大,难道就不能等到天亮?只要天亮了,那伙凶手胆子再大,也不敢当街劫杀。"

百晓娘眼珠转动,神色冷峻:"你说得对,但我觉得总有一个理由,让张百川必须深夜前去。"

丁醒道:"如果让我猜,张百川深夜前往,一定是于谦下的令。"

百晓娘悚然一惊:"你别胡猜啊,于谦如今是大明的顶梁柱,难道你怀疑他……"她顿了顿,又说:"如果于谦通敌,他还用得着举城备战?干脆同意迁都,把整个北方让给瓦剌人算了。"

"于大人若是同意迁都,又哪里轮得着他来做这个大明顶梁柱?"

丁醒说的迁都之事,正是发生在土木堡惨败之后。当时战败的噩耗传来,京中乱成一团,百官不知所措,有个姓徐的官员提议,瓦剌若是乘胜南下,北京必破。不如将国都迁往南京,恢复南京故都。

此议一出,得到了很多官员的响应。但就在这个时候,于谦站了出来,坚决反对南迁。他态度明确,如果南迁,那么黄河以北必定落入瓦剌之手,而大明朝也必定落得南宋一般的下场。

因为于谦的据理力争,南迁之举才被否决,于谦也因此在众官员之中脱颖而出,成为朝廷的主心骨。

丁醒说得有些隐晦,但百晓娘仔细想想便明白了,她刚要再说些什么,就听大门咣的一响。百晓娘一下子从椅子上弹起来,跳到门边,透过门缝向外张望。

丁醒道:"应该是陆炎回来了。"

百晓娘道:"是他……嗯,只一个人。"说着她拉开门,将陆炎让进屋内。

陆炎将手中的油纸包放在桌上:"这是牛肉和烧饼,饿了就吃。"

"见到于大人了?"丁醒问。

陆炎从怀中取出副本图样,向桌上一扔:"见到了,不过于大人那边也出了点事。"

百晓娘抢过图样,仔细看了几眼,发现仍是原来的那份,这才放心。

这种图样绘制起来极为复杂,就算当场临摹,也不可能在这么短的时间内完成,所以不用担心图样被复制。

丁醒追问道:"于大人出事了?"

陆炎道:"嗯,两个时辰前遇到杀手袭击,不过没有受伤,护卫们杀了十几名凶徒。其余的逃了。于大人自己对这件事倒显得不太在意。"

丁醒眼睛一亮:"这伙凶手一定是杀张百川的人,有活捉的吗?"

陆炎道:"没有,就连几个受伤的也都自杀了。"

"是死士。"丁醒显得忧心忡忡,这种人最不好惹,视自己与别人的生命为草芥,简而言之,他们就是来拼命的。

百晓娘却在一旁皱着眉头嘀咕着:"先杀张百川,又要杀于谦,看来,凶手是这二人共同的敌人。"

丁醒道:"要说共同的敌人,那就是瓦剌人吧。张百川研究的神机炮是瓦剌骑兵的克星，而于谦是京城主战派的首领，他们两个一死，京城一定会落入也先手里。"

陆炎却摇头："我验过尸体，那些死人当中，没有一个是瓦剌人，全都是中原汉人。"

丁醒道："你验过尸体，有什么发现？"

陆炎叹息一声："这伙凶手不简单，穿的是普通夜行衣，靴子却是锦衣卫的官靴，但其中没有一个是锦衣卫。"

听他提起锦衣卫的官靴，百晓娘瞟了一眼丁醒，然后问道："锦衣卫那么多人，你都认识？"

"只要见过一面，我就忘不了。否则，我也做不了这个镇抚使！"陆炎的语气中渐有压人一头的气势。再好脾气的人频频受到怀疑也会心中火起，更何况是陆炎这样的人。

丁醒绝对相信陆炎的说法。因为陆炎其人在锦衣卫中一直是传奇人物，他本来官职不高，只是一个百户。王振的党羽锦衣卫指挥使马顺经常打压他，让陆炎干的是脏活、苦活、不讨好的活，但陆炎始终不屈服。

过目不忘的本领好像是陆炎与生俱来的天赋，锦衣卫中无人不知。

直到王振身死，马顺被朝廷大员活活打死在朝堂上之后，于谦才把陆炎等真正有本事的人提拔起来。百晓娘不知道这些，丁醒却是听说过的。

百晓娘碰了个钉子，于是岔开话头："那几个逃走的凶手，于大人没有派人尾随追击吗？"

陆炎道："凶手极其凶悍，退却的时候，以乱箭断后，护卫们又惦着于大人的安危,因此没有苦追。不过这一次凶手死了十四人,实力大损,以后怕是不敢再行动了。"

丁醒却摇头:"只要没有一网打尽,终究是后患。陆大人,我看咱们还是分开行动,你继续追查凶手,我与顾姑娘去拿余下的副本。先完工的人,再去帮助另一方,你看如何?"

陆炎沉吟着:"双管齐下……我同意。"

他从腰间取下钥匙,交给丁醒:"这座宅子,就当成你我的会合地点,不要让外人知道。"

"钥匙给了我,那你呢?"丁醒问。

陆炎笑道:"我家中还有一把。"边说边站起身,"我还要赶回衙署,继续查找凶手的踪迹。你们好好睡一觉,休息一天,等天黑了再出去。对了,"陆炎想起于谦的话,"于大人说,暂时还不能撤销你的通缉令。"

百晓娘一听便火了:"为什么?他糊涂了吗?"

陆炎道:"非但不糊涂,我倒认为于大人的决定非常明智。"

"不撤销通缉令,丁醒一出去就得被自己人杀了,你倒说说看,明智在哪里?"百晓娘越说越气。

陆炎还未开口,丁醒便插话道:"我猜想,于大人这是做给那些想陷害我的人看的。如果撤销了通缉令,就说明诬告我这一招失败了,他们一定还会另想毒计,说不定,就要明着对我下毒手了。"

"正是这个意思!"陆炎道,"所以,你们行事时,还需要小心谨慎。"

夜风仍旧清冷,并没有因为黎明快要到来而显出一丝的暖意。

地室之中吊着根蜡烛，地上横七竖八躺了很多人，他们大多浑身是血，既有自己的血，也有别人的血。由于通风不太好，地室里充满了血腥气。

为首的人身上一袭白衣也被溅上了几朵大红花。他此时正坐在床头，不知想些什么，蒙着白布的脸上，只能看到一对紧皱的双眉。

那个红布蒙面人正在白衣人面前来回踱步，一边走，一边从牙缝里挤出几个字来："你们干的蠢事！"

白衣人并不抬头，只是指了指床头空着的地方："坐下说，发火不管用。"

红布蒙面人还是站着："你们吃了豹子胆，居然敢在靠近兵部的地方动手，你以为于谦是张百川吗？他现在身担重任，能不加强护卫吗？"

"你去探听情况了？"白衣人仍旧极为镇定，话音平稳如常。

红布蒙面人道："我去看了看于谦，发现那些死了的兄弟都被抬进了兵部验尸，如果这些人身上有半点痕迹，大家都得死。"

"放心，只要没抓到活口，你就是安全的。"白衣人淡淡的口气令人不知道他是喜是忧，抑或是根本对这一切都漠然处之，毫不在意。

红布蒙面人摇晃着下巴："还是不能掉以轻心，我出来的时候，见锦衣卫镇抚使陆炎正在看尸体，他可是奉了于谦之命调查张百川案的。我怕他看出破绽，就派了人暗中盯着他。"

刚说到这里，就听到一根通风管被轻轻敲了几下，那些大汉立刻抄起了刀，警惕万分。红布蒙面人一摆手："不用紧张，是我的人，应该是探听到了什么。"

他走出地室，过了半盏茶的工夫又回来了，坐到白衣人身边："刚才来的是我派去紧盯陆炎的人。他回报说，陆炎出了兵部，并没有回锦衣卫衙署，而是在烧饼铺买了些烧饼和牛肉，随后竟然去了他弟弟家。"

"他弟弟是谁？"

红布蒙面人道："陆炎的弟弟叫陆林，是个军官，不过已经死在了土木堡。他弟弟之前一直独居，所以如今那个宅子应该是空的。"

白衣人眼珠转动："空的？"

红布蒙面人道："可是我的人说，那屋子里好像还有别人。"

"别人……"白衣人突然眉毛一扬，"丁醒，一定是丁醒。"

红布蒙面人道："自从密告三法司之后，丁醒一直没有被抓到，很可能是陆炎把他藏了起来，就藏在他兄弟家。"

白衣人仿佛在沉思，一时没有接口。

红布蒙面人道："最好杀了他，如今丁醒成了通缉之人，一定不敢报官，也没有人帮他。如果可以把陆炎和他说成同党，岂不是一举两得……"

他说得非常得意，认为白衣人一定会答应。可是结果却出乎他的意料，白衣人一摆手："不能杀丁醒，他还有用。"

"有用？"红布蒙面人有些惊诧。

"这件事你不用管了，我自有主张。"白衣人叫过一名没有受伤的汉子，低声耳语了几句，那汉子连连点头，然后换上一套干净的平民衣服，出了地室。

再说丁醒与百晓娘，二人在陆林家中一直没有出门，而是美美地睡了一觉，等到下午才起身，他们不敢生火做饭，怕被人看见起疑心，因此只能啃着陆炎留下来的烧饼与牛肉，再从井里提些井水灌下去。

丁醒坐在屋内的窗根下，眼看着西沉的残阳，脑袋里仍在想着这件案子。

百晓娘洗了脸，对着水盆梳头发。她的镜子等梳妆用品都放在王山家的阁楼里，没有带来，因此只能将就。

丁醒问她："对那个西城白虎，你了解多少？"

百晓娘回答道："不多，只知道他的住处。"

"这个鬼仙也真会麻烦人，副本在他手中，如果不放心的话，找地方一藏就是了。他却非要让三个人保管。如果瓦剌人知道了，那三个人岂不是凶多吉少？鬼仙这一手看似高明，实际上是拉着朋友跳水。"丁醒打着哈欠，伸着懒腰说。

只要是空闲的时候，总会看到他睡不醒的样子，事实上，这是丁醒的放松方式。

百晓娘梳好了头，对着水盆照来照去："你哪里知道鬼仙的想法。他这样做，就是在为自己留后路。"

丁醒道："我倒觉得，咱们是被那家伙牵着鼻子走。"

丁醒自然瞧得出来，鬼仙不喜欢自己，所以他也不怎么尊重鬼仙。

百晓娘拍了他一记后脑勺："人都死了，嘴下留德吧。"

丁醒嘿嘿干笑两声，手中摆弄着从北城玄武家中带出来的那杆三眼火铳。

这杆火铳已经有些年月了，手柄部分被磨得油光锃亮，整支火铳隐隐有一股油脂味，看来保养得不错。只是药室中已无火药，铳筒内也无铅弹，只能当铁棍用。

百晓娘想起昨夜在地室中的情形，心中又气又笑，不由问道："你是袭职的百户，祖传的神机营军官，为何连火铳也打不准？"

丁醒斜了她一眼："这事你最好别问，我不想说。"

百晓娘"哟"了一声："昨夜你可是视死如归，现在没人要你的命，反倒害起羞来了？你越这样，我就越想知道内情。"

丁醒把火铳放在桌上，翻着眼睛："此事除了我的父亲与兄长之外，再无人知道，就连史辽也不例外。"

百晓娘笑道："这么神秘啊？是不是和女人有关系？"

丁醒沉默了片刻，终于开口："我小时候，火铳打得很准，不过有一次，我用一杆三眼铳误伤了青梅竹马的玩伴。从那之后，就再也打不准了。"

"那……那女孩子，后来怎么样了？"百晓娘忧心地问。

丁醒扬着头，闭上眼睛："她死了。"

百晓娘吓了一跳。

丁醒继续说着："我大哥丁默替我顶了罪，结果判了个误伤人命，按大明条律，他不可能再袭职了，因此这个职位便落到了我头上。我对不起大哥，更对不起她。"

丁醒的语气很随意，可是听得出来，他还怀有深深的歉疚。

百晓娘没想到丁醒居然还有这样一件心酸往事。早知道的话，这句话烂在肚里，她也不会问的。百晓娘只得轻轻拍着丁醒的肩膀："我真得谢谢你，临死之前还那样保护我。"

丁醒轻轻摇头："我只是不想再看到有女人死在我眼前。"

百晓娘一时无言，低下头摆弄着发梢。

丁醒突然岔开了话题:"太阳落山了,今晚最好能拿到余下的两份图样,交给于大人,也对得起死去的史辽。"

他看似精神抖擞,实则是在激励自己,不要执着于过去的伤痛。

面对如今的危局,丁醒不容得自己有半点疏忽。

百晓娘也站起身收拾东西,嘴里却道:"你想过没有,昨夜陆炎说,于谦对自己的遇刺并不在意。"

丁醒嗯了一声:"他是这么说的。"

"可我倒觉得有些奇怪。"百晓娘说,"按道理讲,任何人都不可能对自己的安危掉以轻心,况且这伙凶徒还杀掉了张百川。换作别人,若是凶手如此猖狂,早已暴跳如雷,我在想……"

丁醒一笑:"你在想,于谦是不是在故布疑阵?"

百晓娘点头:"我可是顺着你的思路说的。照你所说,张百川被杀,于谦有很大的嫌疑,但他一遇刺,这种嫌疑便烟消云散了。"

丁醒道:"双方死了十多个人,也不像是在做样子。"

"死了人又怎么样,也许是丢卒保车呢?"百晓娘道,"你永远不知道那些达官贵人的心思,他们若想做一件事,绝不会在乎几个人的死活。"

丁醒撇撇嘴:"你倒是很懂这些人的心思嘛。"

"我劝你还是小心点好,于谦不撤销你的通缉令,我觉得理由就很勉强,谁知道是不是他指使人诬告你的。"

丁醒点头:"照你的说法,大明第一恶人就非于谦莫属了?"

百晓娘道:"他是不是恶人我不在乎,我在乎的是,我们别成了糊涂虫,被人卖了还替人家数钱。"

143

不多时，夜色降临。

今晚月色很好，圆月悬于空中，如似冰盘。皎洁的月光洒在大地上，街道与屋顶上仿佛结了一层银霜，泛着清冷的辉光。

月光虽好，但对夜行人来讲却是噩梦，因为太容易被人发现了。

丁醒与百晓娘一直等到初更，方才出了陆林的宅子，一前一后，小心翼翼地走向城西。

百晓娘在前面引路，每过一个路口，她都非常仔细地将前后左右检查一遍，免得被人发现。

不到二更的时候，他们来到了城西的日中坊。这里靠近西直门，有一座道观叫崇玄观。挨着崇玄观的后墙，有一带竹林，竹木茂盛，这片竹林是崇玄观的产业，观中死去的道人通常会被埋在此处，久而久之便成了一座坟场。

百晓娘带着丁醒一直转到竹林边上，这才停下脚步。

丁醒当然认得这里，他皱皱眉头："那个西城白虎，难道住在坟场里？"

百晓娘轻轻喘口气："怎么，怕了？"

丁醒揉着疲累的双腿："是有点儿，听说这坟场里经常发出嚼骨头的声音，还有人看见裹着尸布的尸体在游荡，满身蛆虫，皮肉好像烂泥，一对眼珠子吊在脸皮上……"

百晓娘恶心欲呕，回手一肘打在丁醒的肚子上，把他下面的话打了回去。丁醒忍住笑，将刀塞给百晓娘，自己则握着那杆三眼火铳，二人轻轻摸进坟场。

竹林很大，百晓娘在里面摸索着前行，约莫半盏茶的工夫，才指着前面说道："那里应该就是西城白虎的家。"

丁醒道:"应该就是?你没来过他家?"

百晓娘道:"只是听人说起他住在这里,没有来过。"

丁醒举目看去,茂密的竹林当中闪出一点灯火。

这是一间用竹子搭成的窝棚,离地面约有二尺高,顶上盖着厚厚的阔叶草,看它的空间,也仅仅能容一个人躺在里面。

窝棚门上挂着又脏又破的布帘,屋内传出轻微的鼾声。一盏风灯挂在几步外的竹子上,昏昏暗暗。

丁醒走近几步,抬手去掀帘子。

眼看就要碰到布帘,却被百晓娘一把拦住。只见她轻轻摇摇头,把刀抽了出来,示意丁醒后退。丁醒不知道她想干什么,便闪开几步。

百晓娘提着刀,将刀尖探到布帘之下,猛地向上一挑。

眼前黑影一闪,迅捷无比,百晓娘只觉得手中的刀轻轻一颤。她吓了一跳,急忙将刀一甩,噗的一声轻响,一条布带似的东西被甩到了草地上。

丁醒借着灯光定睛一看,不由得寒毛直竖,原来那是一条黑黝黝的长蛇。他心中怦怦地打起鼓来,幸亏刚才被百晓娘拦住,没有用手去掀帘子,不然被咬的就是自己的手臂了!北京一带有毒的蛇极少,但看这条蛇的样子,显然是有毒的。

丁醒在关中老家时,经常进华山去打蛇,因此对毒蛇并不陌生,他动作极快,抢起三眼火铳,一击打在蛇的七寸之上,让蛇无法游走,随后便示意百晓娘用刀将它砍断。

可是百晓娘却连连摇头,她用刀挑起蛇身,远远地一甩,把蛇甩出几十步外。

丁醒瞪了窝棚一眼,心想这个西城白虎居然放蛇咬人,定不是良善之辈。

这时，从窝棚里传出一个声音："谁在外面？"声音并不苍老，好像也不过三四十岁。

丁醒气鼓鼓地回答道："你老子！"

百晓娘噗地笑了："你倒会占便宜。"

丁醒对着窝棚骂道："还不滚出来？"

窝棚里没动静，丁醒刚要挑开帘子，又被百晓娘阻止，只见百晓娘用刀背轻轻敲了几下窝棚支柱，那些支柱是竹子做的，发出"空空"的声音。

听到敲竹之声，窝棚里那人才说话："原来是一条道上的，向后退，后退……"

百晓娘拉着丁醒退出十几步远。丁醒凝目瞧着，便见帘子掀起，从里面爬出一个人。

这人爬出窝棚，跳下地来，高不过四尺，好像一个没长大的孩子，但借着风灯的光，可以看到他的脸上已经有了很多皱纹，看年纪不下四十岁。

窝棚虽然破旧，可这人的穿着却很华丽，居然是一身锦衣，头上还戴着金冠，腰围玉带，脚下的靴子也甚是名贵，好像是小牛皮制成的。

丁醒有点看傻了，心想大千世界无奇不有，窝棚里住着的人，居然锦衣华服，怕不是从死人身上扒下来的吧？

看着这位贵公子打扮的人，丁醒感觉到一股阴森森的鬼气弥漫四周，不由自主地打了几个寒战。

百晓娘却是见怪不怪，把刀收起，向着那人抱拳一礼。

这位贵公子也甚有修养地还礼，可是二人却仍不说话。百晓娘向贵公子连打手势，比画了一阵，那贵公子好像看懂了，也打了一阵手势，作为回应。

丁醒恍然大悟，原来这家伙是个聋人，可他刚才应该是听到声音了，而且还问了话。丁醒知道，聋人分为两种，一种是又聋又哑，一种是只聋不哑。聋哑人占大多数，而只聋不哑的人非常少。

看着二人比画来比画去，丁醒有点佩服百晓娘，打起手语居然也如此熟练，天底下还真没有几件事是她不会的。

竹林中寂静无声，但是丁醒发现百晓娘与这位贵公子"吵"得好像很厉害，二人双手上下翻飞，各种手势层出不穷，真不知要说到何时。

约莫过了半盏茶的工夫，百晓娘双手叉腰，气呼呼地盯着贵公子，那贵公子也不示弱，眼睛瞪得滚圆。

百晓娘走到丁醒面前："副本确实在他手中，但是他不想交给我们。"

丁醒早有预感："早知道是这个结果了，你们还说了什么？"

百晓娘道："副本就放在前面山坡上的亭子里，但亭子中有非常凶险的机关，他说得清楚，只要我们破了机关，就可以拿走副本。若破不掉死在里面，也不关他的事，算我们咎由自取。"

丁醒撇撇嘴："鬼仙不是说他与北城玄武老死不相往来吗？我怎么觉得这两个人好像是亲兄弟，都一个臭脾气。"

"没办法。"百晓娘双手一摊，"不见鬼仙，他们绝不肯轻易将副本拿出来。不光如此，我觉得西城白虎对我们极不信任，只怕那个亭子的机关，很难破掉。"

丁醒咬咬牙："再难也要拿到副本，我们别浪费工夫了，免得夜长梦多。"

二人打定主意，并肩向山坡上走去。

西城白虎背着手，站在窝棚前瞧着他们，一脸冷峻。他衣服下面突然轻轻蠕动起来，一个小小的蛇头贴着他的脖子钻了出来，吐着信子。

这条蛇正是刚才百晓娘甩出去的，不知何时已经游了回来，钻进西城白虎的衣服里，西城白虎伸手轻轻抚摸着蛇头，那条蛇极为温顺，与方才大为不同。

丁醒与百晓娘走上斜坡，穿过一小片竹林，果然看到在坡顶之上有一座不大的四方亭子。来到近前，丁醒借着月光凝目细看，见这亭子与普通亭子没什么不同，七尺见方，用四根木柱撑起飞檐瓦顶，因为年深日久，柱子上的红漆已经剥落殆尽，上面刻的对联字迹也模糊不清。

亭中有一张石桌，桌边放有四个石头墩子，供人休息之用。不过丁醒认为，就算累死了，也不会有人来坟场里休息。尤其看管坟场的，还是个怪物。

二人围着亭子转了一圈，没发现什么异常。但是百晓娘非常小心，没有急切地冲进去，她知道西城白虎与北城玄武齐名，玄武的机关很厉害，白虎也必定不遑多让。

丁醒上上下下打量了几十次，确实看不出亭子的特异之处，更没有发现副本的踪影，他打个哈欠，有些不耐烦了，对百晓娘道："你在这里，我进去找，一旦发生了什么事，总不能都死在里面。"

百晓娘摇头："上次在玄武家中，你就犯了急心病，这次得我进亭子,你在外面守着。"说完也不等丁醒同意,一脚就迈进了亭子。

她只是踏进一只脚,同时把刀握在手中,仔细感觉着脚下与四周的动静。

没有异常,百晓娘又踏进了另一只脚,完全站在亭子里。

仍旧没有动静。

也许机关不在亭子本身,而是中间那张石桌……

百晓娘心里想着,低头看了看石桌,桌面上刻着一副棋盘,桌上是空的,她将四个墩子依次抬起看过,下面没有东西,整个亭子一目了然。

百晓娘在亭子里走了一圈,抬头看看顶上,也没找到可以藏东西的地方。

真是怪了。

百晓娘愣住了。

丁醒在外面瞧着,心头疑惑:"找到了吗?"

百晓娘道:"好像不在亭子里……"

丁醒轻轻摇头,他见百晓娘安然无恙,亭子中没有机关发动,便大着胆子,也走了进去。

可丁醒刚刚踏进亭子,便觉得脚下一颤,地面传来咔咔的沉闷声响。

不好!

丁醒已经不是第一次听到这个声音了,他当然知道是机关正在发动。

百晓娘脸色一变,叫道:"快出……"

那个"去"字还没说出来,就听四面当当声响,亭子四面落下长板,将亭子封堵得严严实实,密不透风,亭子里骤然黑了下来。

百晓娘急忙打亮火折子,探出刀尖捅了捅,发现居然是铁板。

丁醒反应也不慢,用尽力气撞向铁板,只听嘡的一声,铁板纹丝不动,却把丁醒的肩膀撞得剧痛。

"完了,出不去了……"丁醒揉着肩膀说。

百晓娘还没来得及说话,就听到耳边吱吱声响,二人循声看去,便见那石桌上的棋盘慢慢旋开了一个拳头大的洞口,从中呼地弹出一根竹片。百晓娘不敢用手接,急忙将刀一侧,竹片平平地落于刀身之上。

这只是普通的竹片,并无什么古怪,上面写着字:注水入洞,水满可开。

意思非常明白,将水注入棋盘上的洞里,注满了机关就会撤去。

只听头顶又有声响,亭子顶出现无数个小洞,如同蜂巢一般,从洞里慢慢溢出了白色的烟雾。

不好,肯定是毒烟,这亭子四面封闭,烟无法散发,到最后,里面的人就算不被毒死,也要被活活闷死。

现在唯一的办法,就是用水注满这个洞。

二人顾不得许多,急忙四下找水,可是亭子里哪来的水?

丁醒跺脚长叹:"白虎果然心机非凡,他的意思,是想我们这样……"说着一把夺过百晓娘手里的刀,就要往自己手腕上割。

突然,百晓娘从后面袭来,一肘打在丁醒腰眼上。

这一肘很重,丁醒被打得岔了气,坐倒在地,动弹不得。

"你……干什么?"丁醒咬着牙问道。

百晓娘拿起刀,瞟了他一眼:"上次你救了我,这回轮到我了。"

丁醒急道:"可是……鬼知道需要多少血才能注满这个洞!"

百晓娘道:"我有多少就放多少,如果我的血干了,还没有注满,那时你再接上。"

说着她一刀割下,割在自己的手臂上。

为了让血流得快一些,百晓娘握紧拳头,全力催逼,那血如泉涌一般,汩汩流出。但这样持续失血,只怕不到片刻,她的血真的要干了。

丁醒大叫起来:"不可以这样,你会死的!"

百晓娘却不理会,她的眼睛紧盯着石桌上的小洞:"放心,我听说西城白虎不会滥杀无辜,只是会让人受些苦。"

"其实……其实用不着放血的。"丁醒咬着牙,提着气,"用尿也可以。"

百晓娘噗地笑了:"这个时候你能撒得出来?"

丁醒苦笑摇头,他真的撒不出来,整整一天,他们窝在陆林家中,只喝了一碗井水,而且为了办事方便,丁醒在出来以前,已经解过手了。

百晓娘手臂上的血流了不少,但是小洞始终不满。

她又在另一条手臂上割了一刀,继续放血,可那洞仍旧没有满。百晓娘感觉眼前一阵阵发黑,她知道自己失血过多,再流下去只怕要承受不住。

白烟已经快要充满亭子了。

丁醒坐在地上,忍不住吸了几口,突然觉得一阵晕眩,自己的身子像是坠入了云里,眼前的情景也开始模糊。

不好,是迷烟!

丁醒心头剧震，努力想站起来，可是身子发虚，双腿发软，连站了几次，都没有成功。

这时，只听咚的一声，就见百晓娘滚倒在地，火折子也撒了手。

丁醒趴在地上，向百晓娘爬过去，用牙齿狠狠咬住自己的手腕，以期用疼痛来赶走晕眩。

迷烟已经笼罩了大半个亭子，只有趴在地上，才能暂时躲避迷烟的侵袭。

丁醒尚未爬到百晓娘身边，突然感觉地面一阵震荡，机关之声大作，亭子四周的铁板又缓缓上升，收了回去。

亭子里面的迷烟立刻被风吹散。

丁醒被夜风一激，头脑终于清醒了许多。他连滚带爬地扑到百晓娘身边，掏出手绢将她手臂上的伤口紧紧扎住，又赶紧摸摸百晓娘的脉门，还好，尚在微微跳动。

眼下百晓娘脸色惨白，身子软绵绵的，正是失血过多的症状。

丁醒顾不得找什么副本了，他抱起百晓娘的身子，脚下踉跄着奔出亭子。

等到了竹林当中，丁醒才长吸一口气，赶走了头脑中最后一丝眩晕。

看看怀中险些死掉的百晓娘，丁醒大怒如狂，他将百晓娘扛在肩上，一手提刀，直奔窝棚而来。

出人意料的是，那位西城白虎居然好整以暇地坐在窝棚里。窝棚的帘子被掀起来了，他两条腿垂在外面，一晃一晃的，显得极为悠闲。

丁醒冲到窝棚前，把刀一指，刀尖对准西城白虎的咽喉："你干的好事，骗我们进亭，却用此狠毒手段……"

丁醒的话没说完，突然停了嘴。因为他想起来，这家伙是聋人，根本听不到自己说话。

哪知道更诡异的事发生了，西城白虎居然开口道："狠毒手段？两个活人进去，两个活人出来，哪里狠毒了？"

丁醒正想反驳，突然意识到不对，他瞪大眼睛："你……你听得见我说话？"

"我是聋子，怎么听得见你说话呢？"西城白虎冷笑道。

丁醒更奇怪了："可你……"

西城白虎解释道："我会读唇语。"

丁醒知道江湖上有种人眼力非常厉害，看到别人嘴唇动，就可以读出说的是什么，想不到这位西城白虎就有这种本领。

西城白虎抛出一个白色玉瓶，约莫有半个手掌大小："这是最好的养髓补血药，拿去给她吃。每天两次，每次六丸，三天之内必定复原。"

丁醒伸手接住，揣进怀里，手中的刀却仍旧指着对方："副本图样在哪里？"

西城白虎从腰间解下一个锦袋，扔给丁醒。丁醒打开一瞧，果然是几张图纸。他不禁大呼上当："你……你就带在身上？"

西城白虎吐吐舌头："不带在身上，难道还顶在头上？"

丁醒气得几乎要吐血："你把图样带在身上，却骗我们去亭子里……"

"不去亭子，不中机关，谁知道你们是怎样的人？"西城白虎冷笑道，"为了保命出卖朋友的人，我见得多了。曾经有人被困在其中,把朋友的脑袋砍下来,将血灌进石洞里。如果你们也是这样的人,根本就不可能出来。"

丁醒眉头一扬,突然叫起来:"亭子四面封闭,你在亭外,又是聋子,如何知道里面的情景?如何知道谁出卖了朋友?"

西城白虎一时语塞,张口结舌起来。

丁醒瞪起眼睛:"你根本不是聋子。"

西城白虎这才仰天一笑:"还是你机警,觉察了我的破绽。我装成聋子也是为了保命,看在我给你图样的分上,你可千万别说出去。"

丁醒瞪了他一眼,心中骂了几句,揣好锦袋,扛着百晓娘向竹林外走去。

到了林子边上,丁醒轻轻将百晓娘放下,拿出怀中的白玉小瓶,拔开塞子,倒出了几颗红色药丸。

药丸散发着极浓烈的药味,丁醒数了六颗,塞进百晓娘嘴里。

那些药丸入口便化,慢慢流进了咽喉。

丁醒不敢在这里多停,现在第二份副本图样拿到了,他要带百晓娘回到陆林家,好好休养几天。

喂完了丹药,丁醒将百晓娘背在身后,大步走出竹林,眼前便是崇玄观的后街。

可他刚走到街心,便听到头顶上有人在轻声冷笑。

笑声不高,但在丁醒听来,却像万炮轰鸣一样惊心动魄。

丁醒转头看去,墙头上坐着一个白衣人,用白巾蒙着脸,看不到样貌,手中提着一把刀,正在悠闲地耍着刀花。

"你是谁?"丁醒低声问,他怕惊动了巡城士兵,看此人的打扮,应该也不是官面上的人。

白衣人却并不答话,而是收起长刀,将手一摆,从前后街角立刻闪出六条人影,快步向丁醒包围而来。这些人手中都提着兵器,月光辉映之下不时泛起寒光。

六条大汉,各个黑巾蒙面,眼神狰狞,将丁醒与百晓娘围在中央。

那白衣人飞身跳到街上,沙哑着嗓子说道:"乖乖跟我走,我就不杀你,也留那女人一命。"

丁醒将刀一横:"先报个名,看看能不能吓住我。"

白衣人冷笑:"你逃不了,何况还有个累赘。"

丁醒将百晓娘轻轻放在脚下,长吸一口气,拉开了架子,准备拼命。

六个黑衣人也从前后夹击上来,眼看就是一场恶斗。

丁醒突然一摆手:"等等。"

白衣人道:"答应我了?"

丁醒沉吟着:"你们……是不是杀张百川的凶手?"

白衣人道:"不光是他,还有史辽,就连于谦也险些死在我的刀下。"

他提起史辽,丁醒心头一痛,眼睛立刻红了:"你们到底是什么人,是瓦剌奸细,还是被收买的杀手?"

白衣人不答,轻轻一挥手:"拿下。"

六个黑衣人举起手中兵器,向丁醒攻杀过来,他们出手时并不指向丁醒的要害,好像故意要留他的活口。

丁醒把刀一晃,转了个圈子,当当几声响,将几把刀封出去,随后拔出腰间的三眼火铳,指向迎面的一名黑衣人。

那黑衣人正要举刀再攻,猛一抬头,看到三个黑乎乎的枪口朝着自己举起,吓得魂不附体,连忙趴在地上。

丁醒借着这个空当,一把抓起脚下的百晓娘,从两名黑衣人的夹缝中穿过,撒腿便跑。

一个黑衣人骂了一句:"笨蛋,火铳都没点火,有什么好怕的。"

趴倒的黑衣人这才明白过来,他被骂得心头火起,跳起来紧追。

丁醒刚跑几步,就见眼前一花,那个白衣人已经落在他的眼前。紧接着,一道雪亮的刀光闪过,他只觉得头上一凉,就见帽子被砍落在地,裂成两半。不光如此,他头顶的发髻也被削断,头发无法束住,披散下来,挡住了视线。

丁醒大惊失色,顾不得其他,急忙放下百晓娘,舞个刀花,护住自己,随后一手拢住头发,回手一刀削去大半。

终于没有碍事的头发了,丁醒的心却凉了大半,眼前的白衣人武功之高,出乎他的想象,应该可以确定,此人没有说谎,史辽一定死在他的刀下。

"我说过,你逃不了。"白衣人的语气非常轻松,好像丁醒是一只被群猫包围的老鼠,插翅难飞。

丁醒左顾右盼,眼前有白衣人挡着,身后是六名大汉,形势极为不妙,何况还要保护百晓娘,根本不可能杀出去了。

他一咬牙,准备高声大叫,以图引来巡城士兵,将自己捉去,总算能留下一条性命。但若被这些凶手抓走,百晓娘与他的下场只有一个,那就是死。

但丁醒还没叫出声,就听身后一人惨哼一声,向前扑倒在地。

余下的人吃了一惊,借着月光可以清楚地看到,倒下的大汉后心上插着一支长枪,枪尖完全透进身体,枪头上的红缨比血还红。

紧接着,从街道拐角转出一队巡夜士兵,为首的哨总把手一指,喝道:"有奸细,一个也别让走了!"

后面的七八名士兵立时挺着长枪冲了上来。

那白衣人皱了皱眉头,他不怕普通的巡城士兵,怕的是打起来必有响动,如果招来大队明军,那可要糟了。于是当机立断,一声呼哨,带着剩下的五名大汉撒脚如飞,蹿入胡同当中。

丁醒见官兵赶来,稍稍松了口气,既然眼下性命无虞,他自是也不希望落到这些士兵手中。如今京城宵禁,巡城士兵只要看到可疑人等便可以当下捉拿,更何况自己正被通缉。丁醒心头一紧,背起百晓娘,也冲进了另一条胡同。

巡城哨总指挥众兵去追蒙面人一伙,自己则望着丁醒逃走的背影跟了上去。

丁醒背着百晓娘,一通猛跑,累得气喘吁吁。他本以为自己定是跑不过后面的追兵,但是回头一瞧,发现居然没有人跟来,这才安下心,放慢了脚步。

百晓娘仍旧没有醒来,幸好她的身子不重,丁醒身为武官,虽然武艺稀松,但身体健壮,背上一个女人,照样可以疾跑如飞。

他一路闪避着巡城士兵,约莫走了半个更次,终于回到了陆林的家。

直到将百晓娘安置好,丁醒才长长松了口气,顿时觉得全身疲惫,两条腿累得几乎站立不住,于是一屁股坐在长椅上,喘起粗气来。

门外月影西斜,银霜满地,天地间一片寂静,丁醒的喘息之声听来甚是清晰,虽然脱险归来,可他脑中却在急速闪念。

白衣蒙面人定是张百川与史辽案的凶手，武艺极高，可他是如何盯上自己的？

自从进入鬼市之后，丁醒可以肯定，自己的行踪极为隐秘，如果凶手有所察觉，势必已经跟到了陆林家中。

从与白衣人的交谈来看，对方对于副本并不感兴趣，甚至一句也没有提到。这个并不奇怪，凶手杀了张百川，抢走了图样，自然用不着副本。

之前事发突然，丁醒一心只觉得自己要命丧当场，可如今细细想来，却发现其中颇多问题。白衣人似乎并不想杀了自己，否则以他的身手，绝不会只砍了自己的帽子。可他究竟为什么会盯上一个小小的百户，又对小小的百户心慈手软？

丁醒想来想去，始终猜不透对方的意图。

他的心跳平稳下来，手脚也不再酸麻。正在此时，忽听院门一响，有人进来了。丁醒跳到窗前向外看去，却见一个巡城哨总打扮的人进了院子，从身形与走路姿态上来看，正是陆炎。

丁醒开了房门，将陆炎让进屋内，陆炎这才摘下铜盔放在桌上，向丁醒说道："刚才好险。"

"是好险，如果不是你及时赶到，我们即使不被凶手抓走，也要落在官府手里。"

"副本拿到了没有？"陆炎关心的是这个。

丁醒从怀中取出图样，铺在桌上，陆炎看了几眼："不会有假吧？"

丁醒道："我看过了，与上一份图样是同一个人画的，不会有假。"

陆炎叮嘱道："一定要保管好了。"

丁醒将两份图样装入锦袋，背在身上："放心，人在图在。"

陆炎道："顾小姐怎么样了？我看她好像受了伤。"

丁醒道："伤不重，只是失血过多，休息两日自然恢复。"

二人坐在窗前，陆炎发现丁醒眉头紧皱，一脸的疑虑，便问："你是不是在想，这伙凶手是如何盯上你的？"

"你好像也盯上了凶手，不是吗？"丁醒反问。

陆炎用手轻轻敲着桌面："我盯的不是凶手，而是其他人。"

丁醒愣了一下："其他人？"

陆炎道："我在兵部验尸的时候，总感觉有人在观察我。后来我回到这里，背后也好像有人在跟踪，我虽有察觉，却始终不能确认对方的身份。如此看来，那人定是高手。"

"有人跟踪你到这里，然后就盯上了我，是不是这个意思？"丁醒说。

陆炎环视四壁："看来这里也不安全了。天马上要亮了，你们必须换个地方。"

丁醒沉吟着："也许……不用换地方。"

陆炎愣住："为什么？"

丁醒道："我们知道这里不安全，凶手也一定知道。按照常理，我们必定会换地方……"

陆炎一笑："所以，你要打破常理，继续留在这儿。"

丁醒道："这个决定是不是有点冒险？"

陆炎道："放心，在京城里，没有锦衣卫解决不了的事，你们只管住着。"

说完，陆炎起身要走，丁醒正要给他开门，突然想起件事情："你能不能去趟神机营,给我带些铅弹和火药来?我手里的这支三眼铳,现在只能当锤子用。"

陆炎道:"这个好办,如今于谦大人巩固城防,很多神机营以外的士兵也配发了火铳,日夜操练,要找这些东西很容易。"

他转身要走,却又回头笑道:"给了你弹药,你能打准吗?别以为我不知道你的外号。"

丁醒推了他一把,将陆炎生生推出去,然后砰地关上了门。

天色很快亮了,百晓娘还没有醒过来,丁醒仔细看过,发现她的面色渐渐变得红润,看来西城白虎给的丹药果然很灵。

此时,门外传来了叫卖声,是卖馄饨的小贩在推着车子走街串巷。这种馄饨车前面是炉子,炉子上架着锅,后头是面案,摆着肉馅和面皮,随时可以包,可以煮,非常方便。

丁醒从厨下拿了两个大碗,出去买了馄饨,端到屋子里时,百晓娘已经醒了。

她听见声音,知道是丁醒,想爬起来,却无奈手脚发软。丁醒只得坐在床头,用勺子将馄饨一颗一颗地喂给百晓娘。

他瞧了瞧百晓娘难为情的面色,笑道:"你昨晚可是我的救命恩人,伺候你一回,也是应该的。"说完,又取出丹药给她服下。百晓娘这才觉得身子舒展了不少,示意丁醒将自己搀了起来。见她惦记着副本,丁醒只得将昨夜的事情讲给她听。

百晓娘听到凶手一伙人半路劫击他们,十分吃惊。当丁醒讲到陆炎带人杀出,惊走凶手,百晓娘又满心疑惑起来:"姓陆的如何会及时赶到?莫非他也在跟踪咱们?"

这个问题丁醒自然想过："锦衣卫一向做这等事的，以前他就曾跟踪史辽。不过，幸亏他跟着，否则我二人绝无生路。"

"他终究是不放心我们。"百晓娘若有所思。

丁醒道："你身体尚未复原，我们得休息两天，等你身子好了，再去找第三份图样。"

百晓娘道："你这人够胆大的，知道凶手跟踪我们，居然还敢住在这里！"

丁醒笑道："陆炎说他会安排好，让我们安心住着。"

百晓娘冷笑："他这话我倒相信。你去外面听听，他应该已经在左邻右舍里布置下人手了。"

丁醒真的站起身，走到外面仔细听了听，然后回来笑道："你猜错了，周围没有一点声音。"

百晓娘道："就是没有声音才奇怪，昨天我们在此住了一天，你听到了什么？"

丁醒皱着眉头想了想："对了，西边那家的孩子总是吵闹，可今天好像分外安静。"

百晓娘笑道："这不是明摆着吗？那家人一定是被锦衣卫临时迁走了。"

丁醒长出口气："那就好，咱们安心休养吧。"

说着，他靠在椅子上，打起了呼噜。

天色将晚的时候，陆炎又一次进门，给丁醒带来了一包火药和铅弹。此时百晓娘已经可以走动，陆炎问了问她的身体，安慰了几句，然后对丁醒说道："关外传来消息，瓦剌人已经开始行动了，前锋直抵宣府，但是人数并不太多。于谦大人已经下令调配人马，密切注意大同与紫荆关方向。瓦剌人应该是兵分两路来攻，也先会亲自带队。"

"来得好快！"丁醒紧皱眉头，"可我们这边还没有拿到全部副本，况且就算拿到了，还能有几天时间？神机炮也不是一天两天就能造好的。"

陆炎道："所以我们得快点行动了，今夜我跟你们一起去拿最后的图样吧。"

丁醒看了看百晓娘，却见百晓娘轻轻摇头。

丁醒沉吟道："这个……只怕你的身份会坏了事，谁都知道，江湖人对锦衣卫并不信任。"

陆炎道："我不会亮明身份的。"

"你以为那些江湖人是瞎子？他们眼光利得很，万一看破，会有许多不必要的麻烦。"百晓娘对陆炎毫不客气，语气也甚是强硬。

陆炎打量着她："顾小姐对陆某很不放心啊！你是协同破案，这种事情还由不得你决定，况且陆某追查凶手，也是为死者报仇，我想你是不会从中阻拦的。"

百晓娘还要说什么，却被丁醒拦住："她不是有意阻拦，只是两次拿图样都不顺利，不想节外生枝罢了。陆大人要跟着也无不可，毕竟还可以随时保护我们。"

陆炎沉吟着："算了，我还是不跟了，顾小姐说得对，万一对方识破我是锦衣卫，必定疑心，不过我可以在后面接应二位。"

丁醒道："如此最好。"

陆炎道："你们要小心，凶手盯上了你们，便不会罢手。今夜我会多带些人手，万一凶手出现，便可一网打尽。"

百晓娘冷笑道:"你这是拿我们当诱饵啊。"

陆炎双肩一耸,一副无可奈何的样子:"我也想当诱饵,可你们不同意,怪得谁来?"

天很快黑下来了,头顶上阴云密布,是夜间行动的好时机。陆炎从外面的酒馆里买来了很多吃食,三人饱餐一顿后,丁醒与百晓娘便穿上了夜行衣。

丁醒将三眼铳背在身上,带了十几份铅弹和火药,向陆炎打了招呼后,走出门去。

他们一直没有告诉陆炎最后的图样放在哪里,陆炎也没有问。然而等到二人走后,陆炎却招呼了在左右邻舍中埋伏的锦衣卫,换上巡城士兵的衣服,排成一队,大摇大摆地上了街。陆炎自己则提着灯笼走在最前,紧随着丁醒与百晓娘,直奔皇城而来。

百晓娘带着丁醒一直来到了太平仓附近。太平仓在皇城的西北角,太平之时人烟稠密,夜间也是火树银花,游人如织,可如今城中宵禁,因此这里也与其他地方一样,街道胡同冷冷清清,家家关门闭户。

二人来到太平仓左近的一条巷子,丁醒抬头看看灯笼下的街牌,马背胡同。

百晓娘当先走进去,丁醒见胡同窄旧,心想:不会又是一个破落户吧?

但是这次不同,百晓娘来到一家挂着灯笼的广亮大门前,停下了脚步。

丁醒抬头细看,只见大门上缀着黄铜门钉,黄铜兽头口衔铜环,檐枋之下安有雀替,门下有五级台阶,显然是官宦之家。

163

看罢，丁醒拉着百晓娘闪到墙边，低声问："那个皇城根下老王母，就是这家？"

百晓娘点头。

丁醒道："看大门的等级，明显是朝廷官员，怎么会是江湖中人？"

百晓娘道："不懂了吧，人家虽然是江湖人，却嫁了一个当官的。"

丁醒恍然大悟："老王母是个女人？"

百晓娘用刀鞘敲敲他的头："王母当然是女人，难不成还是个爷们？"

丁醒看看身上穿的夜行衣，有点后悔："早知道是当官的人家，就应该穿官服来。"

百晓娘不耐烦地道："就忘不了你的百户身份是吧？记住，进去之后，千万别说自己是当官的。"

丁醒上了台阶准备敲门，又被百晓娘一把拉住："不要敲，免得惊动了巡城士兵。"

她拉着丁醒来到高墙边，丁醒会意，蹲下身子，百晓娘踩着他的肩膀，爬上了墙头，待滑进院子，再把丁醒放了进来。

丁醒本以为宅子里定是灯火辉煌，花团锦簇，但此时细一打量，见院子里杂草丛生，几乎淹没了路径。两侧的厢房门上满是尘土，台阶上长满青苔，好像多年没有清扫过，有几间房顶上甚至都长出了茅草。

丁醒暗自叹息：终究还是一个破落户……

二人落脚的是第一进院子，穿过过道门，便来到了第二进。

一脚踏进天井，丁醒又吃了一惊，这里的景象与前面那进院子居然大不相同。

院子四角都挂着灯笼,天井各处摆满了奇花异草,花盆都是白玉瓷盆,形式奇特古朴,整个地面铺的尽是大理石板,借着灯光发出温润的光泽,四面房屋擦洗得一尘不染,院子四角放有铜水缸,里面的水也清澈见底。

这地方与前面相比,简单天壤之别,一时间,丁醒几乎不敢相信自己的眼睛。

此时正面的屋子里亮着灯,却不见人影。百晓娘从地上拾起三个石子,用手指弹出去,打在门上。

嗵,嗵,嗵。

三声响过之后,屋子里才有人说话:"天生我材必有用。"

百晓娘立刻回答:"机关算尽太聪明。"

丁醒在一边暗想,难道这也是江湖上的黑话吗?

门缓缓开了,屋子里的灯光洒出来,落在一个人身上。这人是个满头珠翠的老妇,看年纪约莫五六十岁,皱纹不多,淡施粉黛,身上穿着簇花百寿袍,显得富态雍容。

老妇看了看院子里的百晓娘与丁醒,笑道:"我门中何时又添了新人?快快请进。"

说着往屋中相让。

百晓娘带着丁醒举步进屋,丁醒看了看屋子里的陈设,也是琳琅满目,宝气珠光,十几根牛油大蜡照得满室通明。

老妇关了门,坐在一张太师椅上,面带慈祥:"请坐吧。"

百晓娘没有坐,向老妇拱手施个礼:"王母好。"

老妇一摆手:"都是陈年往事了,这个称呼就免了吧,你们有事吗？"

百晓娘道："鬼仙让我二人来取他交给您的东西。"

王母看了看他们："鬼仙为什么不来，难道喝醉了酒不成？"

百晓娘道："他卖了个烫手货，被抓进大牢了。"

王母发出一阵善意的哂笑："他还在鬼市厮混啊，我早说那里会出事，可他就是不听。"

丁醒听着二人的对话，不敢搭腔，生怕一句话说错了，王母会起疑心。

只见王母颤颤巍巍地站起来："你们稍候片刻，我去拿鬼仙的东西。"

说着她走进后堂。

丁醒低声道："终于碰到一个好说话的，我还以为三个家伙都是怪物呢。"

百晓娘白了他一眼，示意他不要说话。

不一会儿，王母手中捧着一个匣子走出后堂，将匣子放在身边桌上："你们看看，是不是这个东西？"

百晓娘与丁醒上前打开匣子，里面果然是几张图纸，丁醒仔细看过，确实与前两份手法一致。

"几张图样，鬼仙居然搞得这么神秘。"王母有些不屑，说道，"幸亏来的是你们，如果来的是他，老身非得好好笑话他一番。"

百晓娘拿起图样，交给丁醒，看着他将图样塞进了锦袋。

丁醒的心情终于放松下来，图样到手，只要交给于谦，就可以打造神机炮了，而自己也可以官复原职了。

百晓娘向王母拱拱手："我们还有要事，就不打扰了，后会有期。"

丁醒也一抱拳，二人转身就走。

王母并不起身相送，只是对着二人背影冷笑，嘴里嘀咕着："倒也，倒也。"

百晓娘听到她嘴里说着话，却听不清说的什么，于是转头问："您说什么？"

王母仍旧坐在灯影之下，室内的灯光仍旧明亮，可是百晓娘赫然发现，此时的王母好像换了一个人似的。

她仍在笑，但是笑容阴鸷诡异，眼神就像是兀鹰盯着小兔。

百晓娘心头大惊，与此同时，她的头突然一沉，险些栽倒。

再看身边的丁醒，也和她一样，身子开始摇晃起来。

"你……干了什么……"百晓娘怒道。

王母并不回答，只是坐在太师椅上冷笑，百晓娘伸手拔刀，向前扑去，丁醒也举起了火铳，但是他们的视线已经模糊，只觉得整个屋子在剧烈旋转，立足不定。

扑通，扑通！

二人还没回过神来，便先后摔倒在地。昏迷不醒。

王母站起身，走到烛架前，一口吹灭了正中的一根蜡烛。

她的动作突然变得敏捷起来，丝毫不像垂垂老矣之人。

吹灭了那根蜡烛，王母从鼻子里掏出两团药棉花，扔在地上。然后对着后堂叫了一声："出来吧！"

后堂中应声走出一人，正是那个白衣人。他脸上仍旧蒙着白绢，一手提着刀，缓步来到王母近前，开口道："干娘，你的无色迷烟果然厉害啊，让人稀里糊涂地就着了道儿。"

王母阴沉着脸："快把人弄走，他们身后肯定还有人跟着。"

白衣人一挥手,后堂又奔出四名大汉,将被迷晕的百晓娘与丁醒绑住手脚,堵住嘴,抬了出去。

王母重新坐回椅子上:"你也走吧。我猜锦衣卫很快就会来了。"

白衣人用手轻轻拍着椅背:"那好,干娘多保重!"

第七章
阶下囚

陆炎远远地瞧着百晓娘与丁醒进了这宅子，便带着人来到门前，打灭了灯笼，招呼部下隐藏在暗影之中等候。

如果有凶手跟来，正好出手捉拿。

陆炎静静地蹲在门边的系马桩后，仔细听着里面的动静，却没听到任何声音。约莫又过了一炷香的工夫，还是不见有人出来，陆炎有些不放心，他轻轻推开了大门，举目望去，宅子里一片漆黑，但远处隐隐透出一丝光亮。看宅子形制，应该是两进院子，灯光必是从后面的院子里透过来的。

"是官员之家……"陆炎思索着，锦衣卫衙署中存着所有官员的档案，无论是在京京官的，还是地方官的，陆炎都认真查看过。

马背胡同，三品以上官员。

陆炎脑海中浮现出一个人的名字。

前礼部尚书郑挺。

此人早已死了十几年，听说有个夫人还居住于此。这个夫人的来路好像不太正，但也只是传言，并没有实据。难道第三份副本图样在郑夫人手里？

陆炎又耐着性子等了片刻，仍不见丁醒二人出来，他实在有些心焦，眼下凶手仍未出现，难道这次没有跟来？

陆炎决定不再傻等，他命五名锦衣卫在门外埋伏，自己则带着余下的人，鱼贯而入。到得第二进院子的天井处，陆炎向后打了个手势，一名锦衣卫得令，悄悄摸到正屋的门边。屋子里灯火通明，却声息皆无。陆炎贴近窗子，又仔细听了听，仍旧毫无动静。

屋子里没有人，难道出事了？

陆炎转到门前，一脚踢开房门。

只见屋子里点着十余根大蜡，照得四下一片通亮，连根针也能瞧得清清楚楚。

屋中太师椅上坐着一个老妇人，年纪苍老，花白头发上戴满了明珠翠玉，身上的衣服也甚是华贵。

可这位老妇人嘴巴大张，眼睛突出，头靠在椅背上，一动不动。她胸前已经被血浸透，鲜血还在滴滴答答地从椅子上滴落。

他连忙四下打量，可哪里还找得到百晓娘与丁醒的踪迹？

陆炎一跺脚："该死，来晚了！"

部下们应声冲进屋子，陆炎一挥手："宅子里一定有后门，招呼外面的兄弟去追！"

吩咐完了，他走到死尸跟前，弯下腰刚要验尸，猛然觉得头脑有些眩晕，抬头一瞧，却见屋子里的其他锦衣卫也在摇晃着脑袋。

"不好，有毒烟……快开门窗……"陆炎急忙用袖子捂住了口鼻,几名锦衣卫纷纷跑上前去,将门窗全部推开。

门外的夜风吹了进来,陆炎这才觉得头脑一清,他心中庆幸,进来以前,毒烟已经散发了一阵,所剩无几,如果在最浓的时候冲进来,自己也必定会倒下。

怪事……

丁醒从哪里弄来的毒烟?难道是那位顾小姐?

陆炎想着,一眼看到了灯架,灯架上的十余根大蜡,此时都还燃着,唯独中间的一根灭了。陆炎走过去,伸手将那根蜡烛拔了下来,凑到鼻子边闻了闻,果然有股不同于普通蜡烛的异味。

他将蜡烛扔给部下:"拿回去作为证物。"说完又来到尸体跟前。仔细看去,老妇人的致命伤在前胸,从形状上看是刀伤。因为丁醒是带着刀的,所以很可能是他下的手。

简单地看过尸体,陆炎在屋子里转了一圈,很快注意到了桌上那个匣子,匣子是空的,可以肯定,里面的东西被人拿走了。

陆炎不用想也知道,匣子里原本装着的定是副本图样。

现在图样与丁醒一起失踪了,屋子里没有打斗的痕迹,那老妇人被一刀毙命,从这些情况看,丁醒的杀人嫌疑最大。

不多时,张玄带着人从门外跑了进来:"大人,后面仔细查过了,找不到任何痕迹。"

陆炎轻轻骂了一句,吩咐道:"报给顺天府,让他们处理吧。"

陆炎又一次站在于谦面前,这一次他很不自然,心中忐忑不安。

于谦听完了他的述说,眼神中带着一丝忧虑:"你说丁醒不见了,图样也不见了?"

陆炎轻声应答:"都是卑职的失误,丁醒定是被凶手一伙捉走了。"

于谦一皱眉:"你可以肯定丁醒不是奸细,并未在杀人之后抢走图样?"

陆炎道:"绝对肯定。"

于谦双目凝视着他:"为什么?"

"屋子里燃有迷香,而死去的家主只是一个五六十岁的老妇人,杀这样的人,用不着先迷晕了再下手,因此杀人的不是丁醒。"

于谦赞同陆炎的判断:"你的意思是,丁醒也遭了暗算,但并没有被杀?"

"正是这样。"陆炎道,"如果凶手要杀丁醒,定会弃尸当场,用不着带走他的尸体。"

"说得不错!可凶手抓走丁醒,又是为了什么?"于谦问道。

陆炎眉头紧锁,拧成个疙瘩:"这个……卑职也不清楚,无法揣摩凶手的意图,也许是作为人质,留待出逃时用。"

于谦道:"要抓人质,凶手定是要抓个高官,可丁醒不过是个微不足道的百户。"

陆炎忙道:"是是是,卑职只是一时妄言。"

于谦轻轻一挥手:"你去吧,多多用心,尽快找到凶手,救出丁醒。"

陆炎刚出去,中军传令官便走了进来,在于谦耳边轻声说了几句,于谦点头,起身离开大堂,来到后院。

后院中,一棵梨树之下站着一人,宽袍大袖,毡帽压得很低,见来人是于谦,便赶忙迎上去。

于谦急问:"一切顺利吗?"

那人回答:"大人放心,一切顺利。"

于谦问道:"可有引起怀疑?"

那人道:"那地点极为隐蔽,无人发现。"

于谦道:"好,切记,瓦剌大军开到城下之前,此事必须完成,不然会坏了大事。"

那人施了一礼,隐入黑暗当中。

昏昏沉沉之中,丁醒感觉有人在踢自己的脸,他陡然惊醒,张开双眼看去,眼前一片漆黑,亦不知身在何处。

"谁踢我……"他低声问道。

"你醒了?"身边传来百晓娘的声音。

丁醒摇摇脑袋,感觉到有些头疼,他动了动麻木的手脚,动转之间,身子下面的干草发出窸窸窣窣的声音。

丁醒爬起身来,动作猛了一点,头脑又是一阵眩晕,一跤又摔回地上。

百晓娘听见动静,忙道:"先不要动,咱们中了迷香,药力还没有散尽。"

丁醒回想起来,他二人是在老王母的屋子里被迷倒的,之后的事情便不清楚了,看来形势不妙。他摸向怀中,不出所料,三份副本图样都不知去向。

"太大意了,没想到那老乞婆居然暗下毒手。"丁醒压低声音,咬牙切齿地骂起来。

百晓娘道:"她已经很客气了,你如果知道她几十年前在江湖上干的事儿，非吓得尿裤子不可，江湖险恶啊。"

"江湖再险恶，也恶不过官场。我为什么好好的正选武官不做，非要偷懒耍滑，甘愿被降到后备营？江湖上杀人，那是你一刀我一枪，明枪暗箭地来往，可是官场上，你可能临死前都在糊里糊涂地感激插你刀子的人呢！"丁醒气呼呼地说。

百晓娘失笑道："你还懂官场啊？好像当过多大的官似的。"

丁醒活动着手脚："别扯这些了，先想办法弄清楚这是什么地方吧，你的火折子呢？"

百晓娘道："早被人搜去了，你怀里的东西也没了吧？"

丁醒道："现在两眼一抹黑，得赶紧想办法找出路。"

"不用找了，我摸过这里，是间牢房，而且是地牢。"百晓娘提醒他。

丁醒爬起来，四下摸索着走了几步，果然摸到了两根大腿粗的木头，木头中间有三四寸的间隙，正是牢房的形制。

他摇了摇那两根木头，纹丝不动，不由得脱口骂道："这老乞婆居然在家里设地牢，太阴毒了！"

"这里不是她家。"百晓娘道，"王母这么多年来深居简出，很少与人打交道，用不着设地牢。我想这件事情，定有幕后指使之人，王母只不过是受人节制罢了。"

丁醒坐回地上："那就等着吧，说不定过一会儿，那个幕后的人物就现身了。"

"不错，"百晓娘说，"他既然不杀我们，就一定有别的打算。"

说到这里，她突然想到了什么："我知道了，抓我们的人，一定是真正的凶手，他那夜没有得手，原来是等着我们自投罗网呢！"

丁醒却有些不解："可是，如果那凶手想抓我们，干脆就像今天一样下手好了，为何还要冒险在大街上设伏抓我们呢？"

便在这时，不远处响起一个沙哑的声音："因为这也是没有办法的办法。"

丁醒与百晓娘身子一震，紧接着火光一闪，亮光映出了人影，那个白衣人仍旧白绢蒙面，坐在一把椅子上，用手中的火折子点燃了身边的蜡烛。

借着亮光，丁醒打量一下四周。这里果然是一个地室，空荡荡的，四边的土墙十分干燥，除了他们与白衣人以外，没有第四个人。

丁醒冷静下来，他很清楚，这家伙有话要说，正好，自己也有话要问。

白衣人扇灭了火折子，又把火折子扔进了牢里："这是你身上的，还给你。"

百晓娘拾起来掂了掂，瞪起眼睛："你搜我的身？"

白衣人道："放心，只有我一个人碰过你的身子。"

百晓娘大怒："你好大的狗胆！"

白衣人走到牢门边："碰你怎么了？"

丁醒怒道："禽兽不如的东西！你不知道男女授受不亲吗？"

正说着，白衣人突然脱下身上的白袍，露出了里面的粉红小袄，然后又脱去小袄。丁醒只觉得眼前花了一下，那白衣人露出的肌肤，比他的衣服还白。

白如羊脂玉一般的小蛮腰，胸上穿着大红的抹胸，抹胸之下的两团隆起，令人眼热心跳。

丁醒连忙转过了脸，不敢再看。

百晓娘惊异地说:"你是女人?"

白衣女人慢慢穿好衣服,她手中没有拿刀,神色显得很轻松,但是百晓娘明白,这是一种极度自信的表现。她有足够的本领控制住自己与丁醒。

白衣女人道:"我碰了你的身子,很生气吗?"

百晓娘转过身子,靠在木栅上,双手环抱在胸前:"就当被母狗咬了一口。"

白衣女人并没有发作,反而微微一笑:"那你想不想被几十条公狗咬啊?"

百晓娘霍地转身,狠狠瞪着她,白衣女人却不理她了,对丁醒说道:"丁大人,我这就回答你刚才的问题。"

丁醒坐在干草上,打个哈欠:"很好,说吧。"

白衣女人道:"我那天夜里本是想请二位一聚,但被那些该死的巡城兵坏了事,再这样做就无趣了,因此只好借着老王母的手,请你们来了。"

"老王母是你的人?"百晓娘问。

白衣女人理都不理她,只是盯着丁醒。

"她已经被你杀了吧?"百晓娘十分肯定地说。

丁醒一惊,白衣女人笑道:"你怎么知道的?"

"我不知道,只是猜的。"百晓娘道,"你最不希望别人知道你的行踪,为了抓我们而动用老王母,本来就是一着险棋,用完了之后,这个棋子也就没用了。"

白衣女人道:"你倒是有点本事,我们本可以是一路人。"

百晓娘向地上啐了一口。

丁醒补充道："你杀气太重,这种气息掩藏不住,几乎每个从战场上下来的人都有。"

白衣女人一笑："很快,你也会上战场,会杀人的。"

她从腰间抽出一个锦袋,向丁醒晃晃："这是你千辛万苦要拿到的东西吧?我想知道,这么重要的东西,你准备用什么来换?"

丁醒往干草堆上一躺："不换。"

白衣女人眉毛一扬："什么都不换?"

丁醒道："因为没资格啊,你为座上客,我是阶下囚。要我的脑袋都是你动动嘴的事儿,还玩什么猫抓老鼠的把戏?"

白衣女人道："你还是有东西可以交换的。"说着盯着百晓娘。

丁醒呼地坐了起来："你敢动她,我不会放过你。"

白衣女人咯咯一笑："不放过我的人多了,你不过是其中最没本事的一个。我只想问你换不换。"

丁醒道："你说明白点。"

"替我杀一个人,我就放了你们,图样也可以还给你,条件够优厚的了。"白衣女人声音沙哑,但每个字都说得很清楚。

丁醒沉默了一下,然后道："你想让我杀于谦?"

白衣女人道："你不笨。"

丁醒怒道："杀了于谦,京城必被瓦剌人攻陷,生灵涂炭,血流成河,你想到了没有?"

白衣女人一声叹息："想到了,如果真是那样的话,满城兵火,烈焰飞腾,死人遍地,该是一幅多么美的画卷啊!我可等不及想看了。"说着还闭上眼睛陶醉起来。

丁醒气满胸膛,一时说不出话来。

百晓娘说话了："你是瓦剌人的奸细？"

白衣女人只盯着丁醒："给你半个时辰的工夫，如果不答应，我会让你眼睁睁看着几十个野狗一样的臭男人把这女人撕成碎片。"

说完，她转身而去，噗地吹灭了蜡烛。

丁醒与百晓娘在黑暗中沉默着，白衣女人的脚步声消失之后，丁醒低声道："火折子呢？把干草点着，烧了这地牢栅栏，逃出去。"

百晓娘道："早想到了，看我的。"

她取出火折子，连晃了几晃，没有火星，又用嘴轻轻吹，也不见火，百晓娘伸出小指探了探，气得将火折子扔在地上："这个鬼女人，把里面的纸卷拿走了。"

这类江湖人用的火折子是以一种特制的、很粗糙的纸制成的，点燃再吹灭之后，虽然看不到明火，但残存着火星，方便随时再次点燃。

百晓娘的火折子制造精巧，外面的壳是黄铜的，留着风孔。用的时候，只要用手指顶起盖子，晃上几晃，便会燃起火苗。

可白衣女人拿走了里面的纸，只剩下铜壳，当然无法点火了。

看来她已经想到这一层，故意戏耍一下百晓娘。

此时二人手中全无兵器，眼前漆黑一团，被困在地牢之内，插翅难飞。

百晓娘坐倒在地，用脚使劲踹着木栅，丁醒道："别费力气了，咱们不可能逃得出去。"

百晓娘的脚被震得生疼，只好停下，丁醒叹息一声："现在想想，咱们怕是真的上了鬼仙的当。"

百晓娘沉吟着："你是说，鬼仙故意把图样交给老王母，就是为了让她把我们捉起来？可你别忘了，鬼仙死了，如果他一直要我们，那又是谁在指使他？难道杀他是为了灭口？"

丁醒道："我们进入王山家中时，四下无人，可仅仅半夜之后，杀手就等在门外了，你难道不奇怪吗？一定是有人通风报信。"

百晓娘道："我也想过，但不可能是鬼仙啊，他这人，比猴子还精明，我真不敢相信他被灭口了。"

"算啦，说这个也没用。"丁醒叹息一声，"我们还是想想自己的处境吧，半个时辰之后，如果我不答应，咱们两个都得没命。"

百晓娘犹豫着："那你会不会答应啊？"

"当然会。"丁醒毫不犹豫。

百晓娘吓了一跳："你真要去杀于谦啊？用你的话说，那不是害了全城百姓？"

丁醒道："全城百姓算什么，于谦一死，大明的半壁江山都得归了也先。"

百晓娘道："那你岂不成了千古罪人？"

丁醒笑道："可这不是为了你吗？我能眼睁睁地看着你死？"

百晓娘突然压低声音道："你是不是有了办法，我怎么感觉你没有半点紧张呢？"

丁醒道："我没有办法，只能先答应下来，走一步看一步。"

二人都陷入沉默，时间仿佛凝固了一样。

也不知过了多久，地牢的门再一次打开，一根蜡烛伸了进来，白衣女人又出现了。她托着蜡烛走到牢门前，冷冷地问道："时间到了，你想好了没有？"

丁醒坐起身来，抖掉头上身上的草棍："我答应你，去杀于谦。"

白衣女人道："很好，我这就放你出去。"

"慢着，"丁醒一扬手，"如今我是被通缉的人，只要一出去就会被三法司抓捕，根本见不到于谦，就算见到了，也会像今天这样，于谦站在牢外，我在牢内，如何杀得了他？"

白衣女人微微一笑："你放心，从你走出牢门的那一刻，通缉令就会被撤销。"

丁醒道："我不相信，三法司难道是你家的？通缉令要撤销，也得三司同议，两天之内能撤销就算很快了。"

白衣女人道："这个用不着你操心，可能此时此刻，三法司已经在议论你被冤枉的事了。"

"你好大的本事啊，翻手为云覆手为雨，佩服佩服。"丁醒白了她一眼。

白衣女人摇头："我可没有通天的手眼，不过另辟蹊径也不难。我问你，你为什么会被通缉？"

丁醒怒道："你诬陷的我，装什么糊涂？"

白衣女人笑道："对对对，用不着装糊涂，有人揭发你通敌卖国，据说还从你的住处搜出了一些通敌书信与京城布防图，那么好啊，如果这些东西在别处也被发现了呢？"

丁醒一时不解，百晓娘却早已明白对方的意思："如果出现同样的书信和布防图，就足以证明，这些东西都是用来构陷他人的，而且被构陷的不止丁醒一个。幕后之人想用这种办法，搅乱京城的人心。"

白衣女人道："对啊，你都想得到，三法司自然也想得到，所以丁醒的清白就不言自明，通缉令当然也会撤销，就算被抓进三法司，眨眼也会被放出来。"

丁醒道："好高明的手段。看来。你早就定下了这个计划。"

"这只是一个备用计划。"白衣女人把蜡烛放在桌上，"如果我杀了于谦，便用不着这个计划，你就得作为奸细被通缉；如果我杀不了于谦，你的清白可以洗清，但是你必须替我去杀于谦。怎么样，你觉得哪一个结果比较好？"

"都不好，无论选哪个，我都得死。"丁醒说得非常肯定。

白衣女人脸色一沉："明天夜里子时之前，你必须杀了于谦。"

丁醒道："就算我说他已经死了，你又如何能相信？"

白衣女人道："你只要杀了他，我自然会知道。"

丁醒道："我不可能把他的头带回来，兵部大堂戒备森严，连我自己都不能活着逃走。"

白衣女人道："这个我也知道，不过你用不着担心，总之你杀了于谦以后，我的人会当场帮你逃走。"

丁醒的眼睛陡然瞪圆了："你在于大人身边安排了眼线？"

白衣女人笑道："对啊，那个人就是我的眼睛。"

丁醒看了看百晓娘，自从白衣女人第二次走进地牢，百晓娘就一直在仔细观察着她。百晓娘发现，这女人说起话来总是不紧不慢，无论说什么都是一个腔调，哪怕在笑的时候也并没有什么笑意，再配上那沙哑的嗓音，笑声让人听着很不舒服。

没有哪个女人说起话来会像乌鸦一样难听，百晓娘心中暗想，难道这个女人改变了自己的声音？

要想改变声音，只有一种办法，那就是损伤自己的咽喉，难道这个女人与古代的刺客豫让一样，吞炭在喉，毁去了本来的声音？

想到这里，百晓娘不由得打个冷战，如果白衣女子真的做出这种事，那不用问，她对于谦一定恨入骨髓。

这样的女人，做事必定不顾一切，她连自己都不在乎，更不要说别人的命。

因此她所说的话不会有假。如果刺杀不成，丁醒或许能逃走，可自己的下场一定惨烈无比。

此时见丁醒看着自己，百晓娘只得鼓起勇气，对着丁醒笑笑，她不能在这女人面前表现出半点的怯懦，那样只会让丁醒更加为难。

丁醒何尝不知道百晓娘的心情，可眼前只有见机行事。白衣女子手上有副本图样，甚至可能还有正本图样。

丁醒道："我可以答应你，不过有个难处。"

白衣女子道："你尽管说。"

丁醒道："我就算不再被通缉，也很难见到于谦。他是兵部尚书，我只是个普通百户，而且眼下大敌当前，于谦一定百事缠身，万一他不见我怎么办？"

白衣女子从腰间扯下锦袋，扔进牢中去："把图样带在身边，我想于谦一定会见你。"

丁醒伸手接过，心中高兴："不错，有了它，应该可以见到于谦。"

白衣女子仿佛看穿他的心事，笑道："不要得意得太早，这套图样我从中抽出了几页，是不完整的，打造不出神机炮。"

丁醒闻听，心头大怒："你……图样不全，我如何见得到于谦？"

白衣女子轻轻摇摇手指："张百川死了，谁知道图样不全？只有在打造的时候才能发现。再说，只要于谦肯见你，大事就成了，图样只不过是个晋身之礼。"

丁醒压住心头怒火，说道："于谦身边定有卫士，我入见之时，很可能会被搜身，兵器不得随身，如何下手？"

白衣女子道："这个不必担心，我会让你有兵器的，难道你没读过书，不知道荆轲刺秦的典故？"

"图穷匕见……"丁醒赫然一惊。

白衣女子手腕一翻，掌中多了一把短刃，这把短刃只有半个手掌长，前面是匕首形状，后面则是一个圆环，可以套在手指上。整个锋刃在灯光之下发着蓝光，显然淬了剧毒。

白衣女子提起短刃，在丁醒眼前晃了晃："这把匕首很容易夹在图样里，十几张图样已经粘在一起。你是神机营军官，自然懂得看图。于谦翻看图样之时，你就在边上讲解。等到匕首露出，你只要抄起来轻轻一刺，哪怕刺不到要害，只要见了血，于谦就必死无疑。"

"好厉害！"丁醒皱起眉头，"匕首没有护手，如果我被划破了手掌，岂不是也要死了？你有解药没有？"

白衣女子道："当然没有，所以，你只有小心些了。"

说着，白衣女子把匕首收了起来。

丁醒沉吟着："就算杀了于谦，我如何逃走？我若死了，如何知道顾姑娘是不是被你放出？"

白衣女子道："只要你杀了于谦，我保证会有人带你脱身，明夜丑时之前必定赶得回来。那时候你就可以带着你的红颜小友逃离京城了。我建议，逃得越远越好。"

说完，白衣女子向门外挥了挥手，走进六名大汉，手挺着钢刀来到牢门之前。一名大汉手里提着绳子，对着丁醒喝道："把手伸出来!"

丁醒伸出手去,那大汉用绳子将他的双手绑在一起,然后开了牢门。丁醒回头向百晓娘点了点头,百晓娘也朝他微微笑了笑,二人没有说话,但是心意相通。

丁醒走到牢门前,又有一人取出一根黑色布条,缠住他的双眼,将他推出门去。

白衣女人留在牢中,盯着面色镇定的百晓娘说道:"说实话,我挺喜欢你的。如果是其他时候,咱们或许会成为好姐妹。"

百晓娘反问道:"你一直在跟踪丁醒吧?"

白衣女人道:"此话怎讲?"

百晓娘道:"别装腔作势,如果你不跟踪丁醒,又如何会找到我?"

白衣女人淡然道:"我找你干什么?"

百晓娘轻哼了一声:"那我怎么知道?"

"你不知道的事情多了。"白衣女人突然笑了,"我看得出来,你和丁醒之间,有那么点意思。"

百晓娘扬起眉毛:"怎么,你吃醋了?"

"也许吧,但这对你可不是好事。女人见到情敌,谁知道能做出什么来?"

百晓娘呸了一声:"谁是你的情敌?你想当别人的情敌想疯了吧?那就说明,没有男人喜欢你,到死的时候,也没有男人会为你伤半点儿心。"

白衣女人并不生气:"不错,所以我羡慕你啊。你死的时候,肯定会有男人为你伤心的,丁醒便是其中之一。你看看,他为了你,几乎连犹豫都没犹豫,便接受了我的条件。"

百晓娘默然不语,她实在很为丁醒担心。

白衣女人咯咯笑了起来:"说到你心里了吧,不过我还是得安慰安慰你,别伤心,他会和你一起死的。"

百晓娘怒道:"果然没猜错,你根本没打算放过他。"

"可惜,他听不见这番话。"白衣女人说完,端起蜡烛离开了地牢。

百晓娘大声呼叫:"丁醒,她在骗你……你听见没有?"

丁醒被带到了一个房间,按坐在椅子上,他的眼睛上仍缠着黑布,双手反绑,两名蒙面大汉手提钢刀,在他身后虎视眈眈。

不多时,白衣女人走了进来,坐在丁醒对面。丁醒的眼睛看不见,但听出了她的脚步声,于是问道:"什么时候放我出去?"

白衣女人道:"别着急,我在等通缉令的消息,通缉令一撤,你就可以出去了。"

丁醒道:"我在想,你杀了张百川,杀了史辽,可你最想杀的,只怕还是于谦。"

白衣女人道:"不错,杀了于谦,京城就会被瓦剌人攻陷,这就是我的使命。"

"错了。"丁醒说,"你杀于谦,是私仇,不是公恨。"

白衣女人冷笑:"你如此肯定?"

丁醒道:"你先前提到于谦名字时,那股恨意直透胸膛,从眼神里流露了出来,我可不瞎。任何刺客,对与自己无私仇的人,不会有这样的眼神。"

白衣女人的眼神中又一次流露出恨意："国仇，家恨……该来的会来，该报的会报。"

此时，门外传来四下敲门声，白衣女人凝神听着，然后一摆手。两名蒙面大汉将丁醒的嘴巴塞起，耳朵堵住，架起他走出门外，白衣女人则紧跟在后。院子里停着一辆马车，几个人上了车，驶出大门。

丁醒虽然眼睛看不到，但从隐约透出来的光亮看，此时已经是白天，而且上车出门之后，车外的声音也丝丝透进他的耳朵。

外面是大街。

丁醒虽然听不清楚，看不到，也喊不出，但还是在心中默默地盘算着，盘算马车走过了几个拐弯。

但很快他便算不过来了，因为马车不知转过了几十个弯，他根本分不清楚。

吱嘎一声，马车停了下来，紧接着他手上的绳子被割断了，身子也被推了出来，滚在地上。丁醒听听四周，没有人声，看来这是一个僻静的街道。

丁醒扯下眼上的布罩，取出嘴里、耳朵里塞着的布条，慢慢睁开眼睛，以便适应强烈的光线。

身边马车里响起白衣女子的声音："匕首已经包在图样中了，你要记住，不要给我玩花样，兵部里有我的人，他们会时刻盯着你。子时之前杀了于谦，自然有人趁乱带你逃出来。"

说着，一样东西从马车里抛出来，落在丁醒身上，正是那个装着图样的锦袋。

丁醒看看身处的街道，再抬头，看到了不远处的角楼。他认出，这是城南，离兵部的衙门并不太远。

于谦坐在兵部大堂之中，他的面前站着刑部侍郎秦光。秦光是新近才提拔上来的，以前的刑部侍郎是王振党羽，被发配充军了。

"讲吧。"于谦目光直视着秦光。在他的印象中，秦光不是一个平庸的官僚，此人身材矮小，可是满身硬骨，桀骜不驯，是刑部有名的犟驴。虽然是进士出身，能力超群，但与同僚关系很差，因此做了八年的主事，始终没有得到升迁。

于谦知道他的为人，故而在王振党羽被翦灭之后，提拔了秦光做刑部侍郎，主事是正六品，而侍郎是正四品，秦光破格连升了四级。

照理讲，如此升迁之后，秦光理应对于谦感激涕零，但是秦光当上刑部侍郎之后，从未登门拜谢于谦，不要说银子，连块点心也没送过。

可于谦对此毫不在意，每个人都知道，以前于谦也是这样的。那句"清风两袖朝天去，免得闾阎话短长"的诗句，早已传遍天下。

秦光如此做法，倒不是故意效仿于谦，应该是他的本性。于谦对此很是欣赏，因此每次见到秦光，他都颜色温和。

秦光向于谦施了个礼，这才说："黎明前，刑部的巡城差官发现了可疑人物，贼人逃窜之时遗落了一些东西，卑职感觉甚有意思，便拿了来请大人过目。"

说完，秦光从袖子里取出一个锦套，交给中军，又由中军递到于谦案头。

于谦打开锦套，仔细看过后，展颜一笑："看来，我城中的瓦剌奸细还不少啊。刚刚通缉了一个丁醒，居然又查到了通敌书信与布防图。"

秦光道："卑职仔细看过，这里面共有五封书信，五份图样，与丁醒家中查到的一模一样。"

"你有何想法？"于谦问道。

秦光回答："必是诬陷，而且贼人不只要诬陷丁醒一人，这样做，是为了让城中人心大乱，也让朝廷不得自安。"

于谦道："说得好！你是怎么做的？"

"卑职已经撤销了丁醒的通缉令，而且传令三法司，只要发现丁醒，立刻保护起来，送到刑部，我有话要问他。"秦光说道。

"你做得好！"于谦站了起来，走到秦光眼前，用一种温和却又沉重的语气说，"如今你统带三法司，关系非小！城中治安与难民安抚，责任重大，千万不得掉以轻心！我听说你在这方面做得不错，说说看。"

秦光听于谦在称赞自己，脸上仍旧毫无喜色，语调也没有变化："城中难民，身强力壮的男子统统上城御敌，妇女们编入炊营、洗衣局、织造局，专司做饭洗衣。年老体弱的，每三十步一人，作为传令官使用。孩童们组织起来，传递书信。这些人的口粮，全部与军士相同。"

于谦大加赞许："好，如此一来，京城之中人人皆兵，本来会增添许多麻烦的难民，却成了杀敌的利器。做得好，做得好。"

秦光只是淡淡地说道："大人谬赞了。"

于谦笑道："本来京城治安，当由巡城御史负责，可土木堡之战以前的巡城御史尽是王振党羽，现在已被全数罢免，仓促之间，没有补上缺漏，只好麻烦你这位四品大员了。"

秦光好像没有听到这话，而是提起另外的话题："大人，卑职觉得，贼人诬陷丁醒一事，甚为蹊跷。"

"有什么蹊跷？"于谦捋着胡须。

秦光道："首先，报案之人鬼鬼祟祟，并未出头，令人怀疑；其次，既然查到了另外五封书信、五份布防图样，那贼人为何选择先诬陷丁醒？丁醒只不过是个普通百户，权位极低，我若是贼人，必定会选择朝中重要官员。"

于谦背着手踱步，仔细听着。

秦光继续说下去："第三，贼人能查清楚我军布防，可见胆大心细，而且在军中必有内应。如此厉害人物，却如此不小心，居然被普通的巡城士兵发现，更令人生疑。"

于谦思索着："你说得不无道理，结论是什么？"

秦光道："卑职也不敢肯定，不过当卑职听说丁醒受大人所托，正在查办张百川案之后，便想到丁醒的被诬定与此案有关。而且丁醒很可能已经查到了关键证据，贼人狗急跳墙这才设计诬陷。或者说，本来贼人并没有打算诬陷丁醒，但丁醒已经威胁到了他们，所以才动手。"

于谦微然一笑："或许没有这么复杂，你想想，诬陷朝中大员，必须要把书信和布防图送进被诬者家中，朝中大员的家，岂是随便可以进的？而丁醒嘛，一个普通百户，家中没有防卫，而且正在外出查案。贼人诬陷于他，一来可以搅乱查案，二来会对神机营造成不利影响。除此之外，我想并没有什么可以深究的。"

秦光急道："大人，不可掉以轻心，瓦剌细奸在城中终究是心腹之患，况且这几日全城军民都出城运粮，其中难免会夹杂一些奸人。他们运粮进城，或许会把兵器等物藏于粮袋之内。我仔细看过，四门盘查并不仔细。因此我斗胆建议,不可再运粮入城了。通州之粮,运不进来的话,烧掉为好。"

于谦听了这话,拂袖道:"一派胡言。你敢动摇军心,我立斩汝首!"

秦光来了倔强之气,昂着头:"大人便是杀了我,我也要进言。丁醒被诬,不是普通案件,其中必有隐情。这个当口上,如果再有外敌混入城内,形势就太不妙了。"

于谦一挥手:"你累了,休息去吧。"

秦光还要继续说,两边的军士上前,将他拖到门外。

秦光大叫:"于谦,你如此大意,京城危矣!京城若失,你便是大明千古罪人!千古罪人……"

看着秦光被拖出去,于谦站在当地,冷然一笑,毫不在意,对中军道:"问过石亨将军没有,通州存粮还有几日才能运完?"

中军官道:"回大人,石将军说,存粮米袋多有损坏,原本还要三日运完,现在可能要多加两日。"

于谦道:"传令给他,加快速度,只要是运粮车辆,出入城门,不必盘查,快速通行。"

中军官一皱眉:"大人,这样一来,奸细若混入城中可就更方便了。"

于谦一甩袖子:"速去传令!"

陆炎在衙署之中来回踱着步,天气渐渐寒凉,他的额头上却渗出一层细密的汗珠。时间一天天过去,凶手已经出现,但仍没有抓到一个活口。陆炎明白,万一在规定的时间之内无法破案,于谦军令如山，不可能有丝毫通融。

郑挺家中死去的那位老夫人，很可能见到了凶手。而凶手既然杀了她，捉走了丁醒与百晓娘，那丁醒找到的图样，肯定也被抢走了。陆炎已经迅速封锁了周围的数条街道，但一直搜索到天明都一无所获，丁醒与百晓娘二人仿佛凭空消失了一般。

陆炎吩咐将老夫人的尸体抬回锦衣卫衙署，让仵作验尸，自己则来到案库之内，找到了郑挺的履历卷宗，细看之下，心中又有疑虑。

原来这位郑挺大人已经死去十余年，他在原配夫人死后又续弦，娶了如今的这位夫人。但是，这位夫人并非与他门当户对，颇有些来历不明，谁也不知道他是在哪里遇到的。

续弦之时，这位夫人已年近四十，但据说仍旧美艳动人，驻颜有术。二人婚配之后，这位夫人便深居内院，几乎没有外出过。郑挺在续弦后的第二年便亡故了，这位夫人则再未改嫁，寡居至今。

由于她与郑挺没有子嗣，郑挺的亲生儿子与这位继母不和，搬回原籍老家去了，因此偌大一座宅院里便只有她一人，带着几个婆子老仆居住。

照理讲，官员亡故之后，所居住的宅子需要让出来，留给别的官员，但这位老夫人不知道用了什么手段，也许是朝廷怜悯她无子无女，加上这座宅子并非在热闹地段，有权有势的朝廷大员们看不上眼，官职小一些的又不敢住，所以宅子始终没有被收回。

陆炎看了一遍卷宗，没发现什么异常，便出了案库，回到衙署之内。

此时仵作已经验尸完毕，写好了验尸录薄，放在陆炎案头。

陆炎拿起来看了一遍，他只注意到了一点，这位老夫人的伤口，与史辽身上的伤口几乎一模一样，由此可见，他二人死于同一把刀。

一刀致命，刀尖准确地刺进了心脏。

陆炎想起那夜与史辽并肩抗敌的情形。

十数人将他们包围，为首的白衣人刀光如雪，快如电闪，自己眼看便要中刀，恰见史辽从后面冲了上来，但是白衣人头也没回，反手一刀，刺进了史辽前胸……

见陆炎迟迟没有吭声，站在一侧的仵作始终低头不语，但不时用眼睛瞟着陆炎。

陆炎发觉了，沉声问道："你为何不走？还有话要说？"

仵作忙道："镇抚使大人，小人验尸时另有发现。"

陆炎道："说。"

仵作道："死者为三品官员夫人，按常理来讲，必定保养得宜，手足细嫩，但这位死者却不然，手足均有胼胝，而且指甲发黑，手指焦黄，不像养尊处优之人。"

陆炎沉吟着："郑挺大人死得早，又是清官，想必身后没有留下多少银钱供夫人度日，故此日子清苦，许多事需要自己做，也未可知。"

仵作干咳两声："大人说得极是，但还有一点，小人甚是不解。"

"还有什么，一并说出来。"陆炎有些不耐烦了。

仵作道："死者身上皮肤也很粗糙，与一般官家夫人不同。"

陆炎一皱眉："带我去看尸体。"

二人来到验尸房，仵作掀起尸体上的布单，陆炎仔细看过那老妇人的手、脚、耳朵，果然如仵作所说的一样。

他的心头突地打了个战，一道灵光闪过脑海，随即走出验尸房。

张玄正等在外面,见陆炎出来,上前轻声禀报:"大人,三法司撤销了丁醒的通缉令……"

陆炎一愣:"为什么?"

张玄道:"属下打听过,巡城士兵在几个可疑人物的家中都搜出了书信与京城布防图,据说与在丁醒家发现的一模一样,由此可以认定是贼人诬陷。"

陆炎眼珠转动着,喃喃自语:"如此巧合,难道其中另有深意?"

张玄道:"属下猜测,可能是贼人拿着书信又想诬陷别人,却被巡城军士发现了。"

陆炎瞪起眼睛:"同样的书信与布防图,如何能先后诬陷两个人?只有傻瓜才会干这样的蠢事。"

张玄不好意思地笑笑:"大人一语道破,属下惭愧。"

陆炎沉吟着:"不过这件事很有意思,你马上派出人手,四城之内寻找丁醒,或许可以找到他。"

张玄面露疑惑:"咱们找了一夜,始终不见丁醒的人影,为何您断定通缉令一撤,就能找到他?"

陆炎挥挥手:"不要多问,去做就是了。"

他回到衙署之中,觉得肚子咕咕叫,一夜的折腾,加上没吃早饭,已经饥肠辘辘。有下人给他沏上一壶茶,拿来些荣月斋的点心,两碟清香居的咸菜。

一边吃,陆炎一边思索着,丁醒的通缉令本来是于谦一句话就可以撤销的,但是为了保护丁醒,于谦选择置之不理。而更奇怪的是,就在丁醒神秘失踪之后,三法司又撤销了通缉令。

难道仅仅是巧合?

陆炎不相信天下有什么巧合，多年的锦衣卫生涯让他办事谨小慎微，凶手此时仍旧隐藏在黑暗的角落，虽然朝廷手中有多具尸体，但始终查不出任何线索，这批人好像从天上掉进京城的一样，他们下一步会做什么呢？按理说，刺杀于谦未遂之后，凶手应当藏匿起来，收缩爪牙，避避风头。可事实却并非如此，丁醒与百晓娘的失踪，应该也是他们下的手。

如此紧密的行动，凶手显得很着急，有些迫不及待的样子。如果凶手与瓦剌人勾结，那为什么不等到瓦剌大军兵临城下再出手捣乱呢？

如今他们连杀张百川、史辽，又刺杀于谦，难道不怕提前暴露？杀张百川还可以理解，毕竟张百川试制出了神机炮，杀了他可以替瓦剌骑兵扫除威胁，但是杀了张百川之后，凶手们就应当销声匿迹才对，又为何铤而走险去刺杀于谦？

陆炎隐隐感觉到，这伙凶手，与瓦剌人的关系不大，甚至毫无瓜葛。

他们的目标，很可能就是于谦本人。于谦自从总揽朝政，镇压罢黜了一批人，其中有很多武将，这些人忌恨于谦，在军中找人来刺杀他也不无可能。

此时张玄走了进来，他已经传下令去，在四城之内寻找丁醒。

陆炎吩咐道："叫人去把于大人就任兵部尚书之后，罢黜官员的名单找来。"

张玄很聪明，立刻问道："大人，您是怀疑，凶手或许就在这些人中间？"

陆炎道："杀手们视死如归，可能是官军出身。名单拿到之后，你给我挨个对照，找出这些人现在在哪里，活要见人，死要见尸。如果有人失踪，立刻查明。"

张玄眼睛一亮："大人这话提醒了属下，凶手用来杀人的箭，不正是军中使用的吗？我们去查被贩卖的箭，却没想到，那些箭也许根本就不是卖出去的。"

"军营之中，监守自盗，只要一场小战，数目上便可以瞒天过海。"陆炎愤愤地道，"可惜，想到得有点晚了。"

第八章
兵 部

夕阳沉甸甸地挂在城堞之上,为天边的乌云抹上了一层金黄。雁阵惊寒,声断长空,令人顿感秋意萧瑟。

丁醒正一步步走向兵部衙门,他心头一阵阵发紧,因为还没有想出对策。不杀于谦,百晓娘必死,可杀了于谦,自己又活不成,更无法保证白衣女子会放过百晓娘。

只能走一步看一步了。

胡同里飘荡着米饭的香味,还有一缕二胡的悲苦之音,有人在和着曲调轻唱:

江湖风雨,晚来急,且看一地飘零,万千愁绪。北雁南来,枉顾东西,泪眼空余。叹红颜未老,身先去。梦锁兰楼,魂归故里,多少断肠句。

歌声凄凉婉转，似有万千悲苦蕴藏其中，令人闻之下泪。

一位瞽目老者，身上鹑衣百结，眉发皆白，怀中抱着胡琴，正坐在古旧的门洞里，低着头轻拉浅唱。

古城暮色，斜阳草树，天地间一片寂静，丁醒心中突然涌起了一股悲凉之叹。不知道瓦剌人的铁蹄何时会打破这种宁静，但他明白，那一天很快便会到来。

天色渐渐黑下来，街头有人在敲着锣叫喊："宵禁喽，净街喽……各人归家，不得外出……违令者以通敌论罪……"

丁醒停下脚步，将那个装有图样的锦袋从腰间取下，轻轻捏了捏，匕首很小，纸张很厚，几乎感觉不出来。只要不是一张张地翻看，很难发现。

"匕首已经包在图样中了，你要记住，不要给我玩花样，兵部也有我的人，会时刻盯着你。杀了于谦，自然有人趁乱带你逃出来。"这是白衣女人最后的话。

丁醒穿过一条胡同，走上大街，眼前不远处就是兵部衙门。

于谦刚刚吃过饭，方才石亨来过，禀报通州运粮情况。石亨听到传言，说有瓦剌人混在运粮队中进了城，他不敢大意，急忙来到兵部。于谦听完了，微然一笑："石将军不必在意，那些都是传言，瓦剌人还在关外，况且一路之上皆有盘查，不可能这么快便混入京城之内。这是也先的诡计，要使我京城自危。"

一番解释之后，石亨仍旧不放心："大人，为了加快运粮进度，京城四门的盘查太松懈了，这样会不会出乱子？万一……"

于谦道："不必在意，就算有一两个奸细混进来，能掀起什么大风浪？你去吧，加紧运粮。"

打发走了石亨，又有中军官跑了进来，施礼禀报："大人，门外有丁醒求见。"

"丁醒……"于谦甚是意外，"他怎么来了？陆炎可曾与他一起？"

中军官道："只是丁醒一人。"

于谦急忙传令："快让丁醒进堂回话。"

丁醒随着中军官走进堂中，向上施礼，于谦一摆手："免礼，丁醒，你去找图样，陆炎却说你失踪了，可有此事？"

丁醒道："确有此事，末将一时不查，落入贼人之手，不过幸好老天有眼，让我找到机会逃了出来，还带来了图样副本。"

于谦眉头一皱："你带来了图样？甚好甚好。"

丁醒从背上摘下锦袋，双手一托："大人请过目，这便是张百川绘制的图样副本。"

一名堂前侍卫上前接过锦袋，放在于谦案上，于谦轻轻抽出袋子里的图样，在案上轻轻展开。

丁醒放眼四周，大堂之上有四名侍卫，都神情严肃，根本看不出哪一个可疑。白衣女子说兵部有她的人，难道便在这些侍卫当中？

但丁醒马上否定了这个想法。

白衣女子太恨于谦，太想杀于谦，如果她安排了可以接近于谦的侍卫，那肯定早就下手了。

于谦正在一页页地细看图样，当他翻过第五页时，有意无意地抬头看了丁醒一眼，眼神之中颇有些复杂。

二人目光交汇，丁醒连忙道："大人且慢。"

"丁百户何意？"

丁醒道："图样之中有一页，末将觉得可疑，想指点给大人。"

于谦沉吟了一下，然后点头："你上前来。"

丁醒起身走向于谦，刚来到台阶前，便被阶下的两名侍卫拦住了。一个人眼睛紧盯着他，另一名侍卫在他身上摸了一遍，确认没有武器才放他过去。

丁醒走上最后一级台阶，与于谦隔案相对。

桌案的两侧，站着另外两名侍卫，腰间挎着钢刀，右手时刻握住刀柄，这二人目不转睛地盯着他，以防他有任何不轨的举动。

丁醒来到桌案之前，那张桌案有两尺余宽，左右两侧放着两只烛台，上面的牛油大蜡吐出两寸余长的火苗，除此之外，桌案之上还摆着不少文书边报、笔墨纸砚。此时丁醒与于谦相距不到两尺，这个距离，只要丁醒抓起匕首向前一扑，便可以将带毒的锋刃刺进于谦的胸膛。

千钧一发之际，门外突然传来一声颤颤巍巍的叫声："他是刺客，拦住他！"

堂中本来一片寂静，此人一喝虽然声音不大，但在堂中诸人听来，却如同晴天霹雳。于谦把图样一抖，当的一声，那把匕首掉在桌上。

两侧的侍卫同时拔出了腰刀，左侧的侍卫一刀砍向丁醒的手臂，让他不敢去抓匕首，右侧的侍卫则挺刀刺向丁醒肋下。

二人配合得天衣无缝，一人阻止丁醒的刺杀，另一人攻击丁醒，让他不得不撤身求生。

刺杀失败，丁醒反应也不慢，眼看着刀尖快要刺到自己的肋骨，他脚下一蹬,身子向后疾退。可是慌乱之中却一脚踏空,骨碌碌滚了下去。

阶下的两名卫士虽然没有看到桌案前发生的一切,但从同伴的反应来看,也知道出事了,立刻拔刀出鞘,扑向丁醒。

丁醒滚下来时,后脑正撞在石阶之上,被撞得七荤八素,眼前发黑,哪里还站得起来?两把钢刀同时剁向他的身子,让他根本无法招架,亦无能力闪避。

眼看着丁醒就要身首异处,于谦大喝一声:"留活口!"

两名侍卫急忙收住钢刀,转而将刀尖一立,顶在丁醒的心口上。

与此同时,台阶上的两名侍卫也跳下来,把丁醒按翻在地,从腰间扯出绳子,三下两下将其捆作一团。

这一系列的变故,从门外之人发声大叫,到丁醒滚下台阶被按住捆翻,也不过眨眼工夫。

直到此时,众人才转头看向门外。

只见一位老夫人在中军官的搀扶下走了进来。这位老夫人约莫五十多岁,拄着根木棍,弓背弯腰,老态龙钟,头上虽然金翠辉映,珠光宝气,却也无法掩饰岁月的侵袭。她的脸好像干枯的橘皮,苍白灰干,皱纹如同万千沟壑纵横,两只眼睛浑浊无神,完全看不出年轻时的样子。

老夫人来到堂中,向于谦施礼。于谦急忙起身:"老夫人免礼,不知您是哪位。"

中军官连忙道:"大人,这位是三品诰命夫人,前礼部侍郎郑挺大人的遗孀,王氏老夫人。"

于谦闻听便是一愣:"郑挺大人的夫人……不是已经被贼人杀

死了吗？"

老夫人摆摆手："先不谈这些。大人，这个人是来杀你的。"

于谦看看丁醒："亏得方才老夫人出言示警，不然本官定然逃不过这一劫。丁醒，你是受谁的指使前来刺杀本兵部？"

两名侍卫把刀压在丁醒的脖子上，将他按跪在堂前，一人在丁醒背上拍了一刀背："老实点，大人问话，你敢有半字虚假，立刻砍了你的八斤半。"

丁醒哪里理会这些，而是在仔细打量眼前的老夫人，发现正是那位老王母，但是白衣女人应该已经杀了她，为何还会出现在这里？

中军官搬来一把椅子，王老夫人坐定之后，仍旧气喘不止。

丁醒目不转睛地盯着王老夫人。

于谦见丁醒不回答，也不再问，叫过一名侍卫，在耳边低声吩咐了几句。那侍卫看看丁醒，又看了看王老夫人，轻轻点头，招呼守门的几名侍卫，把丁醒拖了出去。

于谦这才问王老夫人："丁醒要刺杀我，老夫人是如何得知的？"

"大人，不瞒你说，数天以前，有个叫鬼仙的人交给我一样东西，让我代为保管。可昨天夜里，此人和一位姑娘来到我家，向我讨要，说是鬼仙派他们来的。我不疑有它，便进屋去拿。可又想起鬼仙曾经交代过，如果不是他亲自来取，一定不要把东西交出去。故此多了一个心眼，留下了两张图样，又叫来一个伺候我的婆子，让她穿戴好我的衣服，拿了残缺的图样出去。那婆子与我相貌相似，想必他们也不会察觉。谁知这二人甚是毒辣，丁醒看完了几张图样之后，与那姑娘耳语了几句，突然拔刀便刺，把伺候我多年的婆子刺死在椅子上。他收好了图，又很得意地说，有了图样，就可以刺杀大人。

那姑娘也很是狡猾，拿出一根蜡烛，点燃了插在烛台上。没过片刻，我就感觉头晕眼花。等我醒过来，已经是一个时辰以前了。我怕大人遭到暗害，这才出府前来报信，天可怜见，我来得不晚，如果再晚片刻，整个京城又依靠谁人守卫？我大明江山，岂不是又要被糟蹋！"

老夫人说到动情处，眼泪汪汪，可能是想起了那位替她而死的婆子。

于谦也被打动，站起身来向老夫人拱手道："本官要多谢夫人，如果不是夫人及时赶到，于谦定被奸贼所害。"

老夫人颤抖着身子，缓缓立起："既然大人没有危险了，老身这便告退。"

于谦连忙吩咐中军官："快，好生搀扶老夫人，用我的马车送老夫人回家。"

他停顿一下，又道："派三十名兵士守卫老夫人的府宅，以防贼人前来加害。"

中军官扶起王老夫人向外走，于谦也向外相送，走到堂口，中军官自去收拾马车，王老夫人突然站住，拍了拍额头，苦笑道："你看老身这记性。"

说着，她从袖子里掏出两页纸张，颤巍巍地走向于谦："这是老身留下来的图样，现在交给大人。"

于谦异常欣喜："太好了！有了它，就可以打造神机炮了。"

他上前两步，伸出双手来接。

此时二人相隔不到两尺之距，于谦的手堪堪碰到图样，王老夫人突然眼睛一翻，原本浑浊昏花的老眼突然暴射出凶光，她手臂一动，掌中就多了一把绿幽幽的匕首。

图样落地，露出了这把刀子。

图穷，匕见。

原来，现在才是真正的刺杀。

王老夫人是三品诰命夫人，她算准了自己起身一走，于谦必定会按朝廷的规矩送到大堂门口，只有等于谦离了那几名侍卫的保护，自己才可能一击得手。

来到兵部大堂之前，她已将匕首缠在自己的手肘之下，以免搜身时被查到。对于这样一位年高体弱的诰命夫人，守卫是不可能认真盘查的，况且就算盘查，也不可能触碰她的身体。

至于那两页图样，根本不是神机炮图样，只不过是两张房屋建筑图样而已。

此时的于谦看起来没有丝毫防备，王老夫人挺起匕首，作势向于谦猛刺过来！

匕首上淬了剧毒，只要刺破皮肉，不必入肉太深，于谦就会一命呜呼。

可就当王老夫人手中的匕首即将刺出的时候，一名侍卫好像早就算准了会有这一幕，将手中的腰刀呼的一下掷了过来，直刺王老夫人的脸门！

与此同时，于谦也好像早就知道王老夫人会出手，身子向后退出几步，另外三名侍卫也冲了上来，挡在于谦和王老夫人之间。

王老夫人手中的匕首还没刺出，就觉得眼前寒光一闪，面对一把迎面飞来的雪亮钢刀，再凶悍的人也会吓一跳，王老夫人自然大吃一惊。

这一吃惊,她手里的匕首也刺不出去了,慌忙转头侧身,闪避钢刀。

她将将闪过钢刀,就听到于谦一声大喝:"抓刺客!"

三名侍卫挺刀冲上,余下一人挡在于谦身前。

王老夫人见行刺失败,于是飞身跳起,冲向院外,可双脚还没踏出门槛,大门一侧便转出一个人来,挡住了去路。

此人气度冷峻,一对细眼盯紧了王老夫人,脸上的表情却非常轻松,还往嘴里扔着瓜子,正是锦衣卫镇抚使陆炎。

在陆炎的身后,张玄和数名锦衣卫已经严阵以待。

陆炎一声冷笑:"老王母,想不到你也会干出自投罗网的蠢事。"

"你……你们……"老王母一步步向后退去,陆炎与张玄步步紧逼,侍卫们高举灯笼,将老王母团团围住。

老王母知道已经不可能逃走,她手握剧毒匕首,咬牙切齿地盯着于谦:"你知道我要来杀你?"

于谦不理她的发问,向后一伸手:"拿来。"刚才接受于谦贴耳吩咐的那名侍卫,在桌案上拾起那卷图样,交到于谦手中。

于谦从中抽出一页,朝着老王母一亮。

借着明亮的灯光,老王母发现,那张图样之上有几行红红的小字,非常显眼。

"那上面写的什么?"

老王母毕竟上了年纪,眼神不好,字迹又小,因此看不清楚。

于谦把图样交给中军官:"念。"

中军官大声读道:"受制于人,被逼行刺,但我只是诱饵,凶手定有后招,大人小心!罪将丁!"

此时门外几个侍卫，将松绑的丁醒又押了回来。

老王母咬牙切齿地看着丁醒，目中神色一如斗败之困兽："好呀，你们刚才竟然在我面前演戏……"

她紧握手中匕首，向四周晃了一下，逼退了准备扑上来制服自己的锦衣卫。

于谦沉着脸喝问："本官与你并无交往，亦无过节，你为何要刺杀本官？"

老王母瞪着于谦，脸上的神情狰狞如恶鬼，看样子恨不得扑到于谦身上将他敲骨吸髓。

"为何杀你？哈哈……"老王母发出一阵刺人耳膜的怪笑，好像乌鸦夜鸣一般，令人遍体生寒，牙酸耳悸，"我与你有不共戴天之仇！一天不杀你，我就一天如行尸走肉一般，苟活人世。今天我没能杀得了你，但一定有人取你的首级，将你千刀万剐！"

老王母仰面，怪笑几声，突然把匕首一翻，向自己的心口刺了下去。

"她要自杀！"丁醒喝道。

话音未落，只听老王母惨叫一声，紧接着当啷一响，匕首落地。

再看时，老王母的手腕上中了一枚弩箭，弩箭只有三寸长，已经完全钉穿了她的手臂，鲜血狂涌而出。

就在匕首掉落的同时，张玄扔掉手中的短弩，飞身扑上去，把老王母撞倒在地。他用膝盖顶住老王母的后腰眼，一只手捏住了她的下颌，轻轻一送一扳，便摘掉了老王母的下巴，以防她咬舌自尽。

陆炎吐出几个瓜子壳，悠然道："锦衣卫没让你死，你就不能死。"

老王母嘴里呜呜大叫，却说不出一个字来。见张玄将她用锁链锁了,陆炎这才扭过头,向于谦请示:"大人,是不是要关进诏狱?由我来审问,一定可以让她吐出实情。"

"尽量快一些,凶手得知老王母落网之后,必定潜逃。"于谦吩咐道。

陆炎吩咐张玄:"押回诏狱,好生伺候!"

老王母被架了出去,她的眼神中流露出无比的恐惧,锦衣卫的诏狱就是阴曹地府,酷烈的刑法足有上百种,进了诏狱,比下油锅还恐怖。

丁醒急忙向于谦施礼:"大人,罪将的朋友还被凶手作为人质关押着,一旦她得知刺杀失败,必定杀人泄愤……"

于谦却不慌不忙,沉稳得很:"不必心急,如今老王母刺杀失手,你也临阵倒戈,凶手要做的绝不是杀人泄愤。"

"大人为何如此肯定?"丁醒实在不解。

陆炎在一边插话道:"怎么连这个也想不通,还需要于大人明说吗?刺杀行动失败后,顾小姐是凶手唯一的挡箭牌,她能轻易扔掉吗?有顾小姐在手,还可以要挟你,如果杀了人,凶手就无牌可打了。"

其实丁醒也不是不明白这个道理,只不过事不关心,关心则乱,百晓娘在敌人之手,乱了他的方寸,当然不如旁观者瞧得清楚。

"你知道顾姑娘被关在哪里吗?"陆炎问道。

丁醒一呆,只得摇头。那白衣女人带他出来时,特意转了不少圈子,就是为了让他分不清东南西北,无法确定关押之地。

"一定要尽快撬开老王母的嘴,但愿她知道更多的内情。"于谦吩咐道。

陆炎道："大人不必担心，有我们锦衣卫，相信用不了多久她就会开口。到时候必可将凶手一网打尽。"

于谦道："事不宜迟，你要亲自审问。如今，我们只有这一条途径了。"

陆炎拱手称是。

于谦又看着丁醒："你能随机应变，本官没有看错人。眼下查案要紧，你二人要紧密配合，尽快破案！"

丁醒与陆炎齐声道："卑职谨记。必破此案！"

说完，丁醒随陆炎出了兵部大堂，来到外面的大街。陆炎的部下早已牵了马，在此等候，二人上了马，一起往锦衣卫诏狱而去。

在路上，丁醒将自己被捉之后发生的事情对陆炎讲了，陆炎眉头紧锁："还是一无所知啊。看得出来，这个女贼谨小慎微，是个难缠的对手。"

丁醒缓缓甩着马鞭，看似漫不经心地说道："于大人那里刚刚出事，陆大人就到了门外，消息灵通得很。"

陆炎斜眼看看丁醒："当然，你应该了解锦衣卫的职能，更何况如今这个局面，半点大意不得。"

他说得很含蓄，但丁醒心中自然明白，锦衣卫是大明朝最可怕的机构，专门负责监察百官，直接向皇帝通报，手眼通天。而且锦衣卫中能人众多，无论京城官场上有什么风吹草动，都逃不过锦衣卫的眼睛。

丁醒撤销了通缉令的事情一出来，陆炎就意识到此事不同寻常，因此马上加派了人手寻找。果然，很快收到了丁醒在兵部门前露面的消息。

丁醒想起一事，问道："陆大人，凶手的头领是个白衣女人，正是她乘马车将我送到兵部附近，你的人可有察觉？"

陆炎轻轻摇头："大街上马车甚多，锦衣卫不可能注意得到。"

丁醒嘿嘿冷笑："她根本就不指望我能刺杀得手，我只是被她操控的棋子。她逼我来刺杀于大人，还说兵部之内有她的人，会随时注意我的行动。她以顾姑娘作要挟，认定我投鼠忌器，一定不敢把实情禀报于大人。我的刺杀不过是个幌子，真正的刺客是老王母。一个又老又弱的老夫人在危急时刻出现，于大人一定感激涕零，哪里还会防备？况且她身上又带了图样，于大人欣喜之时，当然想不到她会突下毒手。这个计划可以说是非常完美。"

陆炎道："不错，老王母这个人，应该有很多秘密，我想可能会有意想不到的收获。"

不一会儿，两个人便到了锦衣卫衙署门前。下马后，陆炎带着丁醒进了大堂，早有人端上香茶。

"诏狱在哪里？"丁醒问道。

陆炎指指后面："我去审问老王母，一起来吧。"

丁醒一摆手："我可不去，谁不知道诏狱是鬼都害怕的地方。那些刑具我看着都哆嗦，况且老王母再坏也是个女人，我可不忍心看，要去你去。"

陆炎一笑："陆某雷霆手段，你是慈悲心肠，倒也般配，你先少坐，我一会儿就回来。"

他刚要离开，就见张玄从后堂门急匆匆地走进来，手中握着几张纸，一脸得意。

丁醒和陆炎看张玄的神色就知道，他有不小的收获。

果然，张玄走到二人面前，把手中的纸恭恭敬敬地递给陆炎："她招了。"

陆炎接过那几张供状，看完之后，不由得目瞪口呆，因为纸上的供词，实在大出他的意料。

丁醒见他脸上变了颜色，便问："老王母的供词上说了什么？"

陆炎直视丁醒，一字一字地道："你可能万万也想不到，老王母居然是王振的亲妹子。"

这话说出来，令丁醒悚然动容："什么？王振还有个亲妹子？"

陆炎点头："不错，供词上确是这么说的。王振在未入宫之前，因家中贫寒，他母亲只得忍痛将年幼的妹妹送给了外乡人。日后王振入宫，权倾天下，自然记起他这位妹子，便着人四下暗中打探。原来，当年答应收养老王母的是一个过路的江湖人。这位江湖人身在天机门，把老王母当成义女抚养成人。"

"那之后呢？老王母怎么到了朝廷里，做了诰命夫人？"丁醒问道。

陆炎继续回答："王振寻到她之后，见这位妹妹颇有些江湖手段，便动开了心思。当时以他的权势，完全可以让妹子嫁给王公贵族。但是王振很清楚，王公之家规矩太大，太引人注目，一旦嫁入，妹子便成了笼中之鸟，再也不可能为自己在江湖上走动。左右权衡之下，王振盯上了刚刚丧偶的礼部侍郎郑挺。嫁与郑挺之后，夫妻二人倒也恩爱和睦，然而郑挺直到第二年过世都不了解夫人的真实身份。现如今，老王母虽为诰命夫人，但孀居之后，仍与以前的旧相识秘密来往，江湖手段并没有生疏。"

丁醒缓缓点头："原来如此，那这个白衣女人又是怎么一回事？"

陆炎道："老王母供说，白衣女叫王瑶仙，是她闯荡江湖时的私生女儿，郑挺都不知道她的存在，王振自阉入宫，没有子嗣，因此把妹妹的女儿视为掌上明珠，为她请来很多江湖上的顶尖高手教她习武。王瑶仙没有见过生父，便一直将王振当作亲生父亲看待。没承想，土木堡之变后，五十万大军全军覆没，王振也在乱军中被将军樊钟打死。后来的事情你也清楚，于兵部主政，下令将王家满门抄斩，九族尽诛。"

丁醒道："如此看来，王振想得确实周全，如果有人知道老王母底细的话，她早被砍头了。"

"不错，从这一点看，王振比一般人都要精明。老王母与王瑶仙因身份隐秘，都没有受到牵连。这二人恨于大人入骨，王瑶仙率领了一帮江湖上的亡命之徒潜入京城，准备替王振报仇，刺杀于大人。"陆炎道，"在得知鬼仙对图样的安排后，刺杀于大人不成的王瑶仙兴奋异常，布下种种安排。而为了给哥哥报仇，为了女儿可以避开朝廷的追捕，老王母已经不在乎生死，这才主动出面行刺。"

丁醒道："她供出王瑶仙的藏身之处没有？"

"我们那般手段，怎容得她不说？她倒是老实交代了，供说王瑶仙就藏身在前锦衣卫指挥使马顺的家里。"

丁醒皱了皱眉，说道："老王母之所以最后才交代王瑶仙的下落，可能是为了拖延时间，以便王瑶仙有足够的时间逃走。我们现在去马顺家拿人，想必已经晚了，王瑶仙一定早逃了。"

陆炎思忖着："也不一定，从老王母行刺失败到现在也没一个时辰，万一王瑶仙那边还没得到消息呢？所以我们还是要去的。"

他传令张玄："集合所有人手，门外列阵，多带盾牌和弓箭，随我出发。另外通令城中，加强巡查，就算这伙强贼连夜转移，也一定会被发现，到时候一网打尽。"

张玄领命去了，不过眨眼工夫，就集合起了六十名锦衣卫，个个手执盾牌，背弓带箭。陆炎与丁醒飞身上马，率人直奔马顺的住所。

自从马顺被群臣在朝堂之上活活打死之后，他的家产被抄没充公，一门良贱充军的充军，杀头的杀头，只剩下一座宅子，交由刑部处置。结果由于军情吃紧，刑部的人手几乎全部调动起来维持城中秩序，巡查各条街道，忙得不亦乐乎，哪里还有工夫管这等闲事，因此马顺的家宅也就无人过问，一直闲置了下来。

王瑶仙进城之后，把藏身之所选在这里，倒也不失是明智之举，就像百晓娘的心思一般，越是这样的地方，反而越不易引起怀疑。

大队人马如同一阵狂风卷过地面，不多时便来到马顺宅第之外。用不着陆炎吩咐，张玄一挥手，锦衣卫便立刻散开，分为数队，盾牌手在前，弓箭手在后，堵住了大门，另有一队人马绕去了后门。

眼见众人设伏完毕，陆炎这才一挥手，几名锦衣卫上前开门，可只是用手轻轻一推，门便开了，这几名锦衣卫经验丰富，立刻伏身在地，以防里面有埋伏，射出暗箭。

但是大门开启之后，里面却黑洞洞的，鸦雀无声，不像有人的样子。

张玄再次挥了挥手，盾牌手执牌在前，一步步向前移动，护着众人进入了院子。

陆炎好像猎狗一样在空中闻了几下，然后又抓过一支火把，在院子里走了几步，四下照了照，这才说："这宅子最近住过不少人，定是凶手老巢，可现在……"他摇摇头，将火把扔给部下："他们已经逃了。"

丁醒心中突突乱跳,惦记着百晓娘,急道:"快寻找地牢,顾姑娘不知还在不在里面。"

其实他并不希望百晓娘还在地牢里,如果在的话,一定已经是惨不忍睹的尸体了。

锦衣卫办事果然令人心服,不到一刻钟就有人来报,说在后园里找到了地牢。丁醒顾不得别人,当先冲了过去。

后园之中一片凋零景象,原本富丽堂皇的亭台楼阁早已失去了往日的颜色,能拆走的都被拆走了,甚至连大理石的栏杆也只剩断掉的几根。

丁醒来到后园假山之中的暗门旁,从锦衣卫手中接过一支火把,踢开暗门。

这里果然是关押自己和百晓娘的地方,丁醒心头怦怦直跳,生怕见到一地的血泊和百晓娘的尸体。

可是当他举起火把仔细照看时,发现地牢之内干净得很。丁醒心中稍安,但他立刻发现,牢门的大锁是开着的,这就说明,百晓娘虽没被杀,但还是被王瑶仙带走了。

丁醒走进牢门,放低火把,弯下腰仔细查看地面上是否有被干草遮掩的血迹。

幸好,干草里没有血迹,更无尸体。丁醒刚要起身,突然眼睛一亮,他蹲下身子,从地上抓起一把泥土,轻轻在手中搓动着,借着火光向四面的墙壁上看了看。

"出来吧,我就知道你不会有事……"丁醒突然自言自语似的说道。

话音刚落,就见北侧的墙壁突然像是脱落了一层墙皮似的,百晓娘的身子出现在火光之下。

"哈……你倒是很鬼啊,发现了地上的土,就知道我藏起来了。"百晓娘一脸嗔怪的样子,可是语调中却充满了欢喜。

险死还生,换作是谁,也都是欢喜的。

二人自分开到再次相见,只不过半天工夫,可是这半天时间,就像生死两隔一样,油然而生了一种生离死别的感慨。

两个人往一起凑了凑,想要挽住对方的手,却又都忍住了。

"百变天衣,终于又派上用场了。"沉默了片刻之后,丁醒感叹道。

百晓娘把百变天衣小心地收起:"鬼仙倒是有先见之明,如果没把它留给我们,我今天就死定了。"

此时陆炎在门外叫喊:"丁兄,里面可有发现?"

丁醒扬声道:"顾小姐在这里,幸好无恙!"

陆炎一见百晓娘毫发无损地走出来,便是一愣:"顾小姐,您没受委屈吧?"

百晓娘淡淡地回答道:"没有。你们来得快,贼人们急着逃走,就没空管我了。"

她只不过随口搪塞,实情当然不是这样的。

王瑶仙将丁醒带出地牢之后,百晓娘便开始行动,她仍用在智化寺的老办法,在墙上掏洞,地牢是挖在地下的,墙壁当然也是土墙,不多时,百晓娘就挖出一个人形的坑洞来,她将挖下的泥土用干草掩盖住,然后藏在坑洞里,用百变天衣遮住了自己。

这一招,再次骗过了王瑶仙手下的凶徒。那凶徒走进牢房后,四下没有看到百晓娘的踪迹，当时如同五雷轰顶，到处翻拣干草，哪里想得到百晓娘就在墙边站着。

谁知这时，等待他们的却是老王母刺杀失败的消息。

原来，兵部之中根本没有王瑶仙的人，她一直站在离兵部不远的一处酒楼顶上，亲自观察动静。如果于谦被刺，兵部肯定乱作一团，但王瑶仙眼看着丁醒和老王母先后进去，却始终风平浪静。直到老王母被锦衣卫押出来，王瑶仙这才确定刺杀计划已然失败，立刻返回老巢。

王瑶仙心里清楚，老王母知道自己的藏身之处，眼下当务之急，必须换个地方躲藏。哪知她刚刚回来，就发现老巢中鸡飞狗跳，百晓娘下落不明。惊慌之下，只得带着手下众人急速离开了马顺的宅子，消失在夜色之中。

百晓娘骗过了众凶徒，却不敢出去，生怕王瑶仙在外面设下埋伏。

陆炎知道百晓娘说的是假话，但又不好深问。便在此时，张玄急匆匆来到陆炎跟前，低声禀报了几句。陆炎眼神一亮，吩咐道："集合人马，立刻出发！"

随后，他转头对丁醒笑道："凶手们出现了，咱们去瞧瞧。"

几个人来到街上，此时天光大亮。丁醒抬眼望去，在初升的太阳照耀之下，跟随而来的锦衣卫已经列队整齐，衣饰鲜明，铜盔映着日光，整支人马彪悍威武。

陆炎带着丁醒与百晓娘，由张玄引路，直奔大街而来。

大队人马跑上大街，路上行人纷纷闪避，无数马蹄踏过街头的青石板，如同雷霆密雨，打碎了京城多日以来的沉沉死气。

他们很快便到了柳梢胡同。这是一条死胡同,眼下已经被三法司的差官包围,有人在胡同口外面不停驱赶着围观的行人。

陆炎离得老远就闻到了血腥味。到了近前,他们跳下马来,亮出通行令牌,差官便不敢阻拦,让开了一条道。

血腥气更加浓重了。

几个人放眼望去,柳梢胡同就像它的名字一样,狭窄而深长,大车都不能通行,此时胡同里像是一个修罗场,横七竖八倒满了尸体,尸体流出的血几乎把地面完全浸透。

所有的尸体都身穿黑衣,脸上蒙着黑巾,正是丁醒等人碰到的凶手。而当中有一个人最为显眼。那是一个白衣女子,脸上蒙着白巾,躺在墙角,身上中了六七箭,鲜血早已流干。

尸体边上站着几个人,为首的正是大理寺少卿吴怀忠。

吴怀忠看到他们进来,迟疑了一下,走过来向着陆炎拱了拱手:"镇抚使大人,是哪阵风把您吹来了?"

"血雨腥风。"陆炎随口应了一句,他的眼睛一直盯着地上的尸体,反问道,"什么时候死的?"

吴怀忠在大理寺是个干吏,经验相当丰富,可此刻他只是冷笑:"陆大人慧眼如炬,当然看得出来,又何必让在下出丑?"

其实三法司与锦衣卫本来就不睦,以前锦衣卫权势通天,三法司的人尚对锦衣卫有些畏惧,可自从王振一党覆灭,锦衣卫从上到下大换血,新上来的都是些没有根基的新人,三法司的腰杆由此硬了不少。

吴怀忠出言顶撞陆炎,倒不是这个原因,而是他天生就讨厌锦衣卫。

215

陆炎重任在肩，没工夫理会这些，向张玄丢了个眼色。张玄会意，上前查看一遍，然后禀报道："这里一共十四具尸体，加上以前击毙的，共是二十七人。"

"大概死了多久？"

"应该是天亮以前死的，不超过两个时辰。除了这个女人以外，其他人都死于刀下。"

丁醒则一直蹲在那白衣女人的尸体前，他轻轻揭下白衣女人脸上的白绢，露出了她的脸。

这张脸已经扭曲变形，但依然可以看出，白衣女人生前长得不难看，应该是个美女。

她的刀一直紧握在手中，却没有拔出来。可以想见，在她发觉危险，刚要拔刀之时，已经被乱箭射杀。看来杀手知道她的厉害，所以先一步射死王瑶仙，再动手杀了她的部下。

陆炎向百晓娘努努嘴："烦请姑娘去搜搜身，看看图样在不在她身上。"

百晓娘瞪了陆炎一眼，她心里清楚，这次来的只有自己一个女人，如果陆炎让男人搜女人的身，那是对尸体的侮辱，所以只有自己来做了。

她仔仔细细地摸遍了王瑶仙的全身，没有发现任何东西，于是站起来摇摇头。

陆炎道："我早料到，图样一定被杀她的人拿走了。"

百晓娘怒道："你既然早就料到了，还要让我来摸死人！"

陆炎知道现场不可能留有什么重要的线索，于是向吴怀忠点点头："收尸吧。"

几个人挤出胡同，上了马，向着来路缓步而行。

王瑶仙居然就这么稀里糊涂地死了，她的手下也被一网打尽，谁也没有料到，这个案子会出现如此结果。

"可杀王瑶仙的又是谁呢？"丁醒满心疑惑。

"王瑶仙的背后一定还有更大的势力，眼下王瑶仙被我们咬住了，她的主子便杀人灭口，正常得很嘛。"百晓娘说。

陆炎却摇头："没那么简单，她有王振做后台，就一定不会再投靠别人。王振被诛，王党覆灭，她还能依靠谁？我最担心的是瓦剌人。"

丁醒道："是啊，此案之中，瓦剌人最在意的一定是神机炮。虽然草原之上没有能工巧匠，打造不出如此精巧的火器，可只要不让我们大明朝打造出来，也先就算胜了。"

陆炎很赞同丁醒的话："说得是，因此王瑶仙的主子，很可能就是也先。从她杀张百川起，目标就是神机炮，而刺杀于大人，很可能只是报私仇。"

丁醒道："可是她报私仇的举动暴露了身份，瓦剌人认为她没有用了，于是就杀人灭口，这样一来，就讲得通了。"

陆炎道："如今张百川与史辽被杀案算是了结了，凶手王瑶仙身死，而接下来我们要全力寻找图样。"

丁醒却面现担忧之色："我在想，万一瓦剌人得到了图样，一把火烧光，那可就糟糕了。"

"如果真是这样，我们也没办法。"陆炎摇头叹息，"收兵吧，你们回去休息，我去向于大人禀报。"

看着陆炎远去，丁醒与百晓娘立马街头，都是眉头紧锁，心情郁闷。

本来找到王瑶仙是好事，却看到一地尸体，这说明仍有敌人在暗中隐藏，不知何时还会出手。

如今最大的幸事是百晓娘无恙归来，丁醒的通缉令被撤销。

"先回家看看吧，不知道三法司那帮混蛋把我家祸害成什么样子了。"丁醒满脸无奈，与百晓娘向自己家中走去。

来到家门，丁醒一眼看到了门上的封条，不由得苦笑一声，上前把封皮揭起。

百晓娘笑道："不经三法司，私揭官家封条，可是有麻烦的。"

丁醒道："现在大明朝的麻烦可够大的了。"

二人刚进了院子，丁醒便是一皱眉。只见屋门大开，屋内一片狼藉，桌椅翻倒，箱柜朝天，杯盘碗盏碎了满地。

百晓娘扶起一把椅子，吹走上面的尘土，坐了上去，环望四周："看来今天你是没办法起火做饭了。"

"饿了就直说。"丁醒把手伸进一个坛子摸索了一遍，然后嘴里轻声骂道，"这群混蛋！"又回头对百晓娘道，"家底全被抄走了，现在我是一贫如洗，清风两袖，吃不起饭啦！"

百晓娘笑道："吃饭不打紧，你这马屁倒是拍得好啊。"

丁醒一边扶着屋子里翻倒的柜子一边问："我又拍谁的马屁啦？"

百晓娘道："当然是于谦于大人啊，你这清风两袖，不是出自他的诗吗？想当年为了这诗，于谦大人还差点丢了脑袋。"

她说的事情几乎天下皆知。

当年王振当政，大肆收纳贿赂，于谦做了巡抚，每次进京奏事，都有人劝他给王振送些金银礼品,但是于谦从不带任何礼品,还特意写了《入京诗》以明志,诗为:"绢帕蘑菇及线香,本资民用反为殃。清风两袖朝天去,免得闾阎话短长。"

此举触怒了王振,便罗织罪名,将于谦下狱论死。后来由于朝中有人力保,民间父老联名上书,闹得声势浩大,民怨沸腾,王振惊惧不已,这才把于谦放出,降职了事。

有此一事,于谦的声名天下知闻,而"清风两袖"四字,也成了他清正廉明的招牌之语。今天丁醒说的清风两袖,只是有感而发,并没有阿谀之意。

丁醒听百晓娘出言讥讽,也不在意,只是顺口说:"我现在才明白,清风两袖说起来甚是风雅,可个中滋味,却是难受至极!你听我的肚子,早跟青蛙闹坑一样了。"

百晓娘笑道:"堂堂神机营百户,总不能去要饭吧?"

丁醒捂着肚子坐在门槛上:"现在谁能管我一顿饱饭吃,我感激他的大恩大德!"

话音刚落,啪嗒一声响,一个银袋落在他眼前,随后便听屋顶上有人说话:"我管你饱饭,却用不着你感激我!"

百晓娘吃了一惊,跳出屋子,举目向房上看去,见屋脊上坐着一个年轻人,一身红色劲装,脸上带着一股狠劲,正是大理寺少卿吴怀忠。

丁醒拾起银袋看了看,长出口气:"家底回来了,这下不用饿肚子了。"随后抬头对吴怀忠道:"吴大人,你什么时候来的?怎么脚步像猫一样,我一点也没听见。"

吴怀忠一飘身子,落到院中,仍旧没什么声响,可见他的功夫

219

颇高。

丁醒把银袋揣进怀里，向吴怀忠一拱手："感激涕零，多谢还钱，走好不送！"

"谁说我要走？"吴怀忠双手叉在怀中，面沉似水。

丁醒恍然大悟："你是要吃我一顿吧？话可说明，丁某不但没欠你的情，你们三法司还欠着我的，看看……"他一指屋子，"好好一个家，被你们砸得稀巴烂，没法住了，这事怎么解决？"

说着，他瞪起眼睛，眨也不眨地盯着吴怀忠。

吴怀忠鼻子里发出冷哼："好解决，来人！"

门外跑进两名差官，向吴怀忠施礼，吴怀忠道："摆酒，上菜。"

差官应声而出，紧接着，门外跑进几个差官，放了一张桌子，摆上几碟小菜，一坛劣酒。

丁醒看着直皱眉："要赔罪，你也得弄点儿好酒好菜吧？"

吴怀忠冷哼道："买不起，你将就吧。"

"也是两袖清风啊。"丁醒叹息一声，坐下抄起筷子就吃，吃了几口才想起来招呼百晓娘，百晓娘却只是微笑摇头，并不就座。

吴怀忠将差官们打发走，自己拉把椅子坐在丁醒对面："吃了饭，吴某有些话要问。"

丁醒不理他，等吃得差不多了，伸着懒腰打起哈欠："不好意思，丁某吃了饭就犯困，等我睡醒了再谈吧。"

吴怀忠被激怒了，他跨到丁醒身边，凑近他的耳朵，恶狠狠地说："现在是大理寺向你问话，你若不配合，我随时可以安个罪名把你押入大牢。那个时候，你就得和老鼠臭虫一起睡觉了。"

百晓娘明白，如果不回答吴怀忠的话，吴怀忠是不可能让丁醒休息的，因此她在一边轻轻踢了踢丁醒的小腿。

丁醒清楚她的意思，刚才的一番做法，只不过是要出一出被抄家搜查的闷气而已，眼下若真不配合，吴怀忠必定时刻纠缠自己。

图样还没有找到，城中还有巨奸潜藏，他的时间并不多。想到这里，丁醒往椅子上一靠："吴大人有什么话，就请讲吧。不过你得说快点，最好别废话，我不知道什么时候就睡着了。"

吴怀忠冷笑："我来问你，是谁诬陷了你，又是谁替你洗清了内奸的罪名？"

丁醒翻了翻眼睛："这难道不是你们该查的事情？"

吴怀忠道："好像你知道得更详细一点吧？你的通缉令没有解除之时，三法司根本找不到你，可通缉令刚刚解除，你就出现在了街头，消息真灵啊！是谁告诉你的？"

听到吴怀忠的话，丁醒突然感觉到一种危险，细细想来，吴怀忠的话甚有深意，表明他对自己的怀疑并没有消除，甚至还有加深的意思。

这个时候，丁醒必须要解释清楚，否则再度被三法司盯上，那就太难受了。于是他点头道："好，我就给你讲一讲这两天的遭遇。"

吴怀忠听着丁醒讲述着他被擒、被逼，被当成棋子去刺杀于谦的过程，等讲完了，吴怀忠的脸上才稍稍放松了点："原来是这样，我明白了。"说着他向丁醒一努嘴，"我们去屋里谈吧，外面人多耳杂。"

丁醒与百晓娘对视了一下，都感觉吴怀忠此来必有深意，而且丁醒隐隐意识到，吴怀忠好像不是冲着自己来的。

三个人到了里屋，百晓娘坐在床上，丁醒和吴怀忠搬来两把椅子，相对而坐，丁醒道："吴大人到底想知道些什么？"

吴怀忠将声音稍稍压低："昨夜我大理寺巡城差官射落信鸽一只，腿上绑有密信。"

丁醒道："城中有瓦剌人的奸细，这没什么好奇怪的吧，密信上写些什么？"

吴怀忠道："写得很简单，只有几个字：一切顺利，火速进兵。"

丁醒吃了一惊，作为军官他很清楚，信上写得虽然简单，可体现出的内容却异常关键。它表明无论瓦剌奸细有什么阴谋，都已经接近完成，或者说障碍已经被扫清。

百晓娘对吴怀忠道："幸好你们把信鸽射下来了，瓦剌人那里得不到密信，也没什么好怕的了。"

吴怀忠与丁醒一起摇头，丁醒道："送信的信鸽并非一只，若是传递军情，每次至少要放飞两只，甚至三只，怕的就是路上出意外。大理寺只射下来一只，一定还有信鸽飞出了城。"

吴怀忠也说："信上内容越短，说明事态越严重，可谁也不知道这内奸做了什么事。"

丁醒转转眼珠："吴大人，你告诉丁某这件事，有什么用意？你以为我会知道内奸是谁，他干了什么不成？"

"你不可能是内奸，昨夜信鸽放飞之时，你应该还在锦衣卫衙署之内，怎么可能随身带着信鸽？"

百晓娘冷冷地来了一句："吴大人的消息不是更灵通吗，连我们在哪里都一清二楚。"

吴怀忠并不客气："当然，京城中锦衣卫手眼通天，可他们多半只针对官员，况且王党覆没之后，锦衣卫遭受重创，基层人手不足，因此要说到水银泻地，城中耳目，还得属我们三法司。"

丁醒沉吟着："无论内奸在做什么，他既然催着也先急速进军，就一定有把握让京城陷落。不然的话，也先急着赶来做什么？"

吴怀忠的声音突然压得更低："还有一件事情，你们听了可能会更加震惊。这两日往通州抢运粮草，于谦大人突然下令，放松了城门的盘查，让粮车加速进城。我在想，密信上的事情，会不会与此有关。"

丁醒一惊："你怀疑瓦剌奸细会趁机混入京城？"

"不是怀疑，是肯定。据大同方面来的边报，前几天已经有不少可疑人物偷偷入关，来了京师附近。可这些人却一个也没捉到，我相信，他们都已经进了城。"

百晓娘道："难道密信上所说的一切顺利，指的便是这些人已经平安入城？"

吴怀忠道："极有可能。"

丁醒悚然动容："你在怀疑于大人……通敌……"

吴怀忠老练地一摊双手："我说了吗？我可没这么说。况且没有证据，我不会怀疑任何人，眼下我只是在说这件事情，绝无怀疑对象。"

百晓娘心中鄙视，嘴里也不客气："你的口风倒很紧啊，纵使怀疑了便怎样？复核案件不是你们的专职吗？"

吴怀忠正色道："这个时候，这个局面，京城里任何一个人都有可能是内奸，上到朝臣，下到平民，都在我的怀疑范畴之内。"

丁醒满脸不屑之色："要说于谦通敌，我认为绝不可能！你们没见他这些天来为打败瓦剌做了多少事吗？他若是通敌，为何不早早同意南迁？那样根本没有人怀疑他是内奸。毕竟南迁这种卖国建议，也是别人提出来的，他只要同意就行。"

吴怀忠翻翻眼皮，用一种警惕的语气说道："话虽不错，可是这许多天来，于大人做的事实在让我摸不着头脑。"

百晓娘睁大了眼睛："你说说看，哪些事让你对他产生了怀疑。我想，你对于谦的怀疑，只怕不是这一两天才有的吧？"

吴怀忠没有说话，他很谨慎。

百晓娘看出了端倪："你怕我们把你说的话告诉于谦，对不对？"

吴怀忠道："如果于谦忠心报国，我说的这些话，他不会在意。他如果真的大奸似忠，我只怕要死无葬身之地了，我死不足惜，可大明江山，万千百姓……"

百晓娘道："我不能向你保证什么，但你能亲自来此，应该是经过深思熟虑的，所以你要说便说，不说便走，没人拦你。"

说完，她与丁醒就直勾勾地盯着吴怀忠，等他做决定。

吴怀忠梳理了一下思绪，这才开口："最开始我绝没有怀疑于大人的心思，提振京城军民士气，打造兵器，训练军马，整固城防，我都看在眼里。可是后来发生的事情，却让我感到很不解，甚至是恐惧。"

丁醒和百晓娘静静地听着。

"第一件令我不解的事情，就是张百川大人的被杀。我听到过风声，张百川正在研制一种火器，威力强大，会对关外蛮族骑兵构成极大威胁。具体是什么我不清楚，也有人猜测，这只不过是恐吓瓦剌人的招数，或许根本没有这样的火器。但是张百川被袭击的过程非常诡异，他半夜出行，正中埋伏。我在想，他有什么样的急事，不能等到天亮之后再出门？后来我终于打听到，是于大人传令，召他火速面见。"

百晓娘看了一眼丁醒，吴怀忠的话印证了他的猜测。

吴怀忠继续说："这是其一可疑之处。其二，张百川死后，这案子居然落到了锦衣卫头上。锦衣卫与三法司不同，他们主管抓捕审讯官员，可并不负责死人的案子。于谦居然把案子交给锦衣卫镇抚使陆炎，理由更是牵强，只是因为陆炎先赶到现场，简直荒唐！"

吴怀忠的语气中满含怒气，他在大理寺任职已有六年多了，初时只不过是六品寺正，虽然能力超群，但有王振一党把持权位，吴怀忠始终不得出头。

直到王振死后，京城乱成一团，吴怀忠这才脱颖而出，于谦将他连升三级，从六品寺正直升到大理寺四品少卿的职位。

按理说，吴怀忠应视于谦为贵人，言听计从才是，但吴怀忠却只认死理，软硬不吃，平时绝不结交官场上的朋友。曾经有人劝道，没有于谦，你不可能升到如此高位，理应去拜谢一下。结果吴怀忠却说，受爵公朝，谢恩私门，于谦不会接受我的谢意，因此始终没有登门拜谢。

说实话，吴怀忠虽然耿直不阿，但内心对于谦还是非常敬重的，但是他绝不肯因为私情而忘却公理。在他的眼里，王法便是天理，是任何人都不能违背的，一旦他认为于谦可疑，便会抛开恩义，追查到底。

"于谦任命锦衣卫来查案，严格讲来，也没有超出礼法，可后来他所做的事却越发让人看不懂。比如他让史辽协助查案，这明明是让他去送死啊。"

丁醒心头一震，这话点到了他心头的痛处。

吴怀忠道："史辽是军中猛将，但不适合查案，他武艺虽强，却都是战阵上的功夫，不适合短打肉搏。虽然于谦有勉强过得去的理由，可我总觉得，他派史辽查案，目的不纯。"

百晓娘害怕丁醒发怒，所以抢着问："于谦与史辽有仇吗？"

吴怀忠摇头："他们以前没有打过交道，无冤无仇。"

"既然无仇，于谦为什么要派他去送死？"

吴怀忠道："我猜测，于谦这是有意削弱我大明神机营的战力。"

丁醒猛地瞪圆了眼睛，这一点，他可从来没想到过。吴怀忠果然比自己想得深，看得远。史辽是神机营之中唯一参加过实战的后备武将。他曾在登州沿海剿匪，立下战功，土木堡大战之前，史辽本也要随军出征，可那时他正好生了一场大病，没有去成，因此活了下来。

眼下的史辽可以说是神机营中最可依赖的战将。

百晓娘连连摆手："不会吧？没有了史辽，神机营难道就不会打仗了？"

"恐怕还真不会。"丁醒脸皮绷紧。

百晓娘觉得身上发寒，她问吴怀忠："你不会觉得……于谦与凶手是一伙的吧？"

吴怀忠道："这也有可能啊。"

丁醒道："可凶手刺杀过他，还险些得手，而且那次对方也死了不少人。就算演戏，也用不着这么卖命。"

"这也是我最疑惑的地方。"吴怀忠看着丁醒，"史辽死后，于谦又找上了你。我就更加奇怪了，他安排锦衣卫查案，也说得过去，派史辽协助，也有合适的理由，毕竟史辽是张百川的好友。可为这个案子又找上了你，就实在讲不通了。我知道你们神机营中有三法司的旧人，而且办案能力不在我之下，于谦为什么不找他们，却找上了你？我查过你的经历，你任职之后，在神机营中表现得很差，把老父亲的脸都丢光了，这是神机营都知道的事情，我很难想象，会没有人把这些告诉于谦。因此他派你来查案，其中缘由，更是别有深意。"

丁醒冷着脸："你还有别的疑问吗？"

吴怀忠道："当然有。此事非同小可，于谦却不派给你一兵一卒。三法司通缉你之后，于谦也没有任何表示，连句话都不肯对我们交代。我认为他根本不关心你，也不关心这案子。"

丁醒道："也许他认为自己该关心的是大明朝的江山，而不是某件杀人案。"

吴怀忠连声冷笑："他做的一切，看起来都是为了保卫京师，保卫大明江山，可你想过没有，通州的存粮众多，短时间内是肯定运不完的。于谦不顾众人劝阻，一定要运粮入京，而且撤去了城门口的盘查，难道仅仅是为了加快运粮进度？"

"那依你看是怎么回事？"丁醒问。

吴怀忠道："他这是为瓦剌奸细入城打掩护，这两三天以来，鬼知道进来了多少也先的人。由此看来，于谦的一切护城行动，很可能只是障眼法。做出一个战时能臣的样子给大家看，实则通敌卖国，与也先沆瀣一气。只要也先率人马一到，城中奸细闻风而起，里应外合之下，京城必破。"

丁醒连连摇头："于谦这么做，对自己有什么好处？"

吴怀忠道："于谦做出一个强硬姿态，赢得人心，这样京城就算失守，对他的声誉也没有影响。京城若失，朝廷必定迁往南京，整个江北便是瓦剌人的天下，那时于谦再出面与也先达成盟约，就完全可以占住黄河以北地区，在瓦剌人和朝廷之间，建立自己的独立王国。北宋灭亡以后出现的张邦昌，不就是现成的例子吗？换作是我，一定这么干。"

丁醒咋舌道："你还真敢想啊！"

"岳飞就是不敢想，所以才死在风波亭。"吴怀忠一字字地说。

丁醒有些犹豫了，他虽然不大相信吴怀忠，但是听了这番话，细细推敲起来，还真找不出什么漏洞。

本来丁醒的心中也有疑惑，于谦命自己来查案就是一个非常怪异的决定。后来发生的事情，也证明于谦对杀人凶手确实有些漫不经心，似乎关心的只是神机炮的图样。

如果于谦得到神机炮图样，却不上交朝廷，而是自己留下了……这便是他与也先分庭抗礼的资本。

许多念头纷至沓来，丁醒一时有点分不清谁是谁非，皱着眉头发起呆来。

在一旁静静听着的百晓娘，开口向吴怀忠问道："你告诉我们这些事，有什么用意？"

吴怀忠道："因为我信得过你们。"

"可我信不过你。"丁醒冷冷地说，他直视着吴怀忠，"我怎么能肯定，你不是瓦剌人的奸细？"

这话说出来，连百晓娘都吓了一跳，因为这句话实在危险。如果吴怀忠真的是奸细，此时受到丁醒怀疑，极可能会杀人灭口。而如果吴怀忠不是奸细，一心报国的话，丁醒此话定会惹恼了他。

但吴怀忠的反应却出乎她的意料，吴怀忠没有说话，起身走到门外，随后又走了回来，手中捧着一个长条形的木盒子。

丁醒看到这个盒子，眼中放出欣喜的光彩。很显然，他对这个盒子非常珍视。

吴怀忠将盒子捧到丁醒面前："这是令尊用过的吧？搜查的时候我就发现了，打开看时，发现里面的东西保管得非常好，而且经常擦拭保养。我看人，并不注重其言辞，也不注重其表面作为，只看细节，因为细节最能体现一个人的性格。通过盒子里的东西我就知道，你不光是个孝子，还是个忠臣。"

丁醒接过盒子，一手轻轻打开，里面是一杆二尺余长的火铳，表面上油光黑亮，丝毫没有生锈，握把已经磨得温润光洁，显然原主人曾身经百战，对它珍视异常。

这是丁醒父亲用过的兵器，是丁醒任职那天收到的礼物。丁醒见此物如见父面，因此对这杆火铳爱如珍宝，平时都锁在箱子里，每隔几天便取出来擦拭一番，并用油膏涂抹，以免生锈。

孝子大多都是忠臣，吴怀忠看到这杆火铳，便认定丁醒是个大孝之人，这才敢冒着被罢职丢官的风险，来找丁醒。

丁醒慢慢将盒子放到床头，然后说："你让我怎么相信你？"

吴怀忠好像早知道丁醒会有此一问，毫不犹豫地回答："你无须相信我，只要相信公理，相信自己的心。"

"那我应该怎么做？"

吴怀忠道："我们刚才说的一切，只不过是猜测，没有任何证据，只有一个机会可以让于谦露出真面目。"

百晓娘紧皱着眉头:"我可以假扮奸细,试一试他?"

吴怀忠摇头:"这样做太蠢了。如果他是内奸,也先自会派人与他交通,你去试他,他根本就不会上当,如果他不是内奸,一定会把你抓起来。"

百晓娘暗自佩服此人,虽然年纪轻轻,但甚有见地。

丁醒道:"你一定掌握了什么,才来和我说这些。"

吴怀忠道:"不错,话说到这里,我也用不着再隐瞒。两天以来,我一直派人暗中盯着城门口的运粮车队,结果发现了一个可疑的人。他每天都会进城,却没有人见到他出城。"

百晓娘一愣:"什么意思?难道他是趁人不注意,插上翅膀飞出城去的?还是像土行孙一样钻地出去的?"

吴怀忠道:"所以这个人很可疑,他一定是夜间出的城,但夜间京城的城门全部关闭,根本出不去。"

丁醒道:"只有于谦可以送人出城,因为他是兵部尚书,负责整个京城的防务。"

"不错,这个人深夜出城,天明之后再进城。我相信,随着他进城的,除了粮食之外,肯定还会有不少随从,粮车中说不定也藏了军器。"吴怀忠说得非常肯定。

百晓娘追问:"可是一个大活人进了城,你难道没有办法跟踪他?"

吴怀忠道:"我当然在追踪他,却始终没有跟上。这两天,我的人两次盯上了他,但都被一队巡城人马给截断了。"

丁醒心中一凛,他很清楚,京城之中的巡城人马自然都归于谦统率。若说一次截断还可能是巧合,两次追踪都被截断,只能说明其中有鬼。

百晓娘道:"你是要我们去盯这个人?"

吴怀忠点头:"姑娘猜得不错,我手下的人已经被他认出来了,再追踪也没有用,所以想请你们二位出马。"

"抓人吗?"百晓娘问。

吴怀忠道:"不用抓,只要盯着他,看他去什么地方,有谁跟他接头,什么时候出城,如何出城就好。只要搞清楚这几件事,就有足够的证据来顺藤摸瓜,无论他的上头是什么达官显贵,我都会秉公执法,一查到底。"

丁醒与百晓娘同时点头应下。

百晓娘道:"可我们并不知道是哪个人。"

吴怀忠道:"明日一早,你们去宣武门,那里有个茶馆,黑漆招牌,是我们的耳目。此人每次进城,都走宣武门,到时自会有人指给你们看。"

丁醒沉吟着:"他会不会改变行程,走别的门?"

吴怀忠道:"不会,他每次进城都显得有恃无恐,我想,背后必定有于谦在指使,否则绝不会如此嚣张。"

"既然你怀疑他,为何不当场拿获,搜查他的运粮车队?"丁醒说。

吴怀忠道:"这样做太鲁莽了,万一他只是个小头目,知道的事情并不多呢?万一我抓了他,被他的接应党羽看到,打草惊蛇了呢?像这种事,最好的办法就是一网打尽,连根拔起,否则,除恶不尽,后患无穷。"

"好,就这么定了。"丁醒很痛快地答应下来。这倒令百晓娘有些不解。

吴怀忠向二人一拱手："明日一早，请二位到茶馆相候，我的人自会联系你们。告辞了！"

丁醒也不挽留，目送吴怀忠离去。

第九章
守城

夜色又一次降临大地。

大同城外,也先与他的三万人马停在离城十里的地方,风吹大旗,猎猎作响。瓦剌骑兵们各个圆睁狼眼,盯着远处黑压压的城墙。

队伍之中没有火把,数万人马静立在荒野之间,鸦雀无声,只有寒风吹过草梢的微响。

这是大战前的宁静,瓦剌骑兵各个身经百战,他们的神色中没有半点紧张。好像狼群伏在草间,盯着远处大片的羊群。

连他们胯下的战马也渐渐兴奋起来。与主人一样,一匹匹战马也意识到了大战将至,不再低头啃干草。如果吃得太饱,会影响速度,增加累赘,因此几乎每一匹战马,都只吃半饱,甚至提前撒过了尿,排过了马粪。

蒙古人的马天生就是为战争而准备的,它们并不高大,但皮厚毛长,食量小,耐力强,负重大。当年蒙古人的传奇铁木真大汗,也是骑着这样的马,率领这样的军团,横扫天下,所到之处,尽为蒙古人的牧场。

也先坐在马上望着大同城,他知道,自己的荣光就在这座城池之后。

拿下大同,跨过长城,然后进抵北京……

也先坚信,蒙古人的马蹄将会重新踏入中原,蒙古人的狼头大纛将会再一次飘扬在北京城头。

草间传来了轻微的马蹄声,两名骑士奔驰而至。他们的战马四蹄上都包着厚厚的羊皮,跑起来声音很小。

瓦剌军的先锋官孛罗早就抻着脖子,瞪着双眼,眺望着远处。

他率领着一支万人队,一千名彪悍的步军推着三辆冲车,站在最前。

冲车是一种专门用来破城的器械,最下面是四个实木轮子,中间是一条巨木,用多条皮绳子套住,可以前后摆动。巨木前端削得很尖,外包铁皮,用来撞碎城门。冲车顶上用厚厚的木板覆盖牛皮,可以护住下面的士兵。

本来,瓦剌人多是骑兵,并不善于攻城。但也先四处征战,掳掠了不少工匠,并让他们打造了冲车,用以破城。不然光靠骑兵,是绝对爬不上城墙的。

那两名骑兵一路跑到孛罗马前,在马上施礼:"先锋,城头上已经发出信号!"

孛罗猿臂一挥,下达了命令:"攻击!"

一千名步军推着冲车,偃旗息鼓,火把也不点,慢慢向大同城而来。

这些人训练有素，整个推进过程中一声不吭，天地间只有轮子辗过地面的声音。

就在冲车离着城门不远时，便听得城上有人大叫："城下有人！"

紧接着，城头之上亮起火把，向下扔去，数十根火把堪堪照出了那城下的一千步军！

城头上立刻响起梆子声，城中骚动起来。士兵们迅速爬上城墙，军官们骑着马在城中来往穿行，指挥手下军兵上城迎战。

可冲车已经离得太近了，瓦剌奸细早已潜伏在城头，借故支开了大多数士兵，因此冲车直推到了护城河边才被发现。

此时，大同城外的护城河已经冻成了坚冰。壕沟虽宽，却没有流水的阻碍，那一千名瓦剌步军抬来大块长条木板，架成木桥，将冲车推过壕沟，直奔城门而来。

城头上弓箭齐发，可冲车顶上有巨木遮挡，根本伤不到人。

数十名瓦剌步军将一辆冲车推到城门前，扯起皮绳，巨大的尖锥摆荡起来，一名百夫长大吼着："放——"

轰然一声巨响，尖锥刺向城门。

木制的城门由一块块半尺多厚的木条拼接而成，外面包着铁皮，很是坚固，但也禁不住冲车的撞击。

没撞几下，城门便碎裂开来。

城头上的士兵抬来了磨盘，三四个一组，向下滚落，砰的一声，将冲车的顶盖砸得粉碎，六七个瓦剌步军被砸成肉饼，冲车也被砸得破碎不堪。

但城门已然碎裂，那一千步军挺着长矛，嗷嗷狂叫着向城里冲去。

还有人把碎裂的冲车推下护城河,一名百夫长摇动着火把,发出信号。

后面的孛罗见了,立刻把手中雪亮的马刀高高扬起,大吼一声,急催战马,第一个冲向城门,身后的万人队,也紧随着他向城门扑去。

此时,城外火光大起,映得天地一片通亮。

在火光照耀之下,那些战马好似见了血的猛兽,狂奔而来,无数马刀闪着寒芒,狂野的喊杀声震动天地,马蹄踏过地面如同万钧雷霆。

一时间,城池内外,喊杀声、惨叫声、马嘶声混作一团。

大同失守的急报,第一时间摆到了于谦的案头。

石亨等几员战将站在堂中,望着神色淡然的于谦,心中奇怪这位书生出身的兵部尚书为何如此镇定。

他们也得到了大同失陷的消息,立刻赶来兵部。

大同的守军并不多,失守是必然的,但失守的速度之快,还是大大出乎了众将的意料。

石亨本来希望大同可以撑上两三天的,但这个希望落空了,也先的攻击凌利无比,急报上说,瓦剌军是在运动到城下之后才被发现的,城中守卫来不及对付敌人的冲车,城门被破,大同即刻失守。

城中一定有内奸。

石亨很清楚也先的狡诈,攻城之前,他总会先向城中派出细作,等这些人打开城门,再带兵冲进城去。

大同迅速陷落,必定也有内奸在捣鬼。

大同一失,整个山西与直隶再无重要关卡,瓦剌骑兵用不了三天，便会冲到北京城下。

几乎所有京城中的高级将领都坐不住了，惊天动地的大战即将展开，他们都急着要听一听于谦是如何布防的。可于谦将他们请进兵部大堂之后，却只意态安闲地说了一句话："回去操练人马，准备迎战！"

这话跟没说一样。武将每天做的事情就是操练人马，还用得着于谦提醒？众将想知道的是于谦将用何种战法迎敌，是以攻为守，还是以守为攻。若是与瓦剌人马对攻，将如何布阵，谁是先锋，谁是左右，谁是后阵。如果以守为上，京城共多少人马，如何分派。

将领们相互对视，目光之中透露出几许担忧之色。没有上过战阵的书生，与刚刚打赢了明朝五十万大军，狡如狐、猛如虎、贪如狼的瓦先对敌，结果不难想象。

没打过仗不要紧，纸上谈兵就可怕了。众将心里七上八下，石亨还想说些什么，可是于谦端起了茶碗，眼睛瞟着他们。

大家都清楚，这叫"端茶送客"，只得退出兵部大堂，一个个满面疑虑，却无话可说。

于谦送走了众将，自己站起身，不要侍卫们跟随，独自走向后堂。

兵部大堂后有数间厢房，供人值夜时用，于谦自接任兵部尚书以来，一直住在这里。

来到自己的居处前，于谦推门而入，然后把门掩好。屋子里已经站了一个人，照旧黑巾蒙着头，不让人看到自己的脸。

"因何此时来见我？"于谦丝毫没有废话，开门见山地问道。

那人回答道："这两日情形有些不对，好像被人发现了。一连两次，我都觉得有人在跟踪，最后动用了掩护才甩掉尾巴。"

于谦一惊:"你确定有人在跟踪?"

那人点头:"确定。虽然两次跟踪我的并非同一个人,穿着也极普通,但我看得出来,他们的经验、手法异常娴熟,应该是三法司的差官。"

"三法司……"于谦紧皱双眉,"这件事如果让他们知道,那可要麻烦了。换作别人还好说,可千万别是吴怀忠,这个人凡事都会一查到底,撞上南墙也不会回头。"

那人道:"大人,现在怎么办?"

"还有多少人没有进城?"于谦问。

那人立刻回答:"没有多少了,如果照原来的进度,今天应该可以全部进城。"

于谦吩咐说:"你继续把人带进城来,仍在老地方集结,如果有人盯梢,不要怕,继续启用掩护计划。"

那人连连摇头:"可是,他们一连被我甩了两次,城门口肯定有盯梢的人,而且一定会加派人手跟踪我。只怕掩护计划也不管用啊。"

于谦一摆手:"事急从权,没有时间再等了,你立刻出城……"

"如果我甩不掉跟踪怎么办?"那人仍不放心。

"你在黄昏时分城门关闭之前再进城。如果还有人跟着你,我来处理。"于谦的语气异常坚决,不容有丝毫违抗。

早上刚过辰时,丁醒与百晓娘就来到了宣武门附近,果然看到一个挂着黑漆招牌的茶馆。这个茶馆紧临着大街,三面都有窗子,此时天气日渐寒凉,每面的窗子上都挂着竹帘,再过几天,就要改成布帘了。

丁醒和百晓娘坐在窗边的位子上,百晓娘四下扫了几眼,目光落在伙计身上,凭着一双利眼,百晓娘很快意识到,这个伙计不是普通人。

她向丁醒递了个眼色,丁醒轻轻点头,以示明白。他也看出来了,那个伙计虽然在招呼着客人,但目光总不时地瞟着城门口。

除了这一点以外,此人与真正的伙计没有任何不同,丁醒心中倒也佩服吴怀忠,能把手下调教得装龙像龙,装狗像狗。

二人一直在等可疑人物的出现,他们并不知道那人长什么样子,需要这位假伙计向他们指认,可是从上午一直等到中午,也没见那假伙计开口。

丁醒偷眼看去,那伙计的神色亦有些焦急,想必他也在奇怪,以前不到午时,可疑人物便会进城,今天为何始终不见人影。

去通州运粮的人陆续回来了,当真是车如水,马如龙,连绵不绝。那伙计瞪大了眼睛在门边立着,不时招呼着人们进来喝水,实则在仔细观察,在人群当中寻找目标。

一辆辆马车过去,直到最后一辆车也进了城,那可疑之人仍未露面,难道他的事情完成了?或许他已经觉察到了危险,决定不再冒险进城?

此时已经到了中午,伙计走上前来,给二人端过一些点心,低声说:"二位,始终不见那人露面,可能今天他不会来了。"

百晓娘道:"那就明天再来。"

丁醒却不同意:"再等等吧,也许那人改变了入城时间。我们等到关城,如果再不见他的人影,以后也就不必来此了。"

伙计一愣："为什么这么说？"

"这都不明白，如果他今天不露面，以后更不会了，没听到消息吗？也先已经攻破大同，直奔京城来了。那个可疑之人若不出现，定是已经完成了他的任务，离开京城藏了起来，你们找不到的。"

伙计不再说什么，给二人准备好点心茶水，便去门外坐着，而茶铺掌柜看起来有些忌惮他，根本不敢吩咐他做事，似乎早就知道了他的身份。

原来，这三法司在京城中的茶铺酒馆等许多地方都埋有暗桩。这些地方都是合法的买卖，客人很多，往往从客人口中就能知道许多世间之事。有的掌柜心里清楚，有的则根本不知道。

丁醒一边喝茶一边品尝着点心，百晓娘看他似有心事，便问："想什么呢？"

丁醒盯着外面的大街，叹了口气："真不知道街面上还能太平几时，瓦剌人马一到，官军能不能顶得住。"

百晓娘道："这个用不着你操心，现在你应该考虑的不是瓦剌人，而是自己人。"

"我明白，不过现在看来，京城十之七八是要失守的。"

"为什么如此悲观？"百晓娘不解。

丁醒道："那伙凶手已经死了，是谁杀的不知道，图样在哪里，有没有被烧掉，也不知道。就算图样好端端地拿了来，等也先率人马赶到北京城下之时，也没有时间打造出足够多的神机炮。只靠着神机营现在的几百杆破旧火铳，根本不可能打得赢。"

百晓娘道："没了你们神机营，就一定挡不住也先吗？我听说最近两天，外省勤王的人马又来了不少，京城兵力应该不下十四五万了。有这么多人马,五个打一个也差不多了,还愁打不赢?"

丁醒脸上泛起苦笑:"土木堡之战,明军十倍于瓦剌,还不是全军覆没?"

"可那是王振瞎指挥啊。"百晓娘道。

丁醒压低声音:"谁能保证于谦不是瞎指挥?他是个能臣,可上阵打仗却不一样,能臣不一定是良将啊。"

百晓娘默而无言。丁醒是军将出身,在这一点上无疑比她见识深得多。

二人谈谈说说,天色渐渐暗了下来,城中响起了锣声,那是即将净街的信号,与此同时,城门口上值守的士兵们也开始敲锣,催促外面还没有进城的人速速进城。

这几天由于运粮事急,城门整个白天都不再关闭,不少百姓难得出城一次,尤其那些附近乡里的难民很多都想回家看看,所以白天出城的人也不少。

守城门的士兵不盘查运粮车队,但普通人出入城门还是要检查的,以免有奸细混在其中。

听到关城的锣声,城门内外一阵慌乱。便在此时,一队车辆装载着麻包进得城来,为首的是个黑袍人,面色赤黄,身后约莫有七八辆大车,三四十名车夫苦力跟着。值守城门的军官看了看为首那人,笑道:"洪爷,今天怎么晚了?"

那个叫洪爷的拱拱手:"轮子裂在半路上,车夫又伤了,所以回来得晚,众兄弟辛苦……"

说了几句,洪爷便带着车队进了城门,骨碌碌地碾过石板铺成的街道,沿着宣武门大街向城中而去。

茶铺中的伙计来到丁醒与百晓娘身边，装作添水，低声说道："点子来了，车队为首的那个洪爷就是。"

二人点点头，起身走出茶铺，跟在车队后面。

眼下暮色渐浓，天空彩霞暗淡下来，微风吹在脸上，稍稍有些寒意。此时家家亮起了灯光，烟囱里冒出缕缕炊烟，街道上飘荡起了一阵阵饭香。

丁醒与百晓娘紧随着车队而行，为了防止被人觉察，他们一会儿拐进一条小胡同，一会儿又从另一处胡同口转出来，始终缀在车队之后。

洪爷一直头前领路，带着车队沿着宣武门大街一直走，过了皇城，拐上德胜门大街之后，却突然来到车队队尾。

百晓娘知道，应该快到目的地了，洪爷要看一看后面有没有人跟踪。

一路走来，丁醒早起了疑心，如果车上运的是粮食，那么应该存入城东的新太仓、旧太仓，甚至禄米库中，却为何来到了城北？

他越想越吃惊，若真像吴怀忠怀疑的那样，洪爷是瓦剌内奸，车上运的是兵器，那这七辆大车里至少运载了七八百件兵器。

如果真有七八百名瓦剌人混了进来，那确实是京城防守的噩梦。

京城的门这么多，当也先杀到城下之时，谁知道内奸会攻击哪个门？

一旦城门被破，京城的结局也将和大同一样。京城一失，大明必定南迁，把北方土地拱手送给也先。

丁醒越想心头越是沉重，但是一抬头，正瞧见来到队尾的洪爷，向四周打量。

不好，再跟下去，怕是要被他识破了。

丁醒与百晓娘拐进一条胡同，洪爷确定后面没了人，这才吩咐车夫加速前进。

眼看天便黑了，城中响起了更夫的梆子声、叫喊声：

"净街咯……宵禁咯……"

"京城人等，禁止路行，各自归家，以待平明……"

百晓娘与丁醒绕小路来到车队前面，二人缩在胡同里，望着不远处的车队朝自己而来，丁醒道："那姓洪的很狡猾，再跟下去，肯定会被发现，你有什么好办法？"

百晓娘想了想："最好的办法，就是扮成车夫混上车去，可是他们不会让我们靠近的。"

丁醒眼珠转了转："我有办法。"

说着，他拉住一个正急匆匆赶路回家的小伙子，低声说了几句，并从怀中取出一小块银子。这小伙子从衣着来看，是个穷苦人，他略一踌躇，便战战兢兢地接过了丁醒递来的银子和短刀。

丁醒拉着那小伙子藏在胡同里，待车队的最后一辆车驶近，便将他一把推了出去。小伙子踉跄着奔出胡同口，直直撞到了马车上，摔倒在地。赶车的车夫不禁吓了一跳，猛地刹住了马车，见他安然无恙，这才骂骂咧咧地重新挥起了马鞭。

待马车渐渐驶远，小伙子从地上爬了起来，退回胡同里，将短刀还给丁醒，头也不回地跑了。

丁醒与百晓娘来到街上，在地上摸了一把，露出了掌心中的几颗麦粒。

百晓娘立刻明白了，丁醒让那小伙子撞到马车上，其实是为了

243

刺破麻袋，让麻袋里的粮食随着车子的颠簸一路落在地上，他们便可以顺藤摸瓜了。

百晓娘向丁醒点点头："这倒是绝妙的一招，只不过，车上装的果真是粮食。"

丁醒道："表面得做做样子，总不能把装兵器的袋子放在外面吧。所以我猜测，外露的几袋一定是粮食，而压在下面的，才是不可被人发现的东西。"

二人用不着紧追车队了，只要跟着地上的麦粒走，就可以知道车夫们到底要去哪里。

百晓娘笑道："但愿刺破的窟窿不大，万一麦子漏光了他们还没走到，那可白追了。"

"放心，那是一包二百斤的麻袋，要漏光的话，至少得小半个时辰。"丁醒胸有成竹地说。

二人一路循着麦粒走来，直走到了护国寺，不见了车队。而在护国寺山门前有一小把麦粒，看来车辆曾经在这里停驻。

丁醒抬头看着紧闭的山门，暗想：原来贼窝在这里。

百晓娘拉着丁醒钻入一边的胡同，隐在暗影里，低声说："你可别犯浑，我们两个人单势孤，万一打草惊蛇，那可前功尽弃了。"

丁醒道："用不着你提醒，我知道不能轻举妄动。你在这里盯着，我去大理寺找吴怀忠，让他多带人马，抄了这贼窝子。"

百晓娘点头应允。

丁醒拐上了宣武门大街，直奔大理寺而来。

他一路闪避着巡夜士兵，不多时便到了大理寺门前。得了通报的吴怀忠一听丁醒到了，从椅子上一跃而起，急匆匆来到了门外。

丁醒也不客套，将刚才追踪的事情说了，吴怀忠一声冷笑："窝点居然选在了护国寺，这是明着挑衅我们护不住国啊。"

他一声令下，六十名差官拥出门外。这些人清一色劲装短打，脚下软底快靴，行动起来悄无声息。他们手中紧握兵器，腰间挂着套索，一脸精干之色。

这是吴怀忠最精锐的部下，都是他一手训练出来的。

当下丁醒与吴怀忠引着众差官，离开大理寺，直奔护国寺而来。

丁醒心中寻思，但愿进入护国寺的可疑车队和于谦没有关系，如果真是于谦指使的，那么自己心目中的救国能臣便立刻变成了窃国大盗，这个反差实在太大，他不知道自己能不能受得住。

吴怀忠没有走宣武门大街，而是带着众人拐进了胡同，在昏暗的窄巷之中迅速穿行。丁醒跟在他后面，心中暗自佩服，看来这位大理寺少卿已经对京城所有的胡同、街巷了熟于胸。有这样的能吏，确是朝廷之幸事。

不多时，一行人马便来到了护国寺外，吴怀忠把大队人马分为两部分，先分出二十人为一队，去抄护国寺的后门，其余四十人埋伏在胡同里。安排好了，他自己与丁醒往山门走去。没走几步，便听到有鸟叫声，二人抬头一瞧，见百晓娘在对面的胡同里向他们招手。

吴怀忠走到百晓娘面前，毫不寒暄："寺里有没有动静？"

百晓娘摇头："没有人出来，也没有人进去，不过我一直等在这里，寺院的后门那边没有去看。"

吴怀忠道："没关系，后门已经堵住了，里面的奸细插翅也飞不上天去。"

说完，他向埋伏着的差官伸出四根手指，便有四名差官来到他身后，跟随他一步步走向山门。

砰砰砰！山门被敲响了。

不多时，一个和尚探出头来，看到门外场景，便是一皱眉，单手合十道："这位施主，深夜敲门，有何要事？"

那敲门的差官不是第一次随着吴怀忠办案了，直接亮出了大理寺的腰牌："我家大人想见一见贵寺方丈，请他出来。"

和尚微微一笑："方丈正在会客，今夜不方便，各位还是……"

差官瞪起眼睛："不要推三阻四，你不请他出来，我们只好进去把他揪出来了。"

和尚也不争竞，说道："那好，小僧这便去请，诸位稍候。"

说着便关了门，脚步声渐渐远去。

吴怀忠身边的一名差官低声说道："大人，这和尚不对劲啊，竟敢直接把我们拒之门外。"

吴怀忠冷笑一声："一定有后台，而且这个后台还很硬，不信你们瞧着。"

不过片刻，山门又一次打开，这次走出来六七个和尚，为首的是个老僧，身披大红袈裟，头上的戒疤被灯光映照，闪着青光。

吴怀忠当然认得护国寺的方丈，这老僧法号海真，在京城的寺院里算是德高望重，佛法修为很深。

见到海真出来，吴怀忠心头冷笑，但表面上还是恭敬地拱拱手："海真方丈请了！"

海真见是吴怀忠，也双手合十："吴大人，不知深夜前来有何公干？"

吴怀忠道："宵禁之前，我大理寺差官追踪一队车辆，怀疑有细作藏在其中，那队车辆进了贵寺，差官们欲冲进去搜查，被我喝止。护国寺乃京都宝刹，圣上都敬重三分，岂是他们想进便进的？此次在下亲自前来与方丈商议，是想请方丈大开方便之门，允许我们进去搜上一搜。"

海真呵呵而笑："吴大人恐是错疑了，我护国寺今日从未进过什么车辆。"

吴怀忠的眼睛瞄了瞄台阶，一名差官会意，两步跨上前去，俯身从台阶上拾起几粒麦子，向海真眼前一递。

海真见了麦粒，不由得一愣，眼神有些不自然。

吴怀忠是什么人，早看在眼里，他扬了扬下巴："这些粮食，正是从车辆之中漏出来的，如果没有进寺，那车辆又去了哪里？"

海真非常镇定："几颗麦粒，何以成为大人强行搜查之证据？"

吴怀忠直视海真："非常之时，非常之世，今夜吴某定要骚扰了。"说完他一挥手，胡同里暗藏的差官一拥而出，围住了山门。

海真双臂一伸，将众差官拦住："佛门清静地，休得胡闹。"

吴怀忠干笑几声："尔等藏污纳垢，也配说佛门清静？先将海真和尚请过一边，大家再进去一搜！"

他到底还是给海真留了几分面子，用了一个请字。

两名差官得令，立即上前架住海真，向台阶下走去，其余差官拔刀挺枪，便要向内冲。

正在此时，忽听一声威严的呵斥："住手！"

随着喝声，从山门内又抢出一彪人来，吴怀忠抬头看去，心头突地一沉。

出现的这伙人并非和尚,而是一队锦衣卫,二十余人一字排开,手中提着绣春刀,逼退了大理寺众人。

随后一个身穿飞鱼服的人走了出来,在台阶上一站,背着双手,相貌阴鸷,面沉似水。

吴怀忠见了此人,心中暗自叫苦。

原来从护国寺中出来的,正是大明朝现任锦衣卫指挥使,卢忠。

众差官见到锦衣卫,吓了一跳,一个个退下台阶,站到吴怀忠后面。

卢忠负手而立,看着吴怀忠:"吴少卿,你来做甚?"

吴怀忠心头不安,只好一拱手:"卢大人,卑职查到可疑车队进入护国寺,特带人前来搜捕,也是为了京城安危着想。请问卢大人,您在这里做什么?"

听了这话,卢忠点点头,表示赞许:"大敌当前,你有这样的警惕心很好。京城安危维系大明天下,不可疏忽半点。本指挥使奉了于兵部之令,派些人来护卫囤粮之地。"

此时国难当头,于谦奉了新皇之旨,代行一切职权,因此可以指挥得动锦衣卫。

吴怀忠并不罢休,追问道:"请恕卑职冒昧,城外运进的粮食,都存入了新旧太仓,护国寺好像并非囤粮之所吧?几日以来,每天都有车队进入护国寺,就算寺中僧人要储存些粮食,也用不着如此数量。据卑职估计,如果车上都是粮食的话,恐怕此时护国寺中存粮,至少有五六万斤。"

卢忠将脸一板:"如果车上都是粮食……吴少卿这话什么意思,你难道认为,车上除了粮食,还有其他东西?"

吴怀忠感觉到了卢忠的威压，但事已至此，他绝不能放过这个机会，抗声说道："不错，卑职确实以为车上有其他物品，而且那些随车苦工也有可疑，请大人准许卑职进寺一查。"

"大胆！"卢忠一声怒喝，"锦衣卫的事，凭你三法司还不配来管，护国寺便是囤粮重地，你敢擅闯，便以通敌谋逆论处。"

看着怒火中烧的卢忠，吴怀忠心里更加起疑。看来护国寺真的有鬼，如果不查，也先兵临城下之日，很可能便是祸起萧墙之时。

吴怀忠把心一横，丝毫不退让："大人虽是奉了于兵部之令，可卑职也有自己的职责，大理寺不属兵部管辖。如果大人一力阻挠，未免落人口实，以为寺中有不可见光之秘密。为了于兵部的声誉，卑职请大人暂退。"

这番话说出来，惊呆了所有在场的人。吴怀忠真的是不要命了，居然要把锦衣卫从寺中"请"出去，卢忠怎么可能答应？

场面一时陷入僵持，卢忠大概也没想到吴怀忠居然如此强横，自己搬出通敌谋逆的罪名也没能吓到他。

在胡同里休息的丁醒与百晓娘也被惊动，一颗心怦怦剧跳，谁也无法预料局面将会如何变化。

卢忠满脸怒容，刚要出言，突然听到街头响起了一阵急促的马蹄声，众人回头看去，只见街上奔来五匹快马，马上之人身穿飞鱼服，为首的正是陆炎。

百晓娘皱了皱眉，嘀咕着："他来得倒快。"

陆炎来到护国寺门前，跳下马来，围在街上的差官立刻闪开了一条通道。

卢忠见陆炎来到，脸上的神色稍稍平和，问道："陆炎，出了什么事？"

陆炎来到卢忠身边，轻轻在他耳边说了几句话，卢忠脸色一变："有这等事？那你快去吧，记得保护好于大人。"

陆炎这才看了看吴怀忠："吴少卿，出了什么事？老远就听到你大呼小叫的。"

吴怀忠所在的三法司一向与锦衣卫不和，双方总憋着一口气，此时吴怀忠更不能示弱："吴某为公干而来，此事与陆大人无关。"

陆炎更不是吃素的，他此前去兵部找于谦，但被告之于谦已经去了鼓楼。陆炎疾疾赶去鼓楼，却又护国寺附近碰到吴怀忠带人围在山门外，与卢忠起了冲突。见场面一时不可收拾，他才挺身而出。

此时见自己碰了钉子，陆炎微然一笑："巧了，本镇抚使也是来此公干的。"随后他向卢忠请示几句，转而向身后的张玄一努嘴，"把寺院给我封了，请海真长老回锦衣卫衙署问话。谁敢破门而入，就以欺君犯上之罪论处。"

张玄答应一声，指挥随行的锦衣卫取出封条，将护国寺的山门与后门尽皆封了。

两张印有锦衣卫印符的封条一贴，吴怀忠当场气得目瞪口呆。

锦衣卫并不属任何人、任何机构管辖，而是直接由皇帝任命管理，锦衣卫的封条，就相当于皇帝的封条，谁敢损毁，便犯了欺君大罪，当夷三族，撕毁封条之人，当街立斩。

比之虚无缥缈的通敌谋逆，撕毁锦衣卫封条这个实实在在的罪名，任何人都担当不起，吴怀忠只好打碎牙往肚里吞，脸色极其难看。

卢忠心中赞许陆炎机警，他看了一眼吴怀忠，心里清楚，山门上有锦衣卫的封条，吴怀忠是不敢强行闯进去的，但他仍不放心，吩咐陆炎道:"我带人守在这里,于大人吩咐过,要我小心留意,你继续办你的事。"

陆炎向卢忠一拱手,带着几个锦衣卫上了马,向鼓楼而去。

陆炎走过丁醒与百晓娘暗藏的胡同,向里面一招手:"来吧,别躲了,早看到是你们了。"

丁醒与百晓娘正想知道发生了什么急事,连忙走了出来。陆炎命人空出两匹马,让二人骑上,三人并肩而行。

陆炎压低声音,呵斥道:"丁老弟,你没事蹚大理寺的浑水干什么?"

丁醒打着哈欠:"凶手死了,案子破了,图样副本没找到,有点不甘心啊。"

陆炎冷笑:"鬼扯!吴怀忠找上你,是不是要对付于大人?"卢忠这个锦衣卫指挥使是于谦最近一手提拔的,在很多人看来,卢忠无疑是于谦的心腹,陆炎自然也知道这层。

丁醒道:"错了!我们可不知道卢忠在护国寺,他是突然出现的。"

"行了,别找借口。"陆炎说,"吴少卿那脾气满朝皆知,在他眼里就没一个忠臣。嘿嘿,居然怀疑到于大人头上,真是愚蠢透顶!你想想,于大人若是通敌卖国,还用得着这么拼命备战?"

丁醒没说话,反问道:"现在这是去哪里?"

陆炎没有回答的意思,而是看了一眼百晓娘。百晓娘不屑道:"怕我偷听啊?那我回家好了。"

陆炎笑道:"哪里哪里,姑娘为查办此案尽心尽力,我对你很放心。"他把声音压得更低,"有人朝兵部大门射了一封箭书,箭书上说他有正本图样在手,如果想要的话,就让于大人今夜到鼓楼相见。"

丁醒一惊:"正本图样?王瑶仙抢走的那一份还不知落在谁的手里,他这个时候出头,不是正好说明与凶手有关联?"

"也许是在邀功。"百晓娘说,"他杀了王瑶仙一伙,抢走了正本图样,现在拿出来,必有所图。"

陆炎道:"这个人能在不动声色之间杀了凶手十几人,甚至还包括王瑶仙那样的高手,很可能与王瑶仙是一伙的。如此做法,是为了避祸立功。"

"可他为什么不明着将图样送到兵部,当面交给于谦,却要神头鬼脸地去鼓楼等着?"百晓娘甚是疑惑。

陆炎道:"这个很好理解,明着出头,百官以后会怎么看他?新皇怎么会饶过他?我想他定要与于大人单独会面,要于大人作保,才会交出图样。"

丁醒叹息一声:"是啊,算计得鬼精鬼精的。"

"由此可见,此人一定是朝廷大员。"陆炎非常肯定地说。

说话间,他们一行人来到了鼓楼前,北京城的鼓楼建得巍峨壮观,楼共三层,重檐三滴水的设计显得异常庄重威严,四面用红墙环绕,从很远处便可以看到它的殿顶。

于谦果然已经到了,兵部的副千户胡可统领着三百人的队伍跟随其后,另有一名哨总为先锋在前探路。那哨总催马到了鼓楼大门前,跳下马来,走上台阶一瞧,见大门虚掩着,便轻轻将门推开,向里张望了几眼。

院子里静悄悄的,没有一个人影,鼓楼平日是有人值守的,就住在大门两侧的厢房之中,可此时厢房中却漆黑一片,不见灯火。

在京城居住的人都知道，鼓楼是报时之用，每个更次都要有人击鼓敲钟，因此楼里总有人值班。

哨总回身禀报，胡可闻听，眉头一皱，把手一挥："进去看看。"

他留下了五十名步兵、五十名骑兵在外面，警戒四周，自己则带着二百步军冲进楼内。

于谦回头看到了陆炎与丁醒等人，向他们招招手，几个人催马来到于谦近前，还没来得及说话，就见胡可去而复返，双手托着一封书信。于谦打开封皮抽出信纸，看到上面只写着一句话：钟楼相见，随员三人。

他皱了下眉头，将信纸折起，塞进袖子里。信上的字迹与先前纸条上的字迹一样，乃是同一人所写。看来这个人早就算清，于谦一定会带着人马来鼓楼，所以并不打算在鼓楼会面，而将地点换作了百步外的钟楼。

沉吟片刻，于谦下得马来，对陆炎道："你与丁百户随我过来。"

钟楼在鼓楼的北面，相隔不远，建于永乐十八年（公元1420年），它的建筑规模要比鼓楼小得多，但样式精致美观。

于谦带着陆炎、丁醒和自己的中军官一路来到钟楼大门前，正要举步迈入，却被中军官拦住。

这中军官道："大人不可轻入，以防有诈。"没等于谦发令，他便先一步踢开大门，冲了进去。陆炎与丁醒紧随其后。

钟楼的院子很小，院中一片空坦地面，没有任何可以藏身之处。陆炎四下打量一遍，把目光集中到院中的钟楼上。

钟楼的主楼有两层，二层之上吊有铜钟一口，重逾十万斤，世所罕有。

陆炎拔刀在手，警惕地注视着四周，沉声问道："有人在吗？"

见连问了三遍都无人应答，陆炎冷笑一声："再不出来，于大人可要走了。"

此时，从楼侧暗影之中转出一人，颤声说道："且慢——"

陆炎紧紧盯住来人，借着钟楼重檐上的灯笼之光可以看到，对方一袭黑袍，连头罩住，把整张脸隐在暗处。

此人倒也小心谨慎。

陆炎暗想，此时他不愿意露出真容，必是要等于谦。

黑袍人走到院子中间，又问："于大人何在？"

陆炎道："就在门外。"

黑袍人道："好，相烦请于大人进门详谈。"

"你藏头露尾，鬼鬼祟祟，谁知道安的什么心，不会是想找机会行刺吧？"陆炎嘴上说着，眼睛却在四下扫视，以防有贼人埋伏。

黑袍人一声苦笑："我乃文士，手无缚鸡之力，如何行刺？你若不信……"

说着，他掀起了身上的袍子。

陆炎定睛一看，简直哭笑不得。原来此公身上除了这件黑袍之外，只穿着一条齐膝短裤，如今天气微寒，他身子一直发抖，连声音都是颤抖的，已不知在这里冻了多久。

"为了保命，你也是豁出去了。"陆炎暗笑，不过他是何等精明，面前之人虽然没有兵器，可如何能保证他没有埋伏下别的杀手？

于是陆炎冷笑道："你虽无力行刺，可谁知道这里有没有弓箭手？"

黑袍人道："你可以在这里搜查一遍。"

陆炎也不客气，他先在钟楼外面转了一圈，没发现什么，又摘下灯笼，穿过券门，走进楼内。

陆炎四下查看一遍，又上了二楼的钟室，仔细搜索，果然并无伏兵。他下得钟室，出了券门回到院子中，问那黑袍人："你为何选在这里见面？"

黑袍人并不隐瞒："此间寂静，无人打扰。况且远离各部署衙，朝廷眼线少。"

陆炎道："确实如此，我问你，图样在哪里？"

黑袍人嘿嘿一笑："陆大人，你觉得我能告诉你吗？"

陆炎扬了扬眉毛："我只是随便一问，你不告诉我没关系，可你若害得于大人白跑一趟，杀了你都不冤。"

黑袍人哆嗦着身子："请于大人进门吧，我们最好进楼去谈。"

陆炎却不着急，他还要试探对方："这位大人，你是如何拿到图样的？据我所知，图样是被杀害张百川的凶手抢走的，你与那伙凶手难道……"

黑袍人立刻回答："恕我直言，这件事情我不能对你说，只能对于大人讲，毕竟你是锦衣卫。"

陆炎道："不要多心，我只想知道你的图样是不是真的，万一有假，朝廷可丢不起这个人。"

黑袍人惨然一笑："如果我不是为了保命，也不会出此下策。如果图样是假的，造不出那东西来，于大人能饶得过我吗？再说了，京城能工巧匠甚多，是不是假的，于大人只要找这些工匠前来研究上一番便会清楚。我不会拿自己的身家性命开玩笑的。"

陆炎觉得此人说得不假,况且钟楼上下也没见第二个人,也无处埋伏杀手,应当是安全的。至于黑袍人要对于谦说些什么,日后自己定会知道,也不用急于一时。

想到这里,陆炎将刀一指:"你就站在这里,不许移动一步,我去请于大人。"

黑袍人点点头,陆炎面对着他一步步退向门边,朝外面的丁醒喊道:"请于大人进来吧。"

丁醒开了大门,向里看了几眼,将于谦和中军官请进门内,自己则守在门边,以防万一。

陆炎低声向于谦禀报一番,于谦点头:"做得好。"边说边向黑袍人走去,陆炎与中军官紧随其后,以防对方欲行不轨。

黑袍人见到于谦,身子又发起抖来,也不知道是冻的,还是紧张所致。

于谦来到此人面前,打量他几眼,沉声说道:"除下黑袍,露出你的真面目。"

黑袍人颤声说:"当然可以,不过我的真面目只能对于大人一人显露,请不要多问,我不想让太多人看到我。"

于谦脸色一沉:"我一人看到与多人看到又有何分别,你的罪行须依大明律惩治。"

黑袍人声音发涩:"丑话说在前面,如果大人仍要按律治罪,我是决计不会交出图样的。"

于谦道:"你想怎样?"

黑袍人道:"只要不是杀、流、发,在下便说出图样的下落,算是戴罪立功吧。"

"你不想继续当官了？"于谦问道。

黑袍人摇头叹息："不当了，如果我早一点辞官归乡，又何来今天的惶惶不安？"

于谦道："好吧，我答应你，交出图样之后，你回去写一份辞表，归乡去吧。"

黑袍人的声音充满了感激："多谢大人美意，在下感激涕零……"

于谦身后的中军官打断他："图样呢？拿出来吧。"

黑袍人道："在下没有带在身上，请于大人随我去取，而且在下还有些事情想向于大人讲明。"

于谦道："不错，我也正有一些事情想问你，头前带路。"

中军官道："大人小心，以防有诈，还是我跟他去吧。"

没等于谦开口，黑袍人忙说："刚才讲好的，在下只对于大人一人坦露心声，余人请暂退。"

于谦一摆手："你们留在这里，我随他去。"

陆炎与中军官对视一眼，只得遵命。

黑袍人带着于谦走向院子正中的钟楼，于谦问道："图样难道放在钟楼之内？"

黑袍人道："正是，我将它放在第二层的钟室了。"

二人一前一后，进了钟楼的券门，拾级而上，走向二楼。

丁醒一直留守在门边，自从行刺之事过后，丁醒总觉得不好意思面对于谦，这种事若换作一般人，绝不会轻易放过丁醒，至少也要将他下狱。可于谦几乎连一句斥责的话也没有，这让丁醒心中怀着极大的愧疚之情。

他正为于谦暗暗担心，突然听到门外有人轻声问话："怎么样了?"

丁醒回头看去,发现大门开了一道缝,露出半张脸来,正是百晓娘。

"你怎么来了?"丁醒有些纳闷。

百晓娘道:"我来怎么了?碍你的事了?"

丁醒突然灵机一动:"你来得很好,现在于大人和那家伙进了钟楼,我们都被留在这里,你不是朝廷的人,于大人管不着。现在你偷偷地跟进去,别让任何人看到,不然那家伙怕是又要耍花招。"

百晓娘哼了一声:"让我跟进去,保护于谦吗?你忘了,他可是卖国通敌的嫌犯啊,在护国寺……"

丁醒截断她的话:"就算他卖国通敌,也不能让他死了啊。我总觉得那家伙没安好心,小心驶得万年船,快去!"说着将手中的刀从门缝递了过去。

百晓娘白了他一眼:"真会使唤人。"

她虽然嘴里不乐意,却按捺不住好奇心,于是接过丁醒的刀子,沿着红墙绕了半个圈子,来到钟楼的后面,轻轻翻过墙壁,跳进院子里。

钟楼巨大的建筑挡住了陆炎的视线。百晓娘见无人发现自己,便轻轻来到钟楼后的券门边,听了听里面没动静,推测于谦已经上了二楼。

百晓娘轻抬脚步,悄无声息地走了进去。

二楼的钟室之内点有长明灯,最显眼的便是那口巨钟,这口钟几乎有两个人高,最宽处直径达六尺,悬在粗如牛腰的巨梁之上,离地面约有二尺。巨钟的一侧悬挂着撞木。

除此之外，别无他物。

黑袍人来到巨钟前，回身看向于谦。于谦四下望了望，见这间钟室方圆三丈，除了巨钟之外，空空荡荡，便对那黑袍人说："此间只有你我二人，该露出你的真面目了吧。"

黑袍人哈哈一笑，除下了身上的袍子，灯光映照出了他的脸。

于谦似乎甚是吃惊："秦大人，怎么是你？"

此人正是新任的刑部侍郎秦光，就是那个敢于直言犯谏的刚正官员。

"于大人好像很意外啊。"秦光道。

于谦道："确实意外，没想到内奸居然是你。这么看来，张百川和史辽被杀你都是知情的，甚至也参与了计划，也先给了你什么好处？"

秦光冷笑道："我的能力，不在大明任何官员之下，瓦剌人早就看中了我，靠着他们给我的钱财与门路，我才暗中巴结上了王振，但我与瓦剌人的关系，王振并不知道。"

于谦略一沉吟："如此说来，以前你反对王振，和他交恶，都是在演戏给众人看。"

"不错，王振很清楚，一旦朝廷有变故，反对他的人肯定不少，我就是他埋伏下的后手。王振若倒台，我必定升官，还可以为他尽一份力，保他一命。"

于谦轻轻摇头："可惜，他没等到你升官的那一天，而你的官，今天也做到头了。"

秦光靠在巨钟之上，一声狞笑："做到头的，并不是我。"

他说到这里，那口巨钟之内忽然传来轻微声响，然后嗵的一下，一样东西在钟内落下,骨碌碌滚了出来。

于谦刚一愣神,那东西便跳起来,站到了他的眼前,原来是个白衣女子,脸上蒙着白绢。

见到于谦,白衣女子缓缓除下脸上的白绢,一张桃花也似的面庞出现在灯光之下。她的肤色白里透红,嘴角有一颗小小的黑痣,看上去很俏皮,但眼角却微微向上吊,眼波流转之间,煞气十足,让她本来美艳的容貌显得极为冷峻。

"你是什么人?"于谦没见过她,但是心中已经隐感不妙,眼前这女子单手提刀,一张艳丽的俏脸之上满是怒容,瞪着的双眼好似喷出一股妖火,灼烤着自己的脸庞。

"王瑶仙。"那女子报了名。

于谦又是一愣,因为陆炎曾向他禀报过,王瑶仙与她的爪牙已经被人当街刺杀。

看着王瑶仙与秦光并肩站在一起,于谦明白了,这全都是秦光的诡计,为的是将自己独自诱上楼来。不能不说,巨钟的内部是一个极好的藏匿地点。想要查看巨钟内部,必须趴在地上,将灯光火把伸进去才能看清。

再加上王瑶仙不知道用了什么办法,竟将身子蜷缩起来,藏在巨钟的顶部,从而躲过了陆炎的搜寻。

此时的王瑶仙看到于谦就站在自己眼前,恨得咬碎牙齿。

"你没有死,那死的是谁?"于谦问。

秦光笑了笑:"死的都是该死之人,也包括今天的于大人。"最后三个字,他故意拖起了长音,嘲讽的意味非常明显。

没错,他骗过了于谦,骗过了陆炎,将于谦单独诓骗进楼。

因为谁也没有见过王瑶仙的真面目，所以很自然地便把死去的女人当成了她。

老王母刺杀于谦失败之后，这伙凶徒连遭打击，又走失了百晓娘，更是六神无主，很多人都打起了退堂鼓。此前连番的失败，已经死了不少人，剩下的人心有余悸，都想趁乱逃出京城。不想，王瑶仙居然并不生气，痛快地答应了下来。

谁知就在众人离开马顺旧宅，来到柳梢胡同之时，却被王瑶仙从后面痛下杀手。为了瞒天过海，王瑶仙又从秦光那里讨要了一位与自己身材相仿的侍女，将其射杀，伪装成自己的尸身。

这一切都是她一早就定好的脱身之计，至于那些部下杀手，王瑶仙根本没打算让他们活着离开。彼时见他们心生退意，她生怕有人会出卖自己，正好一并斩杀，免留后患。

她深知眼下瓦剌大兵压境，京城的全部注意力都在也先身上，恐怕是刺杀于谦最好的机会，做完一切之后，便放弃了逃离京城的机会，逼秦光出头，引诱于谦上钩。

王瑶仙很清楚，自己从张百川尸体上夺来的图样非常重要，只要用它做诱饵，不怕于谦不上当。因此她烧掉了副本图样，将正本交给秦光，引于谦来到钟楼之内，自己则一早躲在巨钟顶部，专候于谦上楼，以便报仇雪恨。

于谦冷眼瞧着王瑶仙与秦光，问道："你二人何时勾结一处，坏我大事的？"

王瑶仙冷笑道："秦大人与我是老相识，只不过你们一直被蒙在鼓里罢了。秦大人得知张百川造出神机炮的消息后，立刻通知了我，我这才得以半途出手夺取图样，杀了张百川。现在，轮到你了！"

话尽于此，王瑶仙早已红了双眼，挺刀上前，直奔于谦！

于谦见王瑶仙来势凶猛，急忙抽身便走。他是文士出身，不会武艺，哪里敌得过武艺高强、身经百战的王瑶仙？

好在于谦的内心始终保持着警惕，一直站在楼梯边上，此时见王瑶仙冲过来，转身便往楼下跑去。

可王瑶仙扑来的速度太快，于谦刚跑没两步，王瑶仙已经到他的身后，举起手中刀，用刀尖对准了他的后心就要猛刺！

秦光吓了一跳，忙叫了一声："别杀死他！"秦光很清楚，只要于谦一死，外面留守的人会不顾一切地将自己与王瑶仙当场格杀。

最好的办法是把于谦擒住，当成人质，先闯出城去再杀，到时候甚至可以拿于谦的头向也先邀功。

因此他一见王瑶仙要下毒手，立刻出声制止。

然而王瑶仙的刀尖已然刺中了于谦的后背，看她咬牙切齿的样子，手上似用了全力，这一刀定会贯穿于谦的前胸。

秦光猛地一跺脚，心头凉了半截。

但刀尖在刺中于谦之后，却发出叮的一声，只是刺进了半分，就再也刺不进去了。

于谦被这一刀捅得跟跄了几步，急忙稳住身形，继续向下跑去。

王瑶仙愣了一下，知道于谦身上定然穿有护甲，也收起了小觑之心。她怕于谦跑出钟楼，便一个箭步跳下楼梯，挡在了于谦面前，横着又是一刀削来。

于谦连忙向后一退，嗤的一声，胸前的官袍被割破了一条大口子。借着灯光，他官袍里的一层连环锁子甲被照得清清楚楚。

这种甲胄是由一个个极小的铁环相互勾连而成，防护力很强，除了强弓硬弩之外,刀剑枪矛等的攻击都可以被有效地抵挡。王瑶仙刚才刺出的一刀,刀尖虽刺进铁环之中,但只能刺入短短的一截,入肉极浅。

王瑶仙看到锁子甲,呸了一声,骂道:"胆小鬼。"

其实她还发现,于谦的锁子甲之内又罩着一层铜丝软甲,有这两层护甲在身,任她兵器再锋利,也伤不到于谦的筋骨。

于谦见王瑶仙拦住去路,急忙大叫一声:"拿贼!"

这一声断喝立刻透过四面的券门,传了出去。陆炎与中军官急急拔出腰刀,往钟楼赶去。丁醒苦于自己的刀已经给了百晓娘,只得从腰间抽出火铳,也冲了上去。

钟楼中的王瑶仙知道,杀死于谦的机会稍纵即逝,因此她像发了疯的老虎一样,手中的刀舞成一片雪花,砍向于谦。

于谦不会武功,眼看就要再次中刀,恰在此时,响起一声清亮的金铁交击之声,另一把刀堪堪架在了于谦眼前。

王瑶仙定睛一看,眼前多出了一个女人,还是之前逃走的百晓娘,顿时怒不可遏,施展全力,一刀接一刀,向百晓娘猛劈猛砍。百晓娘本就不是她的对手,又见于谦因为担心自己,仍在钟楼之内不肯离开,而越发心急,气势也弱了一大截。对方这一轮急攻,砍得她双手酸麻,当的一声,钢刀落地。

王瑶仙击退了百晓娘,又向于谦扑去。百晓娘趁她不备,猛地扑过去抱住她的腿,死死不肯撒手,嘴里大叫着:"你还不跑!"

于谦这才明白过来,抬腿跑出钟楼,迎面正遇上陆炎与丁醒。

陆炎急忙挡在于谦面前,大喝一声:"楼里的贼子,出来受死!"

丁醒也抬起火铳,对准了券门,火铳的药室之内已经装满了火药。他手指间夹着根点燃的粗香,做好了随时击发的准备。

于谦平了平心气,对着楼中喝道:"秦光、王瑶仙,你二人若不想死,便放下兵器,束手就擒!"

陆炎听到"秦光"与"王瑶仙"两个名字,心中立刻明白了,王瑶仙没有死,而秦光正是她的同党。王瑶仙的藏身之处——马顺的旧宅之前一直交由刑部处置的,故而秦光可以很方便地收为己用。

丁醒却记挂着百晓娘的安危,他知道百晓娘必在钟楼当中,不然于谦很可能逃不出来。

便在此时,钟楼的券门之内缓缓走出一个人来,正是百晓娘。

丁醒大喜,叫道:"你出来啦……"

可是他刚叫出这句话,笑容立刻僵在了脸上。

一把刀正横在百晓娘的脖子下,刀刃对着她的咽喉,看样子只要轻轻一抹,就会要了百晓娘的命。

紧接着,从百晓娘身后闪出一个人来,正是王瑶仙。她一手握着刀,另一只手紧抓着百晓娘的腰带,将她轻轻向前推。

二人一步步出得钟楼,走到院子里。

秦光也跟在后面,急匆匆地跑了出来,叫着:"不要乱来啊,我们会杀了这女人的!"

丁醒的眼睛立刻瞪圆了,但百晓娘的神情却异常镇定,甚至还在劝说王瑶仙:"你今天无论如何都逃不掉的,还是投降吧,或许朝廷会网开一面。"

王瑶仙把刀锋在她脖子下一压,喝道:"闭嘴!我与姓于的不共戴天,死也不降!更何况我已经杀了张百川,杀了那个神机营军官,早就够砍掉好几颗脑袋了。"

王瑶仙虽说已经把生死置之度外，一心一意要杀于谦，但心中也明白，于谦早有防备，对面虽然只有几个敌人，可都是强手，更何况外面不知道还埋伏了多少人马，很难讨得到便宜。为今之计，只有先逃得一命，再做理会。

因此她生擒了百晓娘作为人质，想逃出京城去。但百晓娘不是朝廷的官员，能不能阻止于谦与陆炎，她心中没底，只能试一试。

"我要两匹马，另外，打开德胜门。"王瑶仙提出了自己的条件。

于谦面现鄙夷之色："你要逃走，去投降也先吗？你可记得，你的舅父王振便是死在瓦剌人手里。"

王瑶仙道："我要去哪里用不着你管。若不答应，那就鱼死网破。"

说着，她手中的刀一紧，在百晓娘的脖子上划开一条小小的血口，一缕鲜血流了下来。

陆炎低声说道："大人，不可放虎归山，否则后患无穷！"

于谦扬声对王瑶仙道："把图样交出来，我可以放你二人出城。"

王瑶仙发出一阵冷笑："你在乎的不过是图样而已，而非这个女人的性命。若是我把图样交出去，你还会放我走吗？"

于谦道："万一你出城之后，不交图样，亦不放人，该当如何？本兵部绝不能被你戏弄于股掌之间。"

王瑶仙道："那你只能赌一赌了。"说着，她一只手握刀，抵住百晓娘的咽喉，另一只手则伸进腰间，取出一沓图纸咬在嘴里，随后掏出火折子，迎风一晃，火折子上燃起了细小的火苗。

陆炎眼尖，他发现那沓图纸已经变了颜色，心头一惊，低声对于谦道："大人，图纸上想必浸了灯油，若是点着了，就算抢回来也必有损毁。"

于谦何尝不清楚，沉声说道："你不要乱来，如果图纸烧毁，你必死无疑。"

王瑶仙咬着图纸，说话声稍有含糊："你果然不在乎她的性命，你只在乎图样。"她凑在百晓娘耳边，轻轻地说，"这里没有人关心你的生死，不如配合我一点，咱们都可以活。"

于谦沉思片刻，突然一指秦光："你可以走，他不可以。"

秦光吃了一惊："于谦，你什么意思？若不放我走，她定会烧了图样。"

于谦不理他，只盯着王瑶仙："留下秦光，我就放你出城，出城之后，你再放人，交出图样，我保证不追杀你。"

秦光忙道："小姐，不能相信他，朝廷上的人最无信义。"

陆炎笑道："秦大人，你也是朝廷的人。"

"你不要见缝插针，歪曲我的意思。"秦光惶急地说，"小姐，我若留下，必被凌迟处死，看在我多次帮你的分上……"

王瑶仙咯咯一笑："那秦大人就再帮我一次，最后一次。"说着冷不丁飞起一脚，踢在秦光的小肚子上，把他踢出七八步远。秦光只觉得小腹剧痛，冒出了满头冷汗，连腰也直不起来，瘫在那里哼哼直叫。

中军官冲过去，将秦光踩在地上，刀尖顶着他的胸膛。

秦光如同一摊烂泥般瘫痪在地，全身的骨头都好像被抽走了。

于谦向王瑶仙道："这一脚，足显姑娘的诚意。"

陆炎低声问："大人，为何将这个无足轻重的人捉下，却放走王瑶仙？"

于谦道："谁说秦光无足轻重？他是朝廷的刑部侍郎，一旦逃出城去，必会投降也先，对我大明声誉将是何等损害？"

陆炎唯唯点头："大人说得是。"

"现在牵马来，我要出城。"王瑶仙恶狠狠地扫视众人，手中的刀轻轻在百晓娘的咽喉附近晃动。

于谦向陆炎示意，陆炎转身正要出去牵马，却突然愣在当场。

在他面前，丁醒双手托着火铳，右手指缝间夹着香头，阻住了通向大门的路。

方才他一直没有说话，但心中早已交战许久。王瑶仙逼迫自己刺杀于谦之事，说明这个女人根本毫无信义。只要她出了城，百晓娘必死无疑，而图样也将不保。

无论答不答应王瑶仙的条件，百晓娘都会死，既然如此，那就只好赌一赌了。丁醒知道，在这场赌局里，自己是赌徒，赌注就是百晓娘的性命。

"谁也别动！"丁醒冷冷地说。

陆炎大惊："你干什么？难道你也是王瑶仙一伙？"

丁醒摇头："我是大明军官，绝不能让别人带着图样投奔也先，若是放她出城，那她决计不会交出图样。"

陆炎道："你要想清楚，现在顾姑娘可是人质……"

"一人之命何重，满城百姓何重，大明江山何重？"丁醒说得斩钉截铁，毫不犹豫。

陆炎道："也先很快便要兵临城下，就算得到了图样，短时间内也打不出神机炮。"

丁醒毫不动容："今天打不出，日后总会打得出，只要图样在手，就算大明只剩半壁江山也有机会战胜也先。若是连图样都给了瓦剌人,那我大明便万劫不复,再无机会了。"

他越说越激动:"也先一直想当第二个成吉思汗,如今他的骑兵骁勇善战,如果攻下京城,必长驱南下,从此长江以北便会再染腥膻。到了那时候,天下百姓将会如何评论今天在场之人?于大人,你堵得住后人的悠悠众口吗?"

这一番话义正辞严,说得陆炎悚然动容。

于谦不动声色:"你想怎样?"

丁醒向前踏出几步,来到百晓娘对面,离她只有六七尺远:"我不会让这个女人带着图样踏出京城半步。"

说着,他举起了火铳,向王瑶仙瞄准。

百晓娘始终一言不发。她早已想得通透,这个女人心狠手辣,连自己的同伙也要全数击杀,就算成功脱逃,也不会留下自己的性命。

此时,看到丁醒对着自己举起了火铳,百晓娘心头倒是一阵安宁,与其死在王瑶仙手上,死不瞑目,倒不如被丁醒的火铳射杀。

王瑶仙却发出一阵冷笑:"不要以为我没有查过你的底细,神机营里有名的瞎火枪,你若能打准了,那才是怪事。"

陆炎暗自捏了把冷汗,他也知道丁醒打不准,如果铅弹打死了这位顾姑娘,王瑶仙没有了护身符,必定狗急跳墙,将图样付之一炬。

于是,他暗自靠近丁醒,想趁丁醒不注意的时候,将火铳夺下。

丁醒却非常乖巧,在他不打盹的时候,完全可以做到眼观六路,耳听八方。他发觉陆炎正在靠近,便冷冷地说:"陆大人,你再迈一步,丁某可要点火了。"

陆炎当即停步,苦笑一声:"老弟,万一你失了手……"

"想让我不失手,你就走远点。"丁醒毫不客气。

陆炎看看于谦,于谦轻轻摇手,示意他不要鲁莽行事。陆炎只得退到于谦身后,不再说什么,只是内心焦虑异常。

丁醒的脑海之中,又浮现起了多年前的那一幕惨剧。

那时候,他本和青梅竹马的女伴约好去城外踏青,却被几个歹徒拦住了去路。为救下被歹徒抓住的女孩,丁醒端起了火铳。只是一声爆响之后,倒下的却并不是歹徒。

今天,同样的场面出现了,与那时不同的是,王瑶仙远比那几个歹徒来得狡猾。

她的脸始终藏在百晓娘身后,只露出一只眼睛四下观察。

正在丁醒为难之时,百晓娘突然说话了:"我反正是活不了,你只要记得为我报仇就行了。"

王瑶仙把手中的刀子轻轻一压:"闭嘴!不然我就撕烂你的衣服,让你死了也丢人现眼。"

她非常清楚女人的心理,此时的百晓娘确实不怕死,再用死来威胁她,无疑是自己愚蠢了。

古时的女子饿死事小,失节事大,百晓娘不怕死,可如果在几个大男人面前赤裸了身子,那比死还要痛苦万倍!

百晓娘立刻不敢再说话了,生怕这蛇蝎心肠的女人真的做出什么事情。

丁醒仍挡在百晓娘面前,不肯让路。王瑶仙嘴里咬着图样,一字字地说道:"给我让开,不然我就扒光她的衣服。"

听了这话,丁醒赫然瞪圆了双眼,因为这句话,多年前也有人说过。

那歹徒说完之后，便开始对女孩子动手动脚。

丁醒端直火铳，对准了百晓娘的头，百晓娘则闭上了眼睛，等着那一声枪响。

王瑶仙露着一只眼睛，盯紧了丁醒，只要他手指上的香头往火铳上一插，便要立刻把全身缩到百晓娘身后。

所有人的目光都集中到了丁醒身上。陆炎的额上渗出了冷汗，握刀的手心也被汗水浸湿，于谦仍旧负手而立，但他的手指也在不停地颤抖。

丁醒托着火铳，两指间的香头停在药室外一寸之处，随时可以伸进去点燃火药，射出铅弹。

他的神色看起来很镇定，手臂也稳如泰山，但衣服已经被汗水湿透。幸好是晚上，灯光不甚明亮，无人发觉罢了。

王瑶仙咬着浸了灯油的图样，一手挺刀逼住百晓娘，另一只手握着火折子，用膝盖轻轻地顶着百晓娘向前走。

丁醒没有后退，王瑶仙的眼神中闪过一丝阴毒之气，突然一挥刀，削去了百晓娘小袄上的一粒扣子。

嘣的一声，百晓娘的小袄松了半截。百晓娘脸一红，低头看去，幸好没有露出肌肤，但如果王瑶仙再继续削落扣子，那么自己势必春光外泄。

王瑶仙回手把刀压在百晓娘的脖子上，这一削一收，手法如闪电一般迅捷，根本来不及让人做出反应。

"我再说最后一遍，让开路。"王瑶仙瞪起眼睛看着丁醒。

丁醒牙关紧咬，对着百晓娘说："对不起了。"

在话出口的一刹那，百晓娘冷不丁向后一仰头，卟的一声，她的后脑正好撞在王瑶仙的鼻子上。

猝不及防之下，王瑶仙的脑袋被撞得嗡嗡直响，鼻骨碎裂，眼泪忍不住流了下来，下意识地惊叫了一声。

紧接着，百晓娘的头猛地向边上一侧，露出了王瑶仙的大半张脸。

几乎与此同时，丁醒手指间的香头插进了药室，砰然声响，火铳上冒起了一股白色烟雾，射出了弹丸！

随着火铳声响起，王瑶仙的脑袋猛地向后一甩，额头上喷出一股血泉，仰面栽倒。百晓娘的脖子上压着那把雪亮的刀子，为了避免被割破咽喉，也只好随着她一起倒地。

陆炎见机极快，挺身扑了上去，刀光一闪，王瑶仙的一只左手已经被齐腕砍落，掉下的手掌仍旧死死握着火折子。

再看王瑶仙的额头上，两眉正中，端端正正地多了一个圆圆的孔洞，鲜血混合着脑浆流在她扭曲的脸上。

再美艳的脸庞失去了生命，也会在刹那间变得恐怖。

丁醒射出了这一枪之后，双腿一软，瘫倒在地上，当啷啷……火铳落地，滚出老远。

便在此时，门外的街上响起一阵快马疾奔之声，紧接着大门被冲开，几十名官军闯了进来，为首的正是胡可。

他率领着人马一直在街上等着，此时听到火铳之声吓了一跳，生怕于谦出事，这才冲进钟楼来。

直到看见于谦好端端地站在那里，胡可心中才安定了许多，连忙跑过来保护于谦。

此时陆炎已经用刀撬开王瑶仙的嘴，慢慢将图样掏了出来，展开一瞧，果然是张百川所画，每一张都十分精巧细致。

百晓娘也慢慢推开王瑶仙的手臂，坐起身来，摸摸自己的后脑，发觉也流了点血，刚才这一撞，她用出全身力气，头皮都被磕破了。

陆炎手中捧着图样来到于谦身边，声音有些发颤："大人，图样完好。"

于谦满意地点点头，看了看坐在地上的丁醒，笑道："此乃丁百户之功啊。"

陆炎笑道："正是，当为丁百户请功……"

他嘴里说着，突然一步跨到于谦身边，抬起腿来，一脚踢向胡可！

众人都是一愣，没等大家明白过来，陆炎手中的刀便架在了于谦的脖子上，然后随手将图样塞进怀里！

丁醒看到了这副场面，大吃一惊，腾地从地上蹦了起来。

百晓娘也皱紧了双眉。

她虽然不喜欢锦衣卫，但还没见过哪个锦衣卫敢这样对待于谦，难道说，于谦真的是通敌之人？

但是接下来发生的事，却让她大为惊奇。

于谦显得异常镇定，甚至连姿势都没有变过，只是低头扫了一眼脖子下面的刀："好一把绣春刀，没想到却握在一个内奸手中。"

陆炎的呼吸甚是急促："于大人，不要怪我，我也是身不由己。"

此话一出，众人立刻大哗。

谁也想不到，为了侦破此案舍生忘死的陆炎，居然会是真正的内奸。

丁醒一脸震惊，指着陆炎："原来……是你？"

陆炎瞟了一眼丁醒:"不错,就是我。"

于谦问道:"你是什么时候投靠的也先?难道也和秦光一样,是也先早就布在城中的棋子?"

陆炎道:"不,我并不知道秦光的底细,当然,秦光也不可能知道我的底细。至于我为什么投靠也先,恕不能言明。"

百晓娘转念一想,脱口道:"怪不得你为了破案尽心尽力,原来是想早点得到图样,在也先面前请赏!"

陆炎一阵苦笑:"说得不错,还可以告诉你们,那天埋伏在半途截杀张百川的,并不只有王瑶仙一伙儿。事实上,如果没有她横插一脚,图样早就落到我手里了,也用不着如此大费周章。"

于谦哦了一声:"怪不得那天你是最早赶到案发现场的。"

陆炎冷笑道:"可惜,现在才想起来,已经晚了。"

"你想怎么样?"于谦颜色不变,声音之中也没有任何害怕的意思。

陆炎看了看地上死去的王瑶仙,说道:"她的要求,也是我的要求。"

于谦道:"图样在你怀中,你要去献给也先吗?"

"大人不要多问,只要送我出城,我必不动大人一根头发。"陆炎把刀轻轻放松了一点。

没等于谦回答,丁醒突然大吼道:"你想出卖大明,我杀了你!"

他拾起地上掉落的火铳,指向陆炎,陆炎轻轻摇头:"老弟,你的火铳没有装药,况且就算装了药,你也不敢冒这个险,还是收了吧。"

说着他一手搂住于谦的脖子,一手挺着刀,退出大门。

273

门外有几匹空马，正是于谦等人骑来的，陆炎挟着于谦，飞身上了一匹高头大马。

众人跟出来，见陆炎的刀始终不离于谦左右，哪敢出手抢人？

陆炎喝令跟出来的胡可："让你的马军都回营去！"

胡可不敢怠慢，按他的吩咐，令马军回营，只剩下五六十名步军。

陆炎在马臀上拍了一记，那马撒开四蹄，直奔德胜门而去。

钟楼离德胜门本就不远，没过一盏茶工夫，便到了城门之下。

丁醒与百晓娘骑着马在后面紧追，胡可只能带着一百名步军撒开双腿猛跑，一路直奔德胜门而去。

一路之上，陆炎默然不语，只是一个劲地催马。

二人到了城门之下，早被城上的守军看到，有人喊道："哪里的战马，停下！"

陆炎高叫道："兵部尚书于谦在我手中，不想让他死，就赶紧开城！"

城上的值守军士听了，吓得连忙禀报长官。今夜守城军官是个姓周的千户。自从京城戒严以来，于谦下达军令，每边城墙都由军中千户负责值守，每夜一换，五夜一轮。千户亲自上城，下面的军官自然不敢懈怠，那些副千户、百户为了表现忠心，也随着各自的千户上城值守。

这样才保证了京城每夜的守卫固若金汤，细作无从出入。

周千户听到禀报，立时吓出了一身冷汗，他连忙吩咐手下副千户守在城头，不得随意开城，自己则带领二十名精壮士兵跑下城来。

离周千户尚有几十步远，陆炎便挺刀大喝："都给我站住，放下兵器,若再向前,我可要对于大人下手了!"

借着城上城下的灯火之光,周千户早已看清,陆炎马上的人确实是于谦,他不敢妄动,连忙一挥手,命令手下士兵:"都放下兵器,快!"

众军士放下刀枪,却仍旧堵住通向城门之路。

陆炎向周千户喝道:"打开城门!"

周千户自然不敢做主,只是看着于谦。

正在这时,身后马蹄声疾,丁醒与百晓娘纵马而来,丁醒手中握着家传的火铳,此时已经重新装过了火药与铅弹,可以再次射击。

丁醒拉马停在陆炎身后,把火铳一举,对着陆炎喝道:"放了于大人!"

陆炎头也不回,把刀往于谦咽喉上一压:"丁老弟,你还是放下火铳的好,不然我一紧张,说不定真抹了于大人的脖子,那时候陆某固然要死,可京城没有了于大人,死的人可就数不清了。"

丁醒虽然在陆炎身后,可是也不敢开火,毕竟此时的人质是于谦,不能出半点差错。他打死王瑶仙,算是克服了心魔,但那并不是自己一个人的功劳,百晓娘那一撞一闪,也绝不可少。

说到底,二人算是心有灵犀,可他与于谦之间,不可能配合得如此默契。

于谦并不理会这些,他看上去毫无惧色,问陆炎道:"我知道你不是贪财好色之徒,也先给了你什么好处?"

陆炎并不说明,只是叹息一声:"大人不要问了,其中缘由,我不便告之。只想请大人帮我一个忙,送我出城。陆某在此发誓,绝不会伤及大人一根头发,否则天人共弃,死无葬身之地!"

于谦向周千户一挥手:"打开城门,让他出城。"

周千户拱手得令,向城头上叫喊着开城。

听了"开城"二字,丁醒急得满头冒火,他跳下马来,便要扑上前去,却被百晓娘死死拉住:"你干什么?千万不要鲁莽行事!"

丁醒大叫:"不能开城,陆炎身上有图样,他要送给也先!我不能让史辽白死,我要抢回图样!"

"可是于大人的性命要紧,"周千户指着丁醒喝道,"放下你的火铳!"

丁醒哪里肯听,他在百晓娘的拉扯之下,挣扎着向前走,手中火铳摇摇晃晃。

百晓娘低声道:"既然陆炎是内奸,那么于谦就不是,你要想明白,不要被报仇冲晕了头。"

丁醒没有晕,他异常镇定:"不能那么说,于谦很有可能与陆炎是一伙的,他们在演戏给我们看,把我们当猴子耍。"

百晓娘心头一震,她觉得丁醒的话也并非没有道理。

只是这一犹豫,丁醒挣脱了她的手,向前步步逼近,丁醒一旦认定了于谦可疑,便不会再犹豫不决,更不会手软。他稳稳地端起了火铳,直指于谦。

陆炎躲在于谦身后,但只要丁醒开枪,无论打到谁,陆炎想出城便再无可能。

陆炎脸上第一次露出了惊慌的神情。

他看得出来,丁醒心意已决,绝不可能放自己出城,哪怕误杀了于谦也在所不惜。

陆炎只得用刀压紧了于谦的咽喉,心中默默祈祷。

丁醒离陆炎的马头已经不到两丈,在这个距离上,火铳发出的铅弹可以发挥最大的杀伤力。

于谦看出丁醒要拼命了,冷冷地下令:"丁醒,给我退后。"

这是一道军令,换作平时,不要说丁醒,任何一个军官听了,也要依令后退。可是今天不同,丁醒却恍如不闻,又向前迈出两步。

他缓缓抬起了手,露出指间夹着的香火头,眼看便要点燃药室中的火药。

正在千钧一发之际,突然,丁醒觉得后脑上挨了重重一击,他眼前一黑,身子被打得向前一栽,火铳落在地上,当啷啷滚到一边。

这一声响虽然不大,但静夜之中听来,尤其刺耳。

众人才看到,周千户正握着一杆红缨枪。刚才他悄悄来到丁醒身后,在众人的注意力都集中到丁醒身上之时,一枪杆扫中丁醒的后脑,将他打晕在地。

看到丁醒倒地不起,周千户这才吩咐部下:"把他绑起来,押在一边等候处置。"

陆炎终于松了口气,只不过眨眼工夫,他已经出了一身冷汗。

此时城门已经开了一道缝,只容得一匹马出入。

城头上的副千户甚是警惕,他怕城外埋伏了人马,趁开城的时候杀进来,因此城门并未大开。

陆炎轻轻催动战马,向着城门移动,他异常谨慎,手中的绣春刀时刻不离于谦的咽喉,以免有人横空扑来抢走于谦。

他的担心未免多余了,此时城门四周二十步之内,没有一个士兵,谁也不敢上前一步,以免陆炎受了惊吓,伤了于谦的性命。

陆炎催马来到城门边,便要从门缝之中挤出去。

早有士兵给周千户牵来了战马,周千户上了马,带着十名骑兵尾随陆炎,双方相隔二十余步。

陆炎知道他的担心,也并未阻止。他策马出城,过了吊桥,来到城濠外。周千户大喝一声:"你已经出城了,快放开于大人!"

陆炎冷笑一声:"你城头上的弓箭手不少吧,我若此时放人,只要你一声令下,我必被射成刺猬,且等我再走远些。"

周千户没办法,只得带着人在后面跟着,不敢上前。

陆炎走过了两箭之地,觉得安全了,这才对于谦道:"大人,得罪了,你下马吧。"

于谦也不说话,跳下马来,背对着陆炎:"你背叛大明,此去是不会有好结果了。"

陆炎苦笑一声:"您见锦衣卫有几个得了好结果?"

他好像有很多话要说,却不知如何开口,只得回手一刀背打在马肋下。那马长嘶一声,奋开四蹄,向着无边的夜色奔驰而去。马上的陆炎拉紧缰绳,挥舞手中的绣春刀,竟露出了一丝悲壮。

周千户冲了上来,跳下马扶住于谦:"大人,您没事吧?"

于谦目视陆炎逃走的方向:"我当然没事。"

周千户道:"大人,请命我带人追赶,在他与瓦剌人会合之前,卑职定抓他回来。"

于谦轻轻一摆手:"不必了,此人心机深沉,路上定有接应人马,你去追赶只恐中了埋伏,徒增伤亡。"

"那……那就任他走了?"周千户大张着嘴巴。

于谦看了看他和身后的军士,用一种严厉的口吻说道:"今夜发生的事情,你们要严守秘密,不得向外人透露一字。"

周千户心中为难，暗想那么多人都看到你被劫持，这消息恐怕早就传出去了，再严守秘密又有何用？但他不敢违令，只好拱手称是。

他牵过自己的马，请于谦骑上，自己则换乘另一军士之马，一同回到城中。

进城之后，于谦看了看尚自昏迷的丁醒，轻轻摇了摇头，吩咐周千户："把他交给大理寺，告诉吴怀忠，此人要关进单人牢房，不要为难，不许审讯，等大战之后再做处置。"

百晓娘兀自站在一边，冷着脸看向于谦。于谦扫了她一眼，并不说话，在众军士的护卫之下回兵部去了。

就在陆炎逃出京城的第三天，一大早，京城里的人们便听到从北方传来的嘟嘟号角之声。

瓦剌人来了，也先来了。

城中的大牢之内，丁醒正闷坐在单人牢间之中，双目微闭，好像在打盹。他眼前放着一张小桌子，上面有昨夜摆好的酒菜，酒未动过，菜已凉透。

四周没有一个人，当号角之声掠空而过，传入丁醒耳朵的时候，他的双眼突地张开了。

这不是明军的号角，而且从北方传来，那么只能有一个结论，瓦剌人兵临城下了。

丁醒突然抄起酒壶，往嘴里灌了下去。

与此同时，也先也正端着酒壶，却是在给他的兄弟孛罗倒酒。

他一连倒了三碗马奶酒，孛罗连着干了三碗，然后把碗一扔，喷着酒气，红着脸膛，举刀嗬嗬大叫起来，他手下的万人队紧随着他举起马刀。

上万把雪亮的马刀映着阳光挥舞。

也先指了指远处的京城，吩咐孛罗："去吧，我的兄弟，像野牛一样扑过去！冲开北京城！"

孛罗向他的哥哥挥刀致意，然后一马当先，率领上万名骑兵开始冲锋。

也先身边的众将当中，有两个人作汉人打扮，其中一人穿的是飞鱼服，腰间悬着绣春刀，正是陆炎。

他连夜逃出京城之后，穿行小路，迎着也先的人马而来，终于在第二天下午见到了瓦剌人的先头部队，并将神机营的现状如实报给了也先。

听了陆炎的消息，也先高兴非常，立刻下令全军兼程前进，直扑北京城。

他最担心的事情并没有发生，明军没有得到图样，便无法打造神机炮，而且神机营缺兵少将，不堪大用，还有什么好怕的。

尤其令他兴奋的是，神机炮的图样居然落到了自己手中，只要拿下京城，控制了北方，就可以大批打造这种利器。日后他不但可以夺得大明江山，更可以使用神机炮，击败草原上那些不服从自己的部族。

成吉思汗的荣光似乎正在向他招手。

因此他率军来到北京城下之后，便迫不及待地下达了攻击命令。

作为先锋的孛罗当仁不让，成了第一个攻击大明都城的人。

也先看着自己如龙似虎的兄弟带着人马扑上去，转头看了看陆炎二人，笑道："等攻克了北京城，我会让你和你的兄弟都做大官。"

陆炎脸上的肌肉抽动几下，扮出了一丝笑容。他拱拱手："多谢太师！"

他身边那人也连连拱手："太师之恩德，陆林没齿难忘。"

此人正是陆林，陆炎的兄弟，那个本来已经死在土木堡，为国捐躯的大明军将。

陆林在战斗之中受伤被俘，几个瓦剌骑兵看他像是一个军官，便没杀他，而是将他带到了也先面前。没等也先问话，早已吓得魂飞魄散的陆林便将自己的身世一五一十地说了。

也先听说他有个在锦衣卫当差的哥哥，便动了心思，留了他一命。之后又派人带着陆林的亲笔信潜入京城之中，以陆林的性命为要挟，迫使陆炎做自己在京城的细作。

陆炎父母早亡，自小与兄弟相依为命。他身在锦衣卫，没有朋友，整个世上只有这么一个亲兄弟。俗话说，长兄为父，陆炎从小便溺爱陆林，听到土木堡大败的消息之后，他认为兄弟必死，因此痛哭多日，此时一听陆林还活着，喜出望外，犹豫再三便答应了也先的要求。

也先有南下攻击北京的企图，但对神机营忌惮非常。虽说在土木堡大战当中，神机营还没有来得及展开队形便被他的骑兵冲散，打了个措手不及，但也先清楚，当他兵临北京城下，神机营必然已经严阵以待，必须提早弄清神机营的虚实。

陆炎没有让也先失望，他接连不断地递送出情报，并遵照也先的命令，一步步靠近神机炮的图样。

孛罗率领着骑兵发出震荡天地的呼喊之声，如同滔滔洪峰一般向京城德胜门扑来。德胜门外是一大片街巷组成的村庄，在离村庄尚有一段路的时候，孛罗令人按下大旗，吹起停军号角。瓦剌骑兵也放慢速度，停在了村子外面。

孛罗固然强悍勇猛，可是瓦剌人的血统之中永远不缺乏狡猾与谨慎，他也一样。眼前的村子非常安静，没有一个人影。不过他仍旧不放心，命令一个十夫长前去打探。

十夫长带着手下十个骑兵打马冲进了村子，在里面绕了一遍，又跑出来回禀孛罗，村子里空无一人，很多人家连大门都没闭，看样子是匆忙间离开的，街道上一片狼藉。

孛罗很高兴，再次命人举起大旗，吹响进攻号角。

一万骑兵开始冲击，他们将烧毁这片街巷，让大军通行无阻。

可就当瓦剌骑兵兴高采烈地冲上街头，手中点起火把，准备大烧一场的时候，高高的房脊后面突然站起了一排排的明军士兵。

这些士兵站在高房之上，瞪着眼睛盯着下面街道上的瓦剌骑兵，一万名瓦剌骑兵挤挤挨挨地堵在街巷中，进也不是，退也不是。

一声响箭射上半空，紧接着在空中炸开，声震四野。

瓦剌骑兵听到了响箭声，抬头观瞧，便在此时，一队队头戴铜盔的明军士兵从沿街的房屋中冒出，手中大多端着一样怪异的兵器。

这种兵器好像蜂窝一般，由十多根铁管构成，细细数来，最外围的是九根铁管，中间一层六根，最里一层三根，一共十八根。

瓦剌骑兵虽发现了埋伏的明军士兵，却并不慌乱，身经百战的他们保持着极度的镇静，一个个百夫长、千夫长迅速组织部下，开始准备与明军交战。很多人插起马刀，摘下了弓箭。

但还没等他们拉开硬弓，第二声响箭再度射上半空。

紧接着，街巷之中响起了冰雹砸到铁板上一般的爆响，几乎密集得听不出点数。

明军士兵手中的轮盘开始点火发射，一发击响之后，紧接着就是第二发，第三发，第四发，第五发……

每一个轮盘上的铁管都在轮番迸发出火光，直到十八发铅弹打完。

可是打完之后，早有后面的人再次送上一个同样的轮盘，又继续开火。

连续不断的枪声响了起来，无数的铅弹仿佛暴雨一般射向街头的瓦剌骑兵。

惨叫声立刻连片响起。

大批瓦剌骑兵被铅弹击中，身上头上爆出血花，连胯下的战马也未能幸免，一时间，枪声、惨叫声、呼喊声、马嘶声混成一团，街巷之中硝烟升腾，呛人的火药气味弥散四周。

瓦剌骑兵如同无头苍蝇一般，在狭窄的街道之中四下乱撞，挤作一团，承受着一轮又一轮的火铳射击。

埋伏在街道两侧民房之内的神机营士兵，也纷纷端着霹雳铳、三眼铳、迅雷铳等各式火铳，隐藏在门窗后面，从容地装药，填弹，瞄准，发射。他们专挑瓦剌军官下手，一个个百夫长、千夫长被铅弹打中，从马上滚将下来。

有些瓦剌骑兵被打得红了眼，用马刀猛砍墙壁，想把房屋推倒，可沿街的房屋都用青砖加固过，哪里是马刀能砍得倒的？

绝望之下，瓦剌骑兵开始溃散而逃。

孛罗被他的亲兵拥簇着，想要冲出街巷，但刚转过马头，就觉得眼前火光乱闪，一股巨大的力道将他从马上掀了下来，他身上爆出无数血花，胯下战马也被打翻，像一座小山一样，将他压在下面……

也先远远地观着阵，他听到村庄之内发出的骚乱之声，脸上露出了微笑，可很快，便再次眉头紧拧。只见远处腾起了片片烟雾，却不见火光，如果是自己的骑兵开始破坏村庄，却为何只有烟没有火？

便在此时，一阵阵密雨般的枪声传了过来，虽然微弱了很多，却仍可以听得到。

也先心头大震，他扫了一眼身边的陆氏兄弟，叫了一声："神机营！"

陆炎也听到了火铳的响声，他强作镇定："那片村庄是神机营设伏的好地方，不过用不着担心，他们没有多少人，李罗将军带领的可是一万骑兵，很快就会凯旋。"

随着枪声不停地响起，也先心头越发不安，他一挥手，派出一队精骑前去探查。

这队精骑还未奔到村庄前，就见从村子里冲出大股骑兵，这些骑兵溃不成军，一个个催马狂奔，有的人身上头上燃起火苗，一边跑一边不住惨叫。

不多时，一个百夫长带领十几名部下逃了回来，他的身前还抱着一个人。

这百夫长来到也先马前，跪倒不起，怀中那人滚落在地。

眼前的人满脸黑灰，不识面目，但胡须甚是熟悉。也先的心好像被尖针猛刺了一下，他颤抖着身子跳下马来，将那人抢在怀里，拂去面上的灰尘。

那张脸正是孛罗。

也先看到,他的弟弟满身浴血,胸前、腰腹上有七八个血洞,脖子也被打得血肉模糊,早已死去。

也先仰天发出一声狼嗥般的厉吼,一把揪住那百夫长:"怎么回事?"

百夫长哆嗦着身子,将他们冲进街巷之后的事情讲了一遍。这人不会汉话,陆氏兄弟听不明白,但从孛罗身上的伤口来看,他无疑死于火铳之下。

一般人身中一两颗铅弹便会从马上滚落,孛罗为何会被打得如同蜂窝一般?看样子,孛罗在极短的时间之内同时被十余支火铳打中,这样的情况几乎不可能出现。

也先听完了百夫长的述说,霍然回头,盯着陆氏兄弟。

陆炎没有丝毫迟疑,当下在陆林的马背上猛抽了一鞭子,自己猛踢马肋,两兄弟像箭一般冲了出去,奔向北京城的方向。

也先缓缓站起,把手一伸,接过一把硬弓,搭上了狼牙箭。

不远处,陆林一边跑一边问陆炎:"大哥,怎么了?瓦剌人怎么败得这么惨?"

陆炎满头冷汗,由于紧张,他的声音微微发抖,似乎是在恐惧,又像是有几分激动:"神机炮,神机炮……孛罗是被神机炮打死的……这就说明……"

"说明什么?"陆林问。

陆炎眼望北京城,极力定了定神说:"我上当了。"

眨眼之间,二人便跑出十几丈远,陆炎回头看去,瓦剌人并没有追来,这才心下稍安。

然而就在此时，也先已经拉开硬弓，略一瞄准，只听弓弦响处，一箭穿空而至！

陆炎听到弓弦响声，连忙往马背上一伏，同时嘴里大叫道："兄弟小……"

最后那个"心"字还未出口，身边并马奔驰的陆林已经惨叫一声，滚落马下。陆炎大惊，勒马看去，只见陆林侧卧在干草丛中，一支狼牙箭从他的后背射入，前胸透出。鲜血顺着箭头上的血槽流到地上。

陆炎哭叫着跳下马来，连滚带爬地扑到陆林跟前，扶起了陆林的头。陆林努力睁开眼睛，看了一眼自己的哥哥，又低头看看胸前的箭头，恐惧得全身颤抖起来。

"哥……我……们回……家……"他每一次张口，鲜血都从咽喉里涌出来。他的呼吸越发急促，好像吸不进空气似的。

陆炎满脸泪水，用力拗断箭头，背起陆林，朝着京城的方向踉跄而行。

"我们回家，你别死，我这就带你回家、回家……"

也先冷眼盯着二人，牙齿咬得咯咯直响，嘴里嘀咕着："我兄弟死了，你兄弟也别想活！"

陆炎又走了几步，陆林终于支持不住，嘴里狂喷鲜血，气绝身亡。

陆炎好像着了魔一样，他背着弟弟继续向前走，嘴里说着："我们回家、回家……"

也先轻轻一抬手，他身后的数百名亲兵卫队齐齐摘下弓箭，对准了陆炎。待他将手一落，一片弓弦声响过，数百支羽箭好像蝗虫一般飞起，朝陆炎兄弟射了过去……

史载，明正统十四年（公元1449年）十月十一日，也先兵临北京城下，至十七日撤至紫荆关外，其间数场血战，瓦剌人马伤兵损将，不得一胜，只得遁至塞外。

在这场北京保卫战中，大明神机营表现神勇，击毙也先之弟孛罗，毙伤数千瓦剌骑兵，立下大功，尤其以手中火器之犀利名震天下。

也先回到草原后，并不甘心服输，花费巨万金银，按图样打造神机炮，却始终不得成功，北京一战后，瓦剌从此衰落。

数年之后，也先与他的兄弟伯颜被刺杀，他饮马中原的梦想就此终结。

尾声

在瓦剌人撤出紫荆关之后的第二天,丁醒被放出大牢,重见天日。三法司不知道该给他安什么罪名,所以干脆开牢放人。当然,这里面也有吴怀忠的情面。

此时,于谦率军英勇抗敌的事迹已经传遍北京城,他的声望达到极点。丁醒打消了心头的疑虑,准备收拾一番,滚回关中老家。

那日夜里,他曾经不顾一切地阻止陆炎出城,甚至不惜牺牲于谦的性命,这样的表现如果还能在军中混下去,那可真是见了鬼了。

于谦与他无亲无故,当然不可能再次对他手下留情。

丁醒回到家中,一连几天胡吃闷睡,了无牵挂,只等着那道撤职的谕令。

但谕令始终没来,可能是战后的事情太多,朝廷政局刚刚稳固,百废待兴,于谦已经把他这个小小的百户忘了。

丁醒想,与其被兵部撤职,不如自己主动辞官,名义上也好听一点，不至于让父亲太过丢脸。于是他写了一封辞呈，让人给张尽忠副将送了去，然后背起行囊细软，锁了大门，直出西直门而来。

时值近冬季节，丁醒顶着寒风，出了北京城，走不到五里路，但见天空彤云密布，一场大雪早已如期而至。

这是今冬的第一场雪。

丁醒踏着乱琼碎玉走了一阵，眼前出现了一座凉亭。

亭子里正坐着一个人，眼望着丁醒走来的方向。丁醒定睛一瞧，那不是百晓娘又是谁？

百晓娘的脚边放着一个食盒，她见丁醒来了，微然一笑，俯身从食盒里取出酒菜，摆在石桌上。

丁醒站在亭外，不肯进去："你这是来谢我救命之恩吗？"

百晓娘道："不全是，只是想请你吃杯酒，天寒地冻的，暖暖身子也好。"

丁醒走了这一程，也觉得身上寒冷，况且他隐隐约约地感觉到，百晓娘此来定有重要之事。他走进亭中，把行囊放在地上，坐在百晓娘对面。

百晓娘倒满了两杯酒："先干了这一杯再说。"说完便举杯一饮而尽，丁醒也举杯喝干了。

酒一下肚，仿佛火炭一般呛得丁醒立刻清醒起来，他咳嗽了两声，问道："这是酒还是火药啊？"

"是提神酒，我怕你打瞌睡，听不明白我下面的话。"

丁醒把杯子一放："你想说什么？"

百晓娘道："我知道你一定满腹疑惑，想要知道张百川案的真相是不是？"

丁醒苦笑："真相？真相不是已经大白天下了吗？王瑶仙杀了张百川，抢走了图样，陆炎是内奸，最后图样落在他手里，现在应该已经送给了也先。用不着多久，瓦剌人也能用上连环神机炮……"

"你错了，"百晓娘笑道，"瓦剌人一辈子也打造不出神机炮来，就算他们在中原掳掠了能工巧匠，也没有半点儿用处。"

"那是为什么？"丁醒不解。

百晓娘道："因为图样是假的。"

丁醒先是瞪圆了眼睛，然后连连摇头："不可能，图样确是张百川亲笔所画，我看得清楚，绝不会错，难道……难道里面也缺了几张？"

百晓娘正色道："一张都不缺，可就是打不出来，因为这是几年前张百川废弃的旧图。"

丁醒满面疑惑，迫不及待地问道："那么几天前神机营用的连环神机炮又是依照哪份图样打造的？"

百晓娘道："我就是要告诉你这件事，其实，连环神机炮的图样在张百川被杀的前几天就已经送到于谦手中了。"

丁醒大吃一惊："这是……怎么一回事？张百川把真的图样早给了于谦，自己却带着假的图样，连夜急匆匆地去找于谦？"

"这是于谦和张百川定的计划，于谦知道城中有内奸，而且这个内奸官职可能很高，一旦也先兵临城下，内奸很可能会起到很大的破坏作用，所以才与张百川定计，放出神机炮研制成功的消息。内奸若是得知张百川夜间带着神机炮和图样，一定会半路出手劫夺，这样才可以把内奸引出来。如能捉住最好，就算捉不住，图样被抢去送给也先，也在于谦的预料之中。"百晓娘说。

丁醒更加吃惊："张百川这么做，不是冒了极大的风险？可以说是送死……"

百晓娘道："张百川近几年钻研连环神机炮，已经油尽灯枯，百病缠身，他自知命不长久，是病死还是被杀，没有什么分别。"

丁醒连连摇头："可是张百川随身带着神机炮，万一整个落入敌手，敌人照样能……"

"张百川不会这么傻，他随身带的那杆神机炮经过改造，加大了最后一发铅弹的火药量，只要打出最后一发，整个神机炮就会炸毁。现场那些被炸碎的铁管就是明证。"

丁醒点头叹息："他还真聪明啊！"

百晓娘道："天机门的人，当然聪明，但更聪明的还是于谦。他这条计，简直把所有人都蒙在了鼓里。他唯一的失策在于，本想钓出的是也先的奸细，哪知抢先咬钩的却是王瑶仙。图样如果落不到也先手上，那计划就只算成功了一半。"

丁醒点头："王瑶仙与也先没有关系，她只是来杀于谦的而已。她听秦光说起图样，便定下自己的计划，万一行刺不成功，还有图样可以做后路。"

百晓娘道："不错，王瑶仙的出现，确实打乱了于谦的计划，史辽也遭遇了不幸。因此他只能另外安排人手，找上了你我。"

丁醒一拳砸在石桌上，咬着牙说："如此说来，我们为了一份假图样上刀山下火海，与王瑶仙厮杀，和陆炎玩心眼，都是白费工夫，于谦为什么要这么做？"

百晓娘握住他微微颤抖的手，安慰道："这么做是为了将城中所有人的注意力都集中到你我身上，集中到假图样身上，而于谦早已暗中打造连环神机炮了。不然那天神机营哪里有几百杆神机炮可用？"

"秘密打造神机炮？"丁醒甚是惊奇，"可城中的兵器厂并没有任何动静啊！"

百晓娘道："在北京城里打造，那动静还能小了？于谦是在城外打造的，他暗中调集了几百名能工巧匠，在城南一个隐秘之处架炉打铁，购置火药铅弹，所有的东西都是从周边几个地方运来的，而且在外围严密封锁消息，京城中的人谁也不知道。"

丁醒皱起眉头："可这么多的神机炮，是何时运抵神机营的？"

百晓娘道："你难道忘了那些往通州运粮的大车？"

丁醒恍然大悟，狠拍自己的脑袋："真是笨得要死！怪不得于谦命城门官不要盘查，原来……原来大车里装的都是……"

"这你就明白了吧，那天在护国寺，卢忠奉了于大人之令，坚决不让任何人进门盘查，如果那些神机炮露了馅，也先肯定会从内奸嘴里得知真相，就不会上当了。"

丁醒捂着脸："难道……吴怀忠也是内奸？"

百晓娘道："他非但不是内奸，还是大大的忠臣，昨天于谦已经表奏皇帝，升了他的官。另外，根据秦光的口供，那个叫七爷的内奸这次也暴露了，被就地正法，还有趁着运粮之机混进京城的瓦剌人，也早在于谦的监视之下，根本没兴起什么风浪，很快被一网成擒。"

"陆炎呢？这倒是个真正的内奸，我只恨没有亲手杀了他。"丁醒愤愤不平地说。

百晓娘的脸色却沉下来："战后有瓦剌兵将被俘，据这些人讲，陆炎欺骗了也先，被也先连同他的弟弟陆林一道乱箭射杀了。不过，在战场上只发现了陆林的尸体，几乎被射成了刺猬，却没有找到陆炎的。于大人下令仔细搜索，也一无所获。看来这个陆炎，应该是逃掉了。"

百晓娘顿了顿，又道："也先用陆林来胁迫陆炎，还在他家附近安排了眼线，说是可以接应情报。情报点是个馄饨摊，摊主姓胡，也已经被抓了。那姓胡的说，陆炎确曾通过他给也先递送情报，每次陆炎吃完了馄饨，都会把写有情报的纸条压在碗下，这姓胡的养有鸽子，再用飞鸽传书的方式，把情报交到也先手上。"

能在也先的眼皮底下逃脱，陆炎绝对是个可怕的人，丁醒既恨他，又对他有些佩服。

他盯着百晓娘，突然问道："你怎么知道这些的？"

百晓娘道："当然是于谦亲口告诉我的。"

"什么时候告诉你的？他的计划，你是不是很早就知情？"丁醒的语气甚是不满。

百晓娘道："他的计划事关重大，我也是前几天才听他说的，在这之前，一无所知。所以我也和你一样，被他蒙在鼓里。不过我并不恨他，如果我是他的话，也得这么做。要知道，他肩上担负的，可是整个大明的江山和千万子民。"

丁醒握紧拳头："一切都是计，都是计……可为了于谦的计划，死了多少人？张百川、史辽、张五、鬼仙……他们原本都可以不死的。"

百晓娘叹了口气："本来这个计划，应该由史辽来完成，但是他的死……确实出乎了于谦的预料。他原计划用史辽揪出内奸，没想到王瑶仙却冒了出来。"

"史辽的死，的确是个意外，但那几个人就应该死吗？"丁醒猛地灌下一口酒，"一将功成万骨枯，于谦想必不会在意那些枉死之人。"

"你错了！"百晓娘正色言道，"于谦并非绝情之人，只是敌兵势大，国难当头，要想打胜这一仗，就要用一些兵法上的手段，他曾说过，这一仗，要以正合，以奇胜。"

丁醒捏紧了手中的空酒杯："所以，就必须死几个无辜之人，对吧？"

百晓娘笑了笑，刚要说话，突然亭子顶上有人接口说："你又错了！"

这声音半男半女的，实在太为特别，丁醒一听就知道他的身份。

鬼仙从亭子顶上溜下来，仍旧像鬼魅一般，用黑布遮着脸，不让自己的面貌暴露在阳光之下。他一把抄起酒壶，灌了几口下去，然后瞪了一眼百晓娘："你在这里暖和吃酒，却让我在顶上吹风，我又上你的当了。"

百晓娘捂嘴笑道："是你说想吓吓他的，自己冻得受不了，又岂能怪我？"

"你没死……"丁醒终于明白了，"那天射杀你的人，也是于谦派的吧？"

鬼仙嘿嘿怪笑："不错，一切都是于大人的计划，还有那个张五，他也没有死，现在成了于大人的家仆了。"

"原来你和张五死在我眼前，都是他安排好的。"丁醒苦笑摇头。张五是中箭落水而死，鬼仙则是被乱箭射杀，此时看来，二人也是在遵照于谦的指令，演戏罢了。

鬼仙道："其实，于大人一直让我在暗中保护你和百晓娘，他是定下了这个计划，可并不想让你们稀里糊涂地丧了性命。于大人把你们当作棋子，但并不是弃子，明白吗？"

丁醒略一沉吟，便想通了其中的缘由，刚才胸中对于谦的怒气一消而散。张五露面之后，说出了鬼仙的线索，引得自己去找鬼仙，而鬼仙则说出图样副本的所在，把目标指向北城玄武、西城白虎与老王母身上。如此一来，张五与鬼仙便完成了任务，没必要再冒险了，所以于谦令他们假死，瞒天过海。

这一切的安排，都是为了让自己与百晓娘绕圈子，以便吸引内奸的注意力。如此看来，于谦不希望这案子尽早被破，案子拖得越长，神机炮的打造就越安全，越隐秘。

可丁醒还有一个疑问，老王母与王瑶仙勾结，想暗害于谦的事情，于谦是不是知情？要不然就太巧了，鬼仙刚好把一份图样放在她那里，是不是要引她出头？

鬼仙回答了丁醒的疑问："朝廷在江湖上也有暗探，已经盯上了天机门。王振死后，天机门中有异动，各地都有弟子神秘失踪，应是来了京城。于大人知道王振早已在江湖中布下了自己的人，而天机门就是其中最大的组织。能够调动这些弟子的，京城中有三个人，便是北城玄武、西城白虎与老王母，所以故意指派我把图样给了他们，相信那个暗藏的王振党羽定会露出马脚。果不其然，老王母就是王党。"

"可我们有好几次险些死在玄武与白虎手里，如果死了，那可真成了冤死鬼。"丁醒恨恨地说。

鬼仙也不隐讳:"不错!你们死在谁的手里,说明谁就是王振之党,于大人就可以把他抓起来了。"

丁醒听了,又多了一丝不快:"你倒是直截了当。你是于谦的心腹吗?现在说这些,不怕我记恨于谦一辈子?"

鬼仙嘿嘿冷笑:"我只是个江湖人,张百川派张五找到我,要我帮忙演出戏,我就答应了,你恨于谦,关我甚事?实话告诉你,北京大战之时,于谦身先士卒,发布了十杀令,早把生死置之度外了。他亲自率队在德胜门外死战,连也先都不怕,还能怕你一个小小的神机营千户?"

丁醒苦笑:"这倒也不错。"

说完,他突然愣了一下:"神机营千户?谁呀?我可只是一个辞职回乡的百户。"

鬼仙与百晓娘相视而笑,并不回答,却望着大路。

便在此时,听得大路之上马蹄声疾,跑来七八匹快马,为首的一人正是神机营的副将张尽忠,在他身后还跟着几名护卫。

张尽忠来到亭前,看了看亭子里的丁醒,向身后的护卫一点头。两名护卫立刻捧着两个锦盒走进亭来,放到石桌上。张尽忠满面堆笑:"丁老弟,恭喜恭喜!"

丁醒起身拱手道:"将军,在下的辞呈可曾阅过?不知可否行个方便,放在下归乡?"

张尽忠道:"我不曾见什么辞呈,此次是来传达兵部谕令的。"

他从袖中取出一份谕令,展开,提高了嗓音:"神机营百户丁醒,侦破张百川被刺案有功,即日起,擢升为神机营千户,赐白银百两……"

念完了谕令,张尽忠将两个盒子依次打开,一个盒子里装着一套千户服,另一个盒子里则装满了白花花的银子。

丁醒愣住了,他本来以为自己就要灰溜溜地滚回老家去了,不想却升了官,封了赏,由百户变了千户,超过了老爹以前的职位,实现了初来京城时的愿望。

想升官的时候升不上去,快罢官的时候却被升官赏钱,难道自己是在做梦?

百晓娘在后面捶了他一拳:"还不接赏?"

丁醒连忙抱拳:"多……多谢大人……"

张尽忠拉住他的手笑道:"哪能谢我?要谢就谢于兵部,可是他向圣上保奏的。日后咱们还要多多亲近,共同在于大人麾下,为国尽忠啊!"

听到此人满口官腔,百晓娘心头暗自鄙视,张尽忠显然是见于谦保奏丁醒,便认定了丁醒与于谦关系密切,因此前来拉拢关系,官场中的做法一向如此。

丁醒则好像还没有从震惊当中回过神来,支吾了几句,送走了张尽忠。

看着桌子上摆着的千户服与银子,丁醒心中五味杂陈,自己用火铳击杀了王瑶仙,为张百川和史辽报了仇,确实是有功的,于谦显然没有忘记这一点。

可他实在高兴不起来。

正愣神的工夫,张尽忠突然又回来了,丁醒以为他忘了什么,张尽忠却向他笑道:"我忘记了一件事,不过不是找你,而是找这位姑娘的。"

丁醒甚是疑惑，看了看百晓娘："你找她？"

百晓娘也很诧异，不知道自己会有什么事烦劳这位张大将军。

张尽忠走到百晓娘跟前，从怀中取出一封密封好的信："于大人托我带给姑娘的信，他说过，旁人不许拆看，姑娘瞧清楚，火漆完好，我可没有偷看啊。"

百晓娘接过信，向张尽忠一抱拳："张将军替于大人捎带如此重要的信，看来于大人很看重将军啊。"

张尽忠满面是笑："哪里哪里，这是分内之事嘛，告辞。"

待张尽忠一行人离开，百晓娘这才走到一边去看信，丁醒与鬼仙则面面相觑，丁醒问道："于大人有什么话要跟她说啊？"

鬼仙双手一摊："你自己去问。"

丁醒眉头紧皱："难道这位江湖上的万事通和于大人之间，也有什么瓜葛不成？"

鬼仙道："那倒不清楚，不过于大人透露过，你去找百晓娘帮忙，她拒绝了。于大人帮了你一把。"

丁醒恍然大悟："百晓娘说那天晚上有人追杀她，莫非也是于谦演的一场戏，故意逼她出头？"

鬼仙嘿嘿一笑："很有可能啊，于大人觉得这件事情光靠你是不可能完成的，要有一个好的助手，最好得熟悉江湖上的勾当，难道还有比她更合适的人吗？"

此时百晓娘走回亭子里，那封信已经不见了，她的神色很奇怪，既非高兴，也非悲伤，好像在沉思，又似乎对一切都已明了。

丁醒与鬼仙围上前来，刚要动问，就见百晓娘一摆手："你们不要问，与你们没有关系。"

两个人只好闭了嘴,他们知道,百晓娘如果不想说的事,问了也白问。

　　百晓娘仰头看天,但见千里彤云,厚重如山,压在头顶,雪片渐渐大了起来,没有人能想到,就在不久之后,丁醒与百晓娘、鬼仙三人,将迎来一场更大的风波,将要面临更为惊险的诡局。

　　　　更多精彩,敬请期待《大明火枪手2:天雷疑云》

《大明火枪手2：天雷疑云》即将出版，精彩预告

北京保卫战后，立下大功的丁醒升任神机营千户，重新回到日常操练之中。而神机营因在对阵瓦剌大军时的惊人表现，竟引来了四面八方的觊觎与窥视。

某日夜里，一道巨雷在密云县上空劈响，随即爆发天火，火光经天，一座原本祥和的村落瞬间夷为平地。顺天府推官急急赶到现场，却在废墟中发现火药的痕迹，认定此事与神机营火器有关。究竟是火药失窃，还是神机营内部出现奸细？丁醒受命配合顺天府查案，却苦于没有丝毫线索。值此之时，天雷殛村事件再度出现。接二连三的灾厄让案件愈发扑朔迷离，也将丁醒推入绝境！

扫描二维码，并回复"火枪手2"
抢先试读《大明火枪手2：天雷疑云》